LA REVELACIÓN DEL ÁGUILA

LA T RAMA

ENIGMAS DE LOS DIOSES DEL MÉXICO ANTIGUO

El misterio de la serpiente, Cóatl Tonantzin

La senda del jaguar, Balam Kukulcán/Quetzalcóatl

La revelación del águila, Cuauhtli Huitzilopochtli

ANTONIO GUADARRAMA COLLADO

LA REVELACIÓN DEL ÁGUILA

CUAUHTLI

MÉXICO, 2016
BARCELONA · BOGOTÁ · BUENOS AIRES · CARACAS
MADRID · MIAMI · MONTEVIDEO · SANTIAGO DE CHILE

La revelación del águila

Primera reedición: junio de 2016

D.R. © 2010, 2016, Antonio Guadarrama Collado
D.R. © 2016, EDICIONES B México, S.A. de C.V.
       Bradley 52, Anzures CX-11590, MÉXICO

ISBN: 978-607-530-016-0

Impreso en México | *Printed in Mexico*

México es crisol de culturas, pueblo talentoso, trabajador, que hizo una revolución verdadera, que el egoísmo y la codicia falsificaron. Es un país maravilloso que merece mejor suerte.

SILVIO RODRÍGUEZ

I

LA SOLEDAD, AQUELLA TESTARUDA QUE SE OCUPARA de embriagarle los segundos a tantos y tan lejanos instantes de cordura, con la pasión secreta que las musas de taberna apenas si dominan, por fin dejó de tener sabor y textura. Nuevamente volvía a ser abstracta, intangible, invisible e insípida. Se sabía solo; sin embargo, por alguna muda, y quizá por eso, incomprensible razón, la compañía de aquella mojigata ya no dolía. Dejó de ser el pesado ropón que le cubría y sofocaba hasta exprimirle lágrimas torrenciales. Buscó en el talego de emociones algo qué sentir, y descubrió que todo se había ido por el drenaje del olvido: no había miedo ni enojo ni tristeza, mucho menos lágrimas: se las había gastado todas. Había tocado fondo.

Al abrir los ojos, el arqueólogo forense Diego Augusto Daza Ruiz se encontró patitieso, cual efigie de barro, frente a una ventana que no olvidaría jamás y se preguntó dónde demonios estaba. Arrugó la nariz al advertir, inevitablemente, un punzante tufo a amonio. Dirigió la mirada a su izquierda y encontró una cama individual que yacía intacta, en la cual seguramente no había dormido. O por lo menos eso parecía indicarle la ausencia de arrugas en las cobijas. «¿Qué hora es?», se cuestionó y sus pupilas continuaron el pausado recorrido por los muros de la habitación en búsqueda de un artefacto que respondiera a su pregunta. Tras dar un giro de ciento ochenta grados notó la presencia de un desconocido en otra cama, acostado de lado y en dirección a la pared. Pretendió identificarlo estirando el cuello para lograr verle el rostro. Sin conseguir su objetivo, volvió la mirada a la ventana e inquirió por qué ésta tenía una protección metálica en el interior. Pese a que el desbarajuste de emociones declinaba lo evidente, comenzó a comprender dónde se encontraba. Afuera había un jardín de césped frondoso, con cuatro jacarandas en los puntos cardinales, bancas de acero pintadas de blanco y una fuente en el centro con dos ángeles nudistas que derramaban agua de unas jícaras que sostenían con los brazos extendidos mientras un par de pichones defecaban en sus cabezas. Y para ampliar el folclor de la estampa: delante de la fuente un hombre permanecía en una silla de ruedas en estado catatónico. Una escolta de enfermeros resguardaba perezosamente el lugar mientras una veintena de hombres y mujeres deambulaban sin dirección precisa.

—¿No vas a dormir, Kukulcán? —dijo el hombre acostado en la cama derecha.

«¿Kukulcán?». Daza frunció el ceño y buscó una razón para que aquel extraño le llamara de esa manera. Nuevamente recorrió con la mirada la habitación y sólo encontró las dos camas, la ventana con protección y una puerta en el otro extremo.

—¿Dónde estoy?

—En el loquero, cabrón, ya te lo dije.

—¿En el...? —dijo, sin poder terminar lo que intentaba cuestionar.

—Sí, güey —el paciente asomó la mitad del rostro por un instante—. Tú eres Kukulcán y yo soy Huitzilopochtli —y se volvió a tapar.

—No mames, pendejo.

El hombre se quitó las cobijas de la cara y se incorporó con asombro.

—¿Cómo me llamaste? —se puso de pie.

Daza se sorprendió aún más al ver el rostro del hombre.

—Disculpa —respondió abriendo los ojos y dando un par de pasos hacia atrás.

—¡No! ¡Repítelo! —el paciente lo siguió hasta acorralarlo en una esquina de la habitación.

—¿Qué? —arqueó las cejas.

—Eso que acabas de decir —el paciente acercó su rostro a dos centímetros del de Daza.

—¿Qué?

—Me dijiste «no mames, pendejo» —sonrió tomándolo de los hombros.

—Ya te ofrecí disculpas...

El hombre le dio la espalda, caminó a la puerta y comenzó a aporrearla con el puño.

—¡Doctora! —gritó sin dejar de golpear—. ¡Doctora! ¡Doctora!

—Lo siento —dijo Diego Daza asustado por la reacción.

Pronto llegó un par de enfermeros.

—¡Llamen a la doctora! —dijo el hombre—. ¡Ya reaccionó! ¡Ya reaccionó! ¡Ya reaccionó!

—Tranquilo, tranquilo, ya pasó —dijo uno de los enfermeros.

—¿Qué está pasando? —preguntó Daza.

—Nada. Ve a tu cama.

—¡No! ¡Díganme qué está pasando! ¡Quiero una explicación!

El hombre sacó una jeringa y caminó hacia el paciente que seguía exclamando: «¡Ya reaccionó! ¡Llamen a la doctora!».

—¿Qué ocurre? ¿Por qué nos tienen aquí? —preguntaba Daza mientras tanto.

—No hagas esto difícil —forcejeaban con el paciente que no se dejaba inyectar.

—¡No! ¡Quiero hablar con la doctora! —exigía.

Diego Daza recorrió el lugar con la mirada, notó que habían dejado las llaves en la puerta totalmente abierta. En medio de su desesperación corrió a la salida.

—¡Quiero hablar con la doctora! —gritaba el paciente sobre la cama mientras pataleaba.

—Eso no es posible —dijo el enfermero en cuanto sometieron al paciente y le inyectaron un barbitúrico.

—¡Ya se salió el otro! —exclamó uno de los enfermeros y el paciente perdió el conocimiento.

Pronto los hombres se dirigieron a la salida. Daza intentó cerrar por fuera, pero uno de ellos logró meter la mano entre la puerta y el marco. De no haberlo hecho se habrían quedado encerrados pues las puertas no tenían manija por dentro. Forcejearon por un breve instante. Daza miró de izquierda a derecha buscando una escapatoria. Los enfermeros abrieron. Diego corrió a mano derecha, las sandalias de algodón le atrasaban el paso; se las quitó y continuó con su huida. Con muros de ladrillos pintados de blanco, puertas cerradas por todas partes, lámparas apagadas y la luz que se filtraba por las ventanas a los extremos, el pasillo se encontraba igual de sombrío que su indefinido destino. Los dos hombres, evitando una fatiga innecesaria, caminaron tras él, a sabiendas de que Daza no llegaría más allá de la entrada principal. De pronto, a la vuelta del pasillo apareció otro enfermero. «¿Y ahora a dónde corro?», se preguntó. Decidió embestirlo, seguir adelante, derribarlo. «¡Corre, Diego!», se dijo. Apretó los dientes dispuesto a soportar cualquier golpe. Fuerza. Necesitaba fuerza. Había aguantado mucho, mucho, qué importaba un golpe más.

No pudo. El enfermero abrió ambos brazos y lo derribó golpeándole el mentón con el antebrazo. Daza cayó de espaldas. Vio de cabeza a los enfermeros que caminaban hacia él. Intentó escabullirse arrastrándose, pero el enfermero le atrapó la pierna. Con las palmas de las manos en el piso intentó impulsarse para zafarse. Los tres hombres se le fueron encima, lo sometieron y sin más le administraron una dosis intramuscular de Pentotal.

Pronto su tensión arterial y flujo sanguíneo cerebral disminuyeron, su frecuencia cardiaca aumentó, y la mirada se le nubló. «¿Por qué?», intentó preguntar, pero los músculos bucales no le respondieron. Un olor a amoniaco fue lo último que reconoció. Perdió el conocimiento y su maltratada conciencia lo trasladó al mismo pasillo, pero en otro tiempo, donde había muchas hojas de papel flotando por el pasillo de luces apagadas; sólo se veía una al final. El pasillo era interminable. Miraba a los lados y encontraba muchas puertas cerradas. Los papeles flotaban. Decían algo. Algo pretendían informarle. ¿Qué había en ellos? Se veían borrosos. Corría, corría. Por fin llegó al final del pasillo, donde apareció Gregorio Urquidi sosteniendo un estandarte de la virgen de Guadalupe. Escuchó los pasos de alguien más. Bajó la mirada y le vio los zapatos; al subir la vista encontró un hombre con gafas oscuras y barba. Miró hacía atrás. Lo esperaban Delfino Endoque y Gastón Peralta Moya.

«Ven, aquí está la salida», le decían. Caminó hacia ellos. Los papeles seguían flotando como burbujas. Una mujer en vestido blanco abrió una puerta. No tenía rostro. Su pelo ondeaba en el aire.

—¿Quién eres? —le preguntó.

Ella señaló la lámpara en el techo. Daza levantó la mirada. Estaba apagada. De pronto se encendió y una intensa luz blanca lo envolvió.

—¿Dónde están todos? —preguntó al no distinguir el lugar.

Todo era un blanco escenario sin fin, donde él era un hombre de tamaño diminuto que intentaba caminar, pero sus pies no respondían. La sensación de tener las piernas sumergidas en un pozo de lodo le impedía avanzar. «¡Corre, Daza! ¡No puedo, estoy encerrado!». Esa voz. ¿Quién le hablaba? «¡Huye, Diego! ¡No puedo!». ¿Quién me llama?

En un instante todo comenzó a tomar forma. Se encontraba en el departamento donde vivía quince años atrás. Reconoció el lugar inmediatamente: los trastes sucios en la cocina, sus réplicas de piezas arqueológicas por todo el lugar, un desastre en la sala. Alguien tocó a la puerta. Diego se dirigió a abrirla, pero de pronto otro él le ganó y preguntó quién llamaba.

¿Era él? ¿Otro *él*? ¿Un fantasma? ¿Quién era él entonces? ¿Dos Diegos? Si *él* era Diego, ¿quién era él? Entonces él no era *él*. Era una sombra de *él*. Su inconsciente *él*. Qué joven se veía. Jovial. Entusiasta. El hombre que llamaba a la puerta se identificó como el arqueólogo Leopoldo Gómez Ángeles. «Sí lo recuerdo. Fue a verme un día antes de conocer a Delfino Endoque». Abrió la puerta, se saludaron con un abrazo amigable, platicaron de sus anécdotas universitarias. Qué tiempos aquellos, vaya borracheras.

—Pues te diré, Diego, tengo un proyecto en la zona arqueológica de Cholula, en Puebla. ¿Te interesa? —dijo Leopoldo.

Daza lo rechazó rotundamente. Sus argumentos eran que cambiarse de ciudad no estaba en sus planes. Y frente a la insistencia de su amigo se excusó con innumerables razones absurdas.

«¡No! ¡No! ¡No! ¡Dile que sí! ¡Cambia el curso de tu vida! Responde. ¡Dile que sí! ¡Sí, vete! ¡Anda! Mañana tu vida dejará de ser igual, un hombre llamado Delfino Endoque llegará y lo distorsionará todo», le gritó a ese otro él.

—Lo siento. No me interesa.

Los últimos meses su mente había optado por aniquilar todos aquellos recuerdos, pero justo esa mañana comenzaron a resucitar.

Despertó y comprendió dónde había estado los últimos meses. Era un hospital psiquiátrico del gobierno, por lo cual abundaba la gente de escasos recursos; llegados luego de un prolongado y tortuoso recorrido con los síntomas desde la cabeza hasta los calcetines. Todos eran divididos por sexo. Los pacientes crónicos —de trastornos de meses o años, algunos sin remedio— eran ignorados, despreciados, destinados a jamás ver la salida; y a los agudos —en estado de máxima expresión, pero pasajera—, les suministraban antipsicóticos. Pese a que la regla era trabajar la enfermedad psiquiátrica con la familia del paciente, generalmente se llevaba a cabo mucha terapia para la motricidad —absolutamente irrelevante—, farmacoterapia y una pésima e inútil psicoterapia. La enfermedad más común era esquizofrenia paranoide y depresión.

Sin moverse de la cama, el arqueólogo forense Diego Augusto Daza Ruiz intentó recordar el momento exacto en que había llegado ahí, pero la cripta de su memoria se encontraba totalmente sellada. Todo parecía haber sido suprimido. Sabía que había vuelto de Francia.

Recuperó un recuerdo más: se había ido tras aquel conato de linchamiento. Llegó a su mente otro recuerdo, el más tortuoso: Maëly, Maëly, había muerto Maëly. Aquella mañana esperaban que el semáforo de peatones de la Rue de Rivoli les permitiera el paso. Habían caminado desde Le Benjamin Café en la Rue des Lavandières Sainte Opportune donde desayunaron, por ser el lugar en el cual se conocieron y donde aquella francesa le había extirpado todo sentimiento de temor y dolor en los últimos meses. Por fin Daza aseguraba haber alcanzado la cúspide de la felicidad. Cometió el error de pensar que ya no podía pedirle más a la vida, y quizá por eso la vida se la arrebató, no sin antes permitirles un apasionado beso de despedida. Frente a ellos la bandera francesa ondeaba sobre la entrada del Conseil d'Etat. A mano izquierda en la Place du Palais Royal el Hôtel du Louvre yacía con sus arcos refulgentes. A mano derecha se encontraba el edificio de Louvre des Antiquaries. Las rejas que rodeaban las entradas a los pasillos subterráneos del metro se hallaban atiborradas de bicicletas y motonetas. El semáforo marcó el alto a los automóviles. Maëly le dio un intenso beso, acariciándole el rostro con las dos manos al enamorado Diego; al ciego enamorado, que no pudo ver el auto que circulaba a toda velocidad justo en el instante en que ella dijo sonriente: «¡Alcánzame!».

Después fueron incontables las ocasiones en las que quiso alcanzarla donde quiera que se encontrara, si es que acaso existía el otro mundo. De eso no había duda, pero ese día, esa mañana fatal, no pudo alcanzar siquiera su mano para evitarle el brinco al precipicio de la muerte. El conductor se pasó el alto y se llevó a Maëly entre las llantas, arrastrándola por más de quince metros. La recién reconstruida vida del arqueólogo forense se desplomó en segundos. No tuvo tiempo de ver las placas del auto que se daba a la fuga. No tuvo siquiera un santiamén para comprender lo acontecido. Aquellos dramáticos instantes se habían borrado de su memoria por los últimos años. Y ahora, acostado en la cama de aquel hospital psiquiátrico, volvían como fotografías recién reveladas. ¡Maëly! ¡Maëly! ¡Maëly! Maëly había sido arrollada por un Mercedes Benz azul. ¿Cómo lo había olvidado? Un bombardeo de evocaciones le devolvió la cordura. Recordó un rostro: un hombre. Usaba gafas negras y barba. Un hombre de aproximadamente cuarenta años. Francés. Era francés. Manejaba un Mercedes Benz azul. ¡Maëly! ¡Maëly había sido asesinada! ¡No fue un accidente! ¡No!

—¡Un Mercedes Benz azul! —dijo y se incorporó.

El paciente en la cama de la derecha abrió los ojos sorprendido.

—¿Qué?

—¡El hombre manejaba un Mercedes Benz azul!

—¿Quién? —preguntó el compañero de habitación.

—¡El hombre que Gregorio Urquidi mandó a Francia para que me asesinara manejaba un Mercedes Benz azul!

II

EN EL JARDÍN DE LA DEMENCIA LAS HORAS TRANSCU-rrían sin anuncio. No había un solo reloj. Si los pacientes levantaban la mirada al cielo no era para adivinar el tiempo, sino para observar las palomas que aterrizaban en las cabezas de los ángeles de la fuente.

Seis meses antes de que Diego Augusto Daza Ruiz recuperara la cordura, llegó un paciente. Dos paramédicos lo cargaban en una camilla rumbo a la sala de emergencias. Pero Daza no vio eso, sino la entrada triunfal del Tetzahuitl Huitzilopochtli que era llevado en andas por dos sacerdotes caudillos.

Andrés, un paciente de veinte años, vio otra cosa: un guerrillero caído por tres balas en el pecho.

—Pobre hombre. Fue un gran soldado —dijo Andrés moviendo la cabeza de izquierda a derecha y poniendo su mano en el pecho.

Celia sonrió. El veneno que le había puesto en el desayuno al hombre que atracaba su sexualidad todas las noches por fin había pagado por sus fechorías. Pero Celia calló, no dijo una sola palabra; nadie debía saber que ella, sí, ella lo había envenenado.

Baldomero comenzó a darse fuertes golpes con el índice en la herida que tenía en la palma izquierda. Lo hacía para corroborar con el dolor que seguía vivo. Eran tantos y tan fuertes que había logrado traspasar las primeras capas de piel haciendo una nada trivial perforación. Contaba cada golpe. A su llegada los médicos le curaron la herida pero, al ver que a la mañana siguiente amanecía sin vendaje, optaron por ponerle un yeso. Pero fue tanta su insistencia que luego de dos meses logró perforarlo. Tras una interminable lucha, los psiquiatras se dieron por vencidos y le dejaron agujerarse la palma izquierda. Le desinfectaban la herida tres o cuatro veces por día. El procedimiento requería de una dosis de barbitúricos pues Baldomero aseguraba que ahí era un centro de experimentos científicos patrocinado por la Iglesia católica.

—Le van a inyectar la droga que cambia las preferencias sexuales. Son unos homofóbicos.

Quirino le habló a Quirino. «¿Ya viste, Quirino?». «Sí, otro extraterrestre». «Vamos a decirle que no está solo». «¿Será xehn?». Quirino era un xehn, de la Galaxia E-758, donde dos personas vivían en un mismo cuerpo, pero con distintas vidas y distintos tiempos. Podían estar juntos en soledad, dialogar, compartir ideas, pero en público uno de ellos entraba en un lapso de suspensión para que el otro pudiera tener su individualidad. «Calla, nos escuchan». Un convoy de xehn había llegado treinta años atrás al planeta Tierra en busca del alimento más preciado: el lodo. Los acusaron de bigamia para matarlos de hambre. Quirino no era bígamo. Era el otro Quirino el que se había casado con Rosario. Él amaba a Scarlet. Y comprendía que ella también era xehn. Y cuando la vio salir de un hotel con otro hombre no la juzgó. Sabía que era la otra Scarlet que llevaba su otra vida. Pero ella sabía de la escasez de lodo en la Tierra, por ello lo envió al centro de detenciones de extraterrestres.

Servanda, una mujer esquelética, vio la llegada del hombre más gordo que había visto en su vida. Escondió con las manos su inexistente barriga. Se miró las manos, estaban gordas. «Oh, qué pena. Pobre hombre. Nadie le dijo que lo que comía lo llevaría a la muerte». Quince años atrás Servanda había entrado en las filas de las seleccionadas para las competencias de gimnasia olímpica. Pero dos kilos de más le impidieron llegar a tan preciado evento. O por lo menos eso le hizo creer su entrenador: «Hermosa, debes cuidar tu dieta. Sólo así se puede ser la mejor. El sobrepeso te roba agilidad».

José Arcadio Buendía se preguntó si aquel hombre venía de Macondo. ¿Sería Melquíades o Aureliano? ¿Qué será de Macondo? Nadie le creía que aquel lugar legendario en verdad existía. Llevaba cien años de soledad tratando de convencer a quien se le cruzara en el camino que un día llegó a Macondo un hombre llamado Gabo, al que le contaron su historia: «Léanlo. Ahí se encuentra le verdad. ¿Quién mejor que Gabo para relatar lo que sucedió en Macondo? ¿Novela? ¡Patrañas! ¡Yo estuve ahí! ¡Yo fundé Macondo!».

—Todos adentro —dijo uno de los enfermeros.

—Huitzilopochtli, aquí estoy —Diego Daza caminó en dirección contraria.

—¿A dónde vas? —lo detuvo el enfermero.

Dirigieron a los pacientes a una enorme sala donde permanecían deambulando de un lugar a otro la mayor parte del día. Algunos hablaban entre sí. Otros sólo se sentaban a ver.

La psiquiatra Clementina Baamonde Rovira cruzó el pasillo con un expediente entre el brazo y el pecho, sin prestar atención a los presentes. Al llegar a la sala de emergencias, se acercó al paciente recién llegado, abrió el fólder y leyó el expediente:

—«Paciente con depresión e intento de suicidio. Primer ingreso. Ningún antecedente».

Levantó la mirada y aprovechó la distracción de los enfermeros para borrar «Ningún antecedente» y escribir «Cinco antecedentes». Debía asegurarse que el paciente no saliera del psiquiátrico. Sonrió con disimulo. Justo cuando los enfermeros se preparaban para darle el tratamiento, la doctora Baamonde Rovira los detuvo.

—Yo me encargo; vayan a ver a los demás —tomó las jeringas, se las llevó a la bolsa de su bata y las cambió por otras con inigualable discreción. Inyectó al paciente y luego volvió a la sala donde se encontraban los demás internos y se dirigió a uno de los enfermeros—. Llévenlo a la habitación del paciente Diego Augusto Daza Ruiz. Es inofensivo —dijo y caminó a una oficina.

El clac clac clac de los tacones de la doctora Baamonde Rovira se escuchó hasta que ella cerró la puerta. El director del hospital, Humberto Rubén Fortanel, la esperaba en el interior.

—¿Y ahora? ¿Quién llegó? —preguntó sin dirigir la mirada a la psiquiatra.

Se encontraba entretenido fabricando un cenicero de papel. Todos los días hacía entre ocho y quince, con hojas en blanco, con la misma forma y tamaño. Llevaba cinco meses sin fumar. En cuanto completaba su artificio lo dejaba sobre el escritorio, lo observaba por un instante, sacaba un cigarrillo arrugado, se lo llevaba a los labios, inhalaba y lo ponía sobre el cenicero de papel.

—Intento de suicidio —respondió la doctora Baamonde y arrugó el entrecejo.

Maldito suicidio. Cuántas veces hubiese querido colgarse del barandal de las escaleras. Dejarse caer de un puente. Enterrarse una sobredosis de barbitúricos. Pegarse un tiro.

—¿A dónde lo enviaste? —el doctor Fortanel terminó de hacer su cenicero, sacó su cigarrillo, inhaló, y lo puso en el artificio de papel.

—Con el paciente Daza.

Rubén Fortanel tomó su cigarrillo, se lo llevó a la boca, inhaló, levantó el rostro, infló los cachetes y dejó escapar el humo imaginario.

—Llévalo con el guerrillero —dijo.

Y cual si lo hubiese invocado en ese momento, se escucharon los gritos de Andrés en la sala. La doctora Baamonde se asomó tras la persiana de la ventana y encontró al paciente sobre una mesa.

—¡Ahora sí, cabrones! ¡No se van a poder librar de nosotros! ¡Mataron a nuestro comandante! ¡Pero nos los vamos a chingar!

Los enfermeros se reían sin hacer algo por detenerlo.

—¿Qué hace ese cabrón? —preguntó Rubén Fortanel y destrozó su cenicero de papel golpeándolo con el puño—. Está parado en una mesa.

Pero Andrés estaba arriba de un tanque de guerra que le había robado al ejército. «¡Les vamos a dar en su madre!». El viento le daba en la cara. El viento sabía a libertad. La guerrilla por fin ganaba la guerra. Extendió los brazos:

—¡Allí les va, hijos de su puta madre! —lanzó una granada.

—¡Cuidado! —gritó Quirino—. ¡El lodo! ¡Que no destruyan el lodo!

Comenzó el caos. Cada cual en su propia guerra, en su propio mundo, intentaba salvar la vida. Lucila bailaba moviendo sensualmente las caderas y extendiendo los brazos, mientras cantaba en hindú *Aa tayar hoja* sobre uno de los sillones: *Aa tayar hoja aa tayar hoja, Aa tayar hoja shaam ki kashti mein, Aake savaar hoja chalo chale...*

Los enfermeros comprendieron que la granada lanzada por Andrés sí había logrado estallar la trinchera de la demencia. Rubén Fortanel y Clementina Baamonde observaban detrás del cristal. José Arcadio Buendía gritaba «¡Viva Macondo!».

En medio de aquella batalla campal Lucila llamaba con los dedos a Diego Daza mientras sonreía, se ondeaba erótica y cantaba en hindú:

—*El anochecer será tan agradable, la palabras serán mías, pero los pensamientos tuyos. La conversación será inocente, dulce diluida con miel* —y le exhibía sus caderas bajo un vestido hindú que sólo ella veía, al elegido del dios Kukulcán.

La tropa de enfermeros comenzó a derribar a los rebeldes. Uno a uno fue cayendo con las interminables dosis de Pentotal. A los ojos de Daza, Lucila era la princesa Nimbe convertida en diosa. Había reencarnado. Por fin se había cumplido la profecía. Itecupinqui debía estar feliz. Diego sonrió sin percatarse de que a sus espaldas tres enfermeros arremetían en contra del guerrillero. Ni Lucila ni Diego escuchaban los gritos. Ella danzaba erótica escuchando sólo lo que cantaba; y él gozaba con la gloriosa llegada de Nimbe, la princesa del Anáhuac.

—Anda... —una voz irrumpió en el silencio en el que se hallaba el arqueólogo forense.

Giró la cabeza y se encontró con un enfermero que lo tomó del brazo.

—¿A dónde? Vamos a tu habitación.

A Lucila la bajaron del sillón cargándola como novia que entra al hotel en la noche de bodas, mientras ella seguía cantando *Aake savaar hoja chalo chale,* con los brazos extendidos. Daza sonrió. Los enfermeros llevaron a cada uno a sus respectivas celdas. Al entrar, Diego descubrió que el hombre que había llegado ese día estaba en la cama que hasta ese momento se encontraba vacía. Se acercó a él y lo miró con atención. El hombre abrió los ojos y sonrió.

—Hola.

La luz del sol entró por la ventana. Daza dio un par de pasos hacia atrás. No lo podía creer. Estaba ahí, junto a él.

—¿Cómo estás? —le preguntó el paciente y se incorporó.

A Diego le faltaban palabras y le sobraban las preguntas:

—¡Tú!...

—¿Sabes quién soy? —preguntó el paciente.

—¡Sí! ¡Sí! ¡Sí! —sonrió—. ¡Tú eres Huitzilopochtli!

—No —el hombre sonrió.

—Sí, sí. Lo que pasa es que lo has olvidado. El momento ha llegado. Tú eres el Tetzahuitl Huitzilopochtli. Allá afuera está Nimbe, llevando a cabo la danza de la serpiente. Yo soy el elegido del dios Kukulcán. Somos los símbolos de los animales sagrados: Cóatl, Balam y Cuauhtli. Somos las reencarnaciones de los dioses: Tonantzin, Kukulcán y Huitzilopochtli. Eres el dios de los aztecas. Tú traes el mensaje: «La revelación del águila». Te contaré...

La cuenta de los años parece indicar que entre 1100 y 1150, grandes tormentas arremetieron contra la ciudad de los aztecas, pero no aquella que se conoce como Mexico-Tenochtitlan, sino la antigua ciudad Aztlan. Las lluvias inundaron todo alrededor y todo se convirtió en un inmenso lago. Los cadáveres flotaban en cantidades inimaginables. La tierra volvía a ser de nadie. Los sobrevivientes pasaban días y noches abrazados en las copas de los árboles viendo cómo las lluvias lo arrastraban todo: sus casas, sus pertenencias, sus familiares, sus amigos, sus animales y sus alimentos. El cielo siempre nublado. Las noches siempre frías. Los días siempre tristes. El agua subía y subía. El alimento escaseaba. Los que bajaban de los árboles en busca de algo para llevarse a la boca jamás volvieron. Los niños lloraban y lloraban. Las mujeres que amamantaban a sus críos perdían peso día a día, luego todas ellas, débiles y desnutridas, caían al agua con sus críos en brazos por el agotamiento. Nadie bajaba a rescatarlas por miedo a ser arrollados por las corrientes feroces. Hubo días en que la lluvia era un goteo inofensivo pero tan constante que no permitía que las corrientes bajaran. Y en las noches parecía que los cielos enardecían. Todo se iluminaba por instantes. Y en segundos un trueno estruendoso reventaba en el cielo. Era el fin y el inicio.

Cuando ya todo parecía indicar que todos morirían de hambre, las lluvias desaparecieron. Una mañana salió el sol. El agua inmóvil como un espejo. Los que habían logrado sobrevivir bajaron cautelosos. El agua les llegaba al pecho. Pero necesitaban alimento. Y sabían que ahí ya no lo encontrarían. No había animales ni siembra. Todo era agua, agua por donde miraban. Buscaron algunos peces por largos ratos y al comprender que no había nada llegaron a la conclusión que de no salir de ahí morirían de hambre.

Pronto más gente comenzó a bajar de los árboles. Las mujeres cargaban a sus hijos muertos. Los hombres se sumergían en el agua en busca de algo de utilidad. Nada. Todo se lo había llevado la corriente. Siguieron caminando en medio del agua todo un día y al llegar la noche se subieron a los árboles para pasar la noche. El cansancio era insoportable. No habían dormido en muchas noches. Algunos de ellos caían al agua derrotados por el sueño, y al golpear el agua despertaban aterrados. Gritaban. Y al saber que el agua les llegaba al pecho recuperaban la calma. Volvían a las copas de los árboles y se sentaban en las ramas. Hubo quienes se amarraban para no caer al agua.

Al día siguiente volvieron a bajar. El agua les llegaba a la cintura. Descubrieron que eran menos. Algunos habían muerto de hambre aquella noche. Las mujeres que cargaban a sus hijos muertos comprendieron que ya no tenía caso cargar sus cuerpos y los dejaron flotando en el agua. Caminaron todo el día sumergidos en aquellas aguas. Lloraban sin decir una palabra. Por fin llegaron a tierra seca. Buscaron comida. Recorrieron la orilla. Todos los sembradíos estaban destruidos. No se veían animales dondequiera que buscaran. De pronto encontraron un cadáver flotando en el agua. Uno de ellos corrió a sacarlo, con intenciones de comer su carne. Pero el estado de descomposición era tal que resultaba imposible siquiera acercarse a él.

Deambularon el resto de la tarde comiendo hierba y bebiendo agua del lago que se había creado, un lago que antes no existía. Cayó la noche y se dieron por vencidos. Todos se aglutinaron debajo de un árbol para esperar el amanecer. Y sin percatarse cayeron en un profundo sueño. El cansancio no les permitió escuchar los ruidos de la noche ni sentir temor alguno. Fue tal su sueño que no se percataron cuando se hizo de día. Era ya el atardecer cuando uno de ellos despertó. El nivel del agua había bajado. Pronto los demás fueron recuperando la conciencia. Hubo unos cuantos que no despertaron. Habían muerto de hambre.

Los sobrevivientes se apuraron a buscar algo con filo. Cogieron los cadáveres y los empezaron a destazar. La gente se amontonó para obtener la mejor parte. Una mejor tajada para sus críos o para los pocos ancianos que habían sobrevivido, lo más posible para llenar sus panzas vacías. Tragaron la carne cruda hasta saciarse. Luego volvieron a descansar.

Más tarde caminaron al lago. Descubrieron que el nivel del agua había bajado. Se metieron al agua y notaron que les llegaba a las rodillas. Siguieron caminando hacia adentro. Buscaron sus pertenencias. Recorrieron el lugar donde habían habitado todo ese tiempo y comprendieron que todo se había terminado. Aztlan había desaparecido.

III

EL CLAC CLAC CLAC DE LOS TACONES DE LA DOCTORA Baamonde se escuchó nuevamente por el pasillo. Al llegar a la recepción se encontró con el detective Delfino Endoque que desde julio —mes en que el arqueólogo Diego Daza ingresó a la mansión de la demencia— hacía acto de presencia con insistente frecuencia.

—Buenos días —dijo al ver a la doctora Baamonde—. ¿Algún progreso?

—Nada —respondió la psiquiatra—. Su amigo no responde. ¿Quiere verlo?

Endoque asintió con la mirada.

—Sígame —dijo la doctora.

Cruzaron por en medio de la recepción y la sala de espera. Al llegar a una puerta la doctora se detuvo y pidió a los encargados de seguridad que les permitieran el paso. Se escuchó un fuerte e incómodo timbre y la puerta se abrió automáticamente. Entraron a la sala donde solían recrearse los pacientes. A mano derecha se hallaban las oficinas de los psiquiatras y la del director desde donde se podía ver todo.

—¿Cómo le fue en su viaje? —preguntó la doctora.

El detective tenía apenas dos días de haber regresado de Francia.

—Bien, ya sabe, lo de siempre, ir por aquí y por allá, tomando fotos —respondió con indiferencia—. Pero me sirvió para descansar.

Llegaron a otra puerta, la cual también tenía que ser abierta por los sistemas de seguridad. Otra vez el mismo timbre ruidoso, al cual le siguió el clac clac clac de los tacones de la doctora Baamonde. El pasillo al que entraron tenía todas las luces apagadas; la única luz que se veía era la que se filtraba por las ventanillas de las habitaciones y el gran ventanal al fondo. Delfino Endoque ya se sabía el camino. Tendrían que llegar al final del pasillo, dar vuelta a mano derecha y subir por las escaleras o el elevador. De pronto sonó su celular. El detective siguió su camino.

—¿No piensa responder? —preguntó la psiquiatra.

—Más tarde —dijo Endoque y dirigió la mirada a las ventanillas de las celdas.

—Puede ser importante.

Se llevó las manos a su barba de candado y la peinó con los dedos. El teléfono insistió. La doctora se detuvo.

—Responda. Los teléfonos alteran el estado de algunos pacientes.

Delfino Endoque contestó el aparato.

—¿Cuándo? —apretó los dientes—. Voy para allá.

Tras liberar un suspiro tartamudo y bajar la mirada por unos instantes, el detective Endoque guardó su teléfono y cerró el cierre de su chamarra de piel negra.

—Me tengo que ir.

Una hora más tarde llegó al Reclusorio Norte, cuya

entrada se encontraba llena de periodistas, ambulancias y policías. En cuanto condujo su camioneta al portón para entrar al estacionamiento, los reporteros le obstaculizaron el paso.

—¿Nos puede decir su nombre? —le gritaban golpeando el cristal con los micrófonos.

—¿Qué sabe sobre los acontecimientos de anoche?

El brillo de los flashes alumbraba el interior de su Suburban.

—¿Nos puede dar una entrevista?

—¿Cuántos muertos hubo?

Finalmente un grupo de granaderos le abrió el paso al detective. Un hombre caminó hacia su camioneta y le solicitó una identificación. Delfino Endoque abrió la ventana lo menos posible para entregarle la credencial al oficial. Luego de unos minutos el portón se abrió y los granaderos contuvieron a los reporteros para que Delfino lograra pasar. Al llegar al estacionamiento lo recibió Manuel Cuéllar, el director general del reclusorio. El saludo fue insignificante, sin los acostumbrados abrazos por parte del director, quien en ese momento se hallaba pálido.

—Vamos —dijo Manuel Cuéllar—. Los periodistas están grabando desde los helicópteros. Vamos, vamos.

Al entrar al penal caminaron sin detenerse en ninguno de los filtros de seguridad. Había granaderos y policías judiciales por todas partes. Llegaron al patio principal donde tenían a todos los presos acostados bocabajo y en calzoncillos.

—Es uno de los peores motines que ha habido en la historia —agregó Cuéllar.

—¿Cuántos muertos?

—Aquí entre nos —se acercó al oído del detective—,

ochenta y nueve. Pero ni madres que lo voy a anunciar así. Que se conformen con dos o tres muertitos. ¿Para qué me busco problemas? Ya sabes lo que pasó con la escuela que se derrumbó. Hasta el día de hoy no saben qué hacer con los familiares de los niños muertos. Aquí esas cosas se pueden maquillar. Primero les negamos las visitas a los familiares. ¿Que qué? Un castigo, por andar de desmadrozos. Y luego les decimos que fueron enviados a otros reclusorios. O mejor aún, que fueron los que se fugaron.

En ese momento llegaron a las celdas. Había papeles y objetos tirados por todas partes.

—Aquí es —dijo Cuéllar.

La celda en la que se había detenido estaba completamente calcinada. En el centro se hallaba el cadáver de uno de los presos. Los peritos investigaban cautelosamente con cubrebocas y guantes de látex.

—¿Es él? —preguntó Delfino.

—Parece que sí.

—¿Eso quieres creer?

—¿Por qué dices eso? Yo soy el más interesado en que sea él. Si el Greñudo Suárez fue unos de los que se fugó sería mi ruina. Y si así fue, necesito tu ayuda para encontrarlo.

—¿Y por qué precisamente yo?

—Porque fuiste tú quien ayudó a que lo apresáramos meses atrás.

Delfino intentó disimular su asombro al escuchar que Cuéllar le adjudicaba la responsabilidad de haber entregado al Greñudo Suárez meses atrás.

En efecto, él había ayudado para que una mañana de julio de ese mismo año, agentes de la PGJ, la PGR y el Ejército, rodearan la casa, y tras un sangriento operativo de tres horas lograran capturar al capo y veinte de sus hombres. Lo cierto era que él no había dado el pitazo, sino la Güija, quien argumentó que Suárez había quebrado el código del narcotráfico «crimen sin víctimas»: no vender droga en el país, no cometer crímenes que incluyan secuestros, violaciones, pederastia ni pornografía infantil. Asimismo había denunciado al excandidato Valladares Lasso de tener nexos con el narco. La denuncia directa de Delfino Endoque habría sido inútil, pues debía hacerla alguien con nexos en las ligas mayores. Él sólo había realizado el espionaje y grabado a Valladares Lasso en video, y enviado a la Güija —quien a su vez envió a la PGJ— las grabaciones donde contaba todo sobre la red de pornografía infantil en internet de Gregorio Urquidi.

—Entonces, ¿tengo tu apoyo en esto? —insistió Cuéllar.

El detective se agachó para observar el cuerpo calcinado. Se tapó la boca tratando de eludir las náuseas que le provocaba el hedor. El cadáver tenía la boca abierta, las manos sobre el cráneo y las piernas dobladas. Delfino se hizo tres preguntas: ¿Por qué siendo el capo de la droga había muerto solo en su celda? Hasta donde sabía, siempre estaba rodeado de guaruras. Tenía dinero para mantener a los reos y comprar a todos los custodios del penal. La suite que tenía por celda era otra prueba: cocina, comedor, sala, televisor de cincuenta pulgadas, computadoras. ¿Por qué entones el cadáver no tenía joyas? Si por algo se identificaba al Greñudo Suárez era por las ostentosas alhajas que cargaba ridículamente. Y finalmente, ¿por qué el cuerpo se veía mucho más pequeño? Si bien era cierto que los cuerpos se reducen tras ser calcinados, éste rebasaba los límites. Suárez era un hombre corpulento.

—Veré qué puedo hacer —respondió Endoque tras ponerse de pie.

—¿Necesitas más información? —preguntó Cuéllar.

—Sí —Delfino alzó las cejas—: Saber quién le abrió las puertas del penal.

Aunque Delfino Endoque estaba consciente que ignoraba mucho más de lo que sabía sobre el Greñudo Suárez, optó por no indagar más sobre su pasado, lo cual le habría ayudado a atar cabos. Sabía que Carlos Sebastián Suárez Gutiérrez, nacido en 1945, había sido hijo de familia numerosa en un rincón del mundo de escasas veinte casas, alejado del progreso, afuera de Jiquilpan de Juárez, Michoacán. Su padre los había mantenido a todos aislados del progreso en aquel lugar en donde no había drenaje, agua potable ni electricidad. Los automóviles jamás habían entrado a aquel sitio relegado del país. La primera vez que su padre lo llevó a la orilla de la carretera y vio los autos y camiones cruzar a toda velocidad rumbo a Jiquilpan de Juárez, tuvo la certeza de haber encontrado el objetivo de su vida: conocer el mundo.

Conoció el televisor en blanco y negro a los ocho años, frente a la vitrina de una tienda que ofrecía el aparato más revolucionario del siglo, y no pudo concebir cómo habían logrado meter a la gente a ese artefacto. Su padre tuvo que explicarle que ellos se encontraban en un poblado muy pobre, y que los televisores eran un medio de comunicación al cual ellos no tenían alcance debido a su nivel económico, lo cual provocó en el niño una rabieta incontenible. Por primera vez en su vida comprendió que el paraíso en donde había estado los últimos ocho años no era más que la peor de las miserias concebibles. Él, que tenía sueños de ser el gran inventor de algún artefacto que lograra alumbrar de noche, se sintió un rezagado mental. No podía creer que aquel utensilio ya existía y que se llamaba foco.

La enfermedad terminal de su madre los obligó a mudarse de Jiquilpan de Juárez un año más tarde, y Carlos Sebastián Suárez Gutiérrez, junto con sus hermanos, fue enviado a la primaria. Los primeros años hizo evidente su gran capacidad de retención; al llegar a la pubertad conoció a la primera muchachilla que le zarandeó el piso y dejó el aprendizaje académico por la escuela de la vida. Se convirtió en el peor de los alumnos y en el mejor de los conquistadores. Aun así, algunas de ellas desdeñaron el insípido porvenir que les auguraba un devaneo con el adolescente pobretón de quince años.

Lo que Delfino Endoque ignoraba por completo, era que la existencia de Suárez quedó marcada de por vida cuando conoció a Carolina Gaitán, la joven más hermosa que había visto en su miserable existencia. La ingenuidad de sus diecisiete años le hizo creer que aquello que tanto había escuchado de «verbo mata carita» en realidad funcionaba. Se le olvidó tomar en cuenta que en algunas ocasiones era necesario un carro, de esos que pocos tenían, y un tanto de dinero. O por lo menos fingir tenerlos. Si bien la joven no poseía aspiraciones de riqueza, había llegado a la ambiciosa conclusión de que su belleza la hacía digna a mejores candidatos. Sebastián Suárez, fiel a la filosofía popular de cortejar mujeres con regalos, comenzó la maratónica tarea de robar carteras con lo cual le compraba baratijas.

—El día que llegues a mi casa con un auto de ésos, seré tu novia —señaló uno de los primeros Ford 1962 que habían llegado a México y que circulaba frente a ellos.

Aquel descalabro tuvo que añejarlo en la cava de los rencores para curarlo años más tarde con el sabor de la revancha. Con un escapulario y un rosario colgados al cuello, destartaló automóviles, desnudó transeúntes, violó chapas, hasta llegar a los asaltos a mano armada con sus camaradas. El tiempo les daría luego fama local. El Curandero, uno de los primeros narcotraficantes michoacanos —cuando la droga sólo era para exportación— supo de ellos y decidió reclutarlos. Primero como empacadores de droga en sus bodegas, luego como transportistas de mercancía a la frontera. Meses después se convirtieron en sus mejores empleados. Fieles. Siempre a la deriva. Un día llegó el momento de matar. Jalar el gatillo no fue difícil, sino convivir con la imagen del hombre ensangrentado que lo persiguió por días. Concebir la idea de que ya no era una persona común sino un vil sicario, tomó tiempo. Debía asumir la responsabilidad ante los espíritus que se le aparecían día y noche. Sólo había de dos: huir de ellos o confrontarlos. Una noche Carlos Sebastián Suárez Gutiérrez le rogó a su Dios que le diera las fuerzas suficientes, y le gritó al muerto que lo seguía: «¡Aquí estoy! ¡Sí! ¡Yo te maté! ¿Qué quieres?». El muerto reventó el foco de la recámara y se fue por la ventana para nunca más volver. Sus compinches despertaron, intentaron encender la luz y, al no conseguirlo, prendieron una vela: lo encontraron con la greña desbarajustada. Desde entonces lo llamaron el Greñudo Suárez.

Pronto el Curandero le dio mayor jerarquía al joven que cada vez demostraba menor temor a las autoridades. Lo que no supo fue que el Greñudo Suárez le había perdido el miedo incluso a su jefe y que no deseaba ser un segundón. Para ello debía definir su superioridad, pero sólo había una forma: armó un ardid, llevó gente a su partido y un día frente a todos mató al Curandero rebanándole la yugular. Cuando los aliados del viejo jefe de la mafia intentaron vengar su muerte, una docena de seguidores del Greñudo Suárez los acorraló con rifles, dando muerte a la gran mayoría. Bien comprendía el nuevo líder que no sólo debía caer la cabeza del Curandero, sino las de todos los que le seguían en escalafón.

En 1971, cuando apenas había cumplido veintiséis años, se convirtió en el hombre más popular del pueblo. Le ganó la batalla a casi todos los narcos de la zona. Se construyó un rancho con tres mil hectáreas, con zoológico, lagos, helipuerto y aeropuerto. Hacía grandes fiestas con jóvenes menores de edad. Tuvo infinidad de mujeres. Pasó los próximos años obligando familias para que le entregaran a sus hijas. Aunque mucho se creía que para él no había mujer inalcanzable, Suárez sabía perfectamente que sí la había: Carolina.

Para ella, para la hermosa Carolina Gaitán, la más linda del pueblo, la más deseada, para aquella joven que lo había desdeñado nueve años atrás —entonces de dieciocho—tenía cocinada una sorpresa. Con ella no aplicaría el ya tan acostumbrado ritual de pasar en su Cadillac 72, bajar la ventana y decir súbete. Ni hablaría con sus padres para que la llevaran en charola de plata a su rancho. Ni la obligaría de ninguna otra manera posible. Tenía planeado enamorarla, llegar a ella justo como Carolina lo había exigido, con su auto de lujo. Pero en esa ocasión no llegó con baratijas en las manos, ni con un solo ramo de flores. Bajó y tocó la puerta. Por un instante Carolina Gaitán no lo reconoció. Hacía nueve olvidables años que no lo veía, pues en la juventud casi todo se olvida.

—¿Me recuerdas?

En el interior de la casa se escuchaba la radio. Sandro cantaba: *Por ese palpitar que tiene tu mirar, yo puedo presentir*

*que tú debes sufrir igual que sufro yo, por esta situación que
nubla la razón...*

—¿Qué te hiciste? —preguntó Carolina viéndolo de
arriba abajo.

—Me gané la lotería.

—Ya me di cuenta, pasa —Carolina abrió la puerta por
completo.

—No. Hoy no puedo. Tengo que atender unos asuntos.
Pasaba por aquí y me acordé que vivías en esta calle —sonrió
fingiendo una casualidad— y decidí detenerme a saludarte.

—No te creo —intervino Carolina disparando los ojos
al techo.

—Es la verdad. Pero si un día tienes tiempo llámame y
nos vemos.

—¿Y dónde te encuentro?

—Tienes razón —sonrió y buscó algo con qué escribir.

—Dame un momento —dijo Carolina y entró a su casa
por papel y pluma.

*Tan sólo una amistad, mientras en realidad se agita la
pasión, que mueve el corazón y que obliga a callar: Yo te amo...*

La melodía le machacó el corazón al Greñudo Suárez
quien al verla entrar y salir, evocó los momentos más tor-
tuosos de su adolescencia. Minutos después, el ego se le
infló como un globo a punto de reventar y salió caminando
a su despampanante Cadillac 72 acompañado de sus mato-
nes. Días más tarde Carolina cayó en la trampa: le llamó. Y
sin saberlo fue víctima de una seducción telefónica. Fueron
muchos los días en que pasaban horas platicando por teléfono sin que él se apareciera por su casa. Si bien el dinero fue
tan sólo la llave que le abriría las puertas de un nuevo devaneo, la manera de seducir del Greñudo Suárez fue lo que le

desnudó el corazón a Carolina Gaitán. Sebastián concluyó que aquello de verbo mata carita funcionaba, siempre y cuando el verbo fuese acompañado de dinero.

—Hoy es nuestra noche —le dijo por fin una tarde el Greñudo Suárez por teléfono—. Voy por ti a las nueve.

Ella, como era esperado, dijo de inmediato que sí, y desesperada aguardó la llegada del hombre que le había estrangulado los deseos por teléfono. Para Carolina Gaitán fue inverosímil que por primera vez un hombre le arrancara el sueño, que la hiciera esperar tanto para tener su primera cita. Esa noche esperaba que él llegara y la tomara en brazos y la besara lascivamente, pero sus esperanzas no se cumplieron. Sebastián la llevó a un salón de baile. La noche ofrecía manjares en charola de plata para la seducción. El lugar pese a ser pequeño, era acogedor y elegante para la época. Las meseras iban y venían con billetes entre los dedos, un grupo de jóvenes músicos llamado Los Ángeles Negros cantaba al fondo del lugar una canción llamada *Mañana me iré*, que años más tarde sería un éxito popular.

Nubes de nicotina flotaban epicúreas. Suárez la sedujo infinitamente, y al ritmo de la canción, le acarició lentamente las manos, los brazos, los hombros, el cuello, el rostro y la espalda. Le hablo al oído, le declaró lo delicioso que era tenerla en brazos, halagó lo hermosas que eran cada una de sus sonrisas, lo lascivo de su aliento. La enmudeció con sus versos. Carolina Gaitán consintió las reglas del devaneo, cerró los ojos, extendió los brazos y se tiró al tormentoso abismo del amor. Y esa noche cayó en la cama del Greñudo Suárez.

Al salir el sol, Sebastián recobró la conciencia y supo que la mujer que amaneció en su cama no era aquélla con quien había hecho el amor. La inquietud de llamarla noches después lo atormentaba como un fiscal en medio del juicio final: «Confiese, ¿se ha enamorado usted de esa mujer?», y el dedo índice apuntando al rostro de Carolina Gaitán. «Sí, sí, sí», hubiese querido gritar a los cuatro vientos como un desquiciado.

Si bien buscarla resultaba ya de por sí espinoso, amarla sería como bajar la retaguardia. Los migajones del rencor seguían regados por todos los pasillos de su corazón.

—Perdóname —le dijo Carolina el día en que se descubrió perdidamente enamorada de él.

Y quiso confesarle que se arrepentía de haberle escupido en el orgullo años atrás, pero el Greñudo Suárez le selló los labios con un beso. La llevó a vivir a su palacio y la coronó reina de su colmena. Le coloreó un mundo inexistente. La enalteció hasta que ella acarició las nubes con la punta de los dedos, para que divagara mientras él llevaba a cabo una cuenta regresiva que culminaría con soltarla de porrazo.

IV

P ESE A QUE LA NOTICIA DE LA FUGA DEL GREÑUDO Suárez se leía en los titulares de todos los periódicos y se discutía en todas las estaciones de radio y canales de televisión, Gregorio Urquidi todavía no se enteraba. Aún no despertaba cuando uno de los pastores de la Iglesia de los Hombres de Buena Fe tocó a la puerta de su habitación con un ahogo apabullante. Arrugó los ojos y dirigió la mirada al despertador sobre el buró. Eran apenas las seis en punto de la mañana. Un irritante dolor de cabeza le reclamó el exceso alcohólico de la noche anterior. Percibió inoportunamente su aliento pestilente y reaccionó con un mohín de desagrado.

—¿Quién? —preguntó.

—¡Demetrio! —respondió el hombre en voz alta.

—¿Qué quieres?

—¡Necesito informarle algo muy importante!

Las enormes y pesadas cortinas de terciopelo color vino de la habitación reprimían la entrada de la exigua luz del amanecer. Una falda negra y una blusa blanca yacían sobre un sillón importado de Italia; un brasier colgaba de una lámpara de piso; un par de pantalones descansaban en el otro extremo de la recámara, y una docena de botellas de vino tinto reposaban vacías, luctuosas, destinadas al destierro, sobre una mesa fabricada en España. Urquidi dirigió la mirada a la joven que se encontraba acostada a su lado. Era una de las devotas de la Iglesia de los Hombres de Buena Fe, a la cual había intentado seducir por meses.

Nunca una mujer se le había hecho tan difícil. Si bien en años anteriores solía utilizar la brutalidad para alcanzar sus más atroces pasiones, ahora se había hecho al hábito de atraerlas con el simple y único propósito de jugar al Casanova. Su crueldad había descubierto y adoptado formas de tormentos más sutiles, con los cuales alimentaba sus insaciables deseos. Su poder de convencimiento había adquirido dimensiones inimaginables. Por fin había logrado hacer su sueño realidad: los feligreses le llamaban Su Alteza Serenísima. Con la demencia de Diego Daza y tras el fracaso de su intento por convencer a sus seguidores de que dicho personaje era el Elegido de Dios, Urquidi llegó a la conclusión de que no habría mejor elegido que él. Quién mejor para manipular las mentes, quién mejor para tomar tan honorable puesto, sino él, Gregorio Urquidi, conocido ante los fieles del Santuario de los Hombres de Buena Fe como el obispo Benjamín, Su Alteza Serenísima.

—El Señor ya no quiere que levantes tu vista al calvario —les dijo en uno de sus eventos multitudinarios con un acento fingido de portugués—, sino más arriba, porque él ya no está ahí.

—¡Gloria a Dios! —agregó la multitud—. ¡Aleluya!

—Israel se idolatró con esa serpiente —señaló a uno

de los pastores que alzaba una serpiente de plástico—. Y la tomaron como dios. El Señor no quiere que te detengas ahí. ¿Sabes por qué? —Urquidi caminaba de un lado a otro con gran dominio del escenario—. Ese mensaje que ves ahí en la cruz estaba en tres idiomas. En griego, el idioma de los intelectuales; en latín, la lengua de los conquistadores, y en hebreo, el de los sacerdotes. Ahí decía Jesús de Nazaret —señalaba con gran insistencia—. ¿Qué crees que ocurrió? Ignoraron que ahí estaba crucificado Jesús, el verdadero hijo de Dios. Y pasaban los conquistadores, los intelectuales y los sacerdotes. El conquistador caminó frente a nuestro Dios, movió la cabeza en forma negativa y dijo: «¿Para qué me puede servir ese rey si yo soy conquistador? Yo conozco reyes, yo conquisto grandes tierras». El sacerdote, de igual manera, pasó a su lado y dijo: «¿Para qué me puede servir ese cordero si ahí está colgado? Ése no es un dios. Está derrotado». El intelectual se acercó, también negó con la cabeza y dijo: «¿Para qué me puede servir un rey que no pudo demostrar su poder? Ahí está muerto. Colgado de la cruz. ¿Qué pasó con sus enseñanzas? Nada. No me sirve. ¿Qué les puedo enseñar a mis discípulos?». Así fue, hermano. Cuando Jesús estaba ahí, lo abofetearon, le escupieron. ¿Sabes por qué soportó todo eso? Porque murió por tus pecados. La gente allá afuera dice: «A mí no me vengan a molestar. A mí no me vengan a hablar de Dios. Déjenme en paz. No me invites. No tengo tiempo». Dios respeta tu libre albedrío.

—¡Gloria a Dios! —respondía la gente—. ¡Amén!

—Ahora hermanos, ya no va a venir para que el diablo lo golpee ni le escupa. Va a venir como rey —la gente aplaudió—. Él va a venir un día. Un día te vas a presentar delante de él. Dice la Biblia que los que están en el sepulcro oirán su voz. ¿Qué vienes a buscar aquí? ¿Sanidad en tu cuerpo o en tu alma? Lo puedes tener. ¡Pero debes tener fe! —gritó Urquidi—. ¿Tienes fe en el verdadero Dios?

—¡Aleluya! ¡Aleluya! —aplaudió la multitud—. ¡Gloria a Dios!

—Hace varios meses llegó ante mí un charlatán que decía ser *el elegido* de Dios, y le permití hablar, se los presenté, con un solo objetivo: comprobar cuántos de ustedes le creerían, cuántos le darían la espalda a nuestro verdadero dios. Y ustedes lo rechazaron cuando quiso llevarlos a esas religiones demoniacas de Kukulcán. Ustedes tuvieron fe en dios, el único. Y él ha decidido premiarlos. ¿Saben por qué? ¡Porque yo soy el Elegido! —disparó Urquidi con los brazos abiertos—. ¡Quién más, hermanos! Díganme, ¿quién? Si no se los dije antes fue para comprobar cuántos de ustedes tenían verdadera fe en Nuestro Señor, el único salvador. Lo mismo le ocurrió a nuestro hermano Jesús. Nadie le creyó, y lo crucificaron. ¿Quieren comprobar que yo soy el Elegido? Adelante: crucifíquenme —Urquidi extendió los brazos— y verán que en tres días resucitaré. Pero aquellos que duden de mí perderán la fe y no lograrán entrar en el Reino de los Cielos.

Para convencerlos, Gregorio Urquidi fabricó un ardid infantil: contrató a un charlatán experto en trucos de ilusionismo para que elaborara una crucifixión falsa. Llegado el día de tan esperado evento, llenó un predio de cuatro hectáreas fuera de la ciudad. Contrató autobuses para que llevaran a cinco mil personas, de forma que no tuvieran manera de volver. Les prohibió cargar con alimentos, teléfonos o aparatos electrónicos. Todos vistieron con túnicas blancas. Pasaron cuatro días y tres noches en oración o escuchando los sermones de los pastores.

El primer día era un viernes. Al dar las dos y media de la tarde se dirigió a los feligreses y les prometió volver al tercer día. Hubo llantos y plegarias de centenares de mujeres y hombres que pretendían detener aquella crucifixión.

—¡No! —dijo Urquidi de pie sobre una tarima y con micrófono en mano—. ¡Es justo que les compruebe que en verdad yo soy el Elegido de Dios! ¡Hay muchos farsantes por ahí y no quiero que crean que soy uno más! ¡Si tienen fe, resucitaré al tercer día! Y si no, moriré y me iré a sentar al lado de Dios, para observar con tristeza el fin de la humanidad.

Luego de decir esto, Urquidi se arrodilló frente a todos y comenzó a orar. Pronto el ilusionista y un par de asistentes lo acostaron sobre una cruz de madera. Se presentaron frente a la audiencia y mostraron los enormes clavos. Hubo gente que comenzó a gritarles denuestos. Otros lloraron y se arrodillaron, rogando perdón a su dios por su falta de fe. El ilusionista levantó el martillo y con una actuación precisa comenzó a «clavarle» las muñecas al farsante.

Para el fraude, habían instalado pantallas gigantes en las cuales se veía claramente la penetración de los clavos en las muñecas del Elegido de Dios, previamente grabadas. Además el artilugio tenía unas manijas bien pintadas que camuflaban la sangre y la piel, de donde Urquidi se sostuvo mientras levantaron la cruz. La gente lloró y gritó al verlo colgado, mientras que Urquidi reía por dentro.

«Mírelos, Su Alteza». «Así es, Gregorio, esto es un privilegio. Cuánta ceguera, cuánta sordera, míralos cómo lloran por mí». «Ya lloraron por la muerte del arzobispo primado de México y ahora lloran por el grande, Su Alteza Serenísima». «Ay, Gregorio, no sabes las ganas que tengo de reír en este momento». «Yo río con usted, Su Alteza».

—¡Arrodíllense! —dijo uno de los pastores imitando el acento portugués—. ¡Es momento de besar la tierra, de pedir perdón por nuestras almas! ¡Nuestro pastor está dando su vida por nosotros, por nuestros pecados, para salvarnos del infierno! ¡Alabado sea nuestro obispo sagrado!

Los tuvieron arrodillados, llorando y rezando por un par de horas, hasta que el ilusionista se preparó para llevar a cabo el acto final. Los pastores tenían por tarea distraer a la gente con sus sermones sin pausa, mientras el charlatán subía por unas escaleras portátiles para enterrar una lanza en el corazón del crucificado. Un artificial chorro de sangre escurrió por el pecho de Urquidi y una docena de mujeres se desmayó al instante.

—¡Señor, perdónalos! —dijo Urquidi con el micrófono que tenía colgado en el cuello—. ¡No saben lo que hacen! —y en ese santiamén representó su muerte.

Para su suerte, esa tarde cayó una tormenta. La gente se mantuvo bajo el aguacero intentando ver al hombre crucificado. Los obispos no dejaban de sermonear. La gran comedia era un éxito inminente. Las mentes débiles que habían logrado llevar hasta ese lugar serían a partir de entonces propiedad de Su Alteza Serenísima. Llegado el tiempo de bajar la cruz, el ilusionista se encargó de maquillarle ágil y disimuladamente las heridas y quitar las manijas de donde se había sostenido el crucificado. Para dar gusto a los escépticos les permitieron transitar uno a uno, en fila y a dos metros de distancia, para que pudieran ver los clavos y la sangre en las heridas.

Cual pieza de museo, Urquidi se mantuvo acostado varias horas hasta que el último de los fieles comprobó, o creyó comprobar, su muerte. Finalmente se llevaron el cuerpo a un carromato en donde fingieron lavar su cadáver. Más tarde sacaron un maniquí al cual le colocaron una réplica del rostro del Elegido de Dios, y lo expusieron los siguientes tres días en espera de la resurrección, mientras Urquidi descansaba tranquilamente en su carromato bebiendo vino italiano, fumando habaneros, leyendo y viendo televisión. La gente permaneció día y noche riñendo contra el cansancio y el hambre, rogando alcanzar el perdón de su dios.

Al llegar el amanecer del domingo, el ilusionista se encargó de cambiar el maniquí por el cuerpo de Urquidi, quien con una brillante actuación se levantó dejando a los presentes con la boca abierta.

—¡Aleluya! —gritó uno de los pastores—. ¡Aleluya! ¡Aleluya! ¡El elegido de Dios, Nuestro Señor ha resucitado! ¡Aleluya! ¡Aleluya! ¡Cantemos, hermanos!

Urquidi caminó al frente y tomó el micrófono:

—¡Un aplauso por tu fe! —Urquidi sonreía—. ¡Hermano, el pecado está vencido! ¡Ahora, hermano, nosotros también podemos decirle a la tentación, al pecado, al adulterio, y a la maldad que se larguen de nuestras vidas! ¡Fuera! ¿Sabes por qué? ¡Porque ahora —gritó Urquidi eufórico moviéndose por todo el escenario mientras una música melodramática le hacía segunda—, soy libre, ahora puedo hablar, puedo danzar, puedo alabar, ahora puedo testificar! ¡Hay sanación, hay salvación, hay esperanza, hay vida eterna! ¿Sabes por qué? ¡Porque yo soy el milagro más grande de Dios!

De nuevo todos se pusieron de rodillas, lloraron de alegría, cantaron y bailaron obedeciendo las instrucciones de los obispos y los demás pastores encargados de aquel teatrillo.

De aquella tarde sólo les quedó a los seguidores el recuerdo de un pasado inexplicable. Sus mentes dejaron de tener criterio propio. Sus cuerpos se convirtieron en propiedad privada de Gregorio Urquidi. Las mujeres nunca más volvieron a decidir sobre su sexualidad. Las más jóvenes y bellas en algún momento eran llevadas al lecho del Elegido de Dios.

La única que se había resistido era una muchachilla de ojos brillantes, llamada Azucena, a la cual tuvo que seducir con la punta de los dedos. Hacía años que Urquidi no encontraba tantos y tan hermosos gestos en el rostro de una mujer. La lista de damas con las que se había acostado era ya desconocida, no tanto por la cifra sino por lo intrascendentes que habían sido para él. Sólo Joaquina, su amor de primavera, continuaba volando en círculos como mosquito enloquecido alrededor de su cabeza. Había pasado toda una vida buscando mujeres que se asemejaran a Joaquina, y cuando les encontraba algún parecido vertía sobre ellas toda la rabia enclaustrada en su bilioso corazón. Volvía a su mente la efigie del dolor, el rostro de la joven en su lecho de muerte, sus ojos burlones que le gritaban que sólo lo había utilizado, que con satisfacción pagaba con su vida el privilegio de alcanzar la cumbre de su venganza hacia la familia Urquidi Montero. Y por lo mismo el joven Gregorio no se apresuró a detener el homicidio en manos de su padre. En el fondo, estaba desquitándose de aquella humillación al no defenderla. Se prometió desde ese instante que jamás permitiría que ninguna mujer lo mangoneara. Y sin darse cuenta, ahora que se encontraba bailoteando en la cúspide de su gloria, apareció una joven de la cual comenzaba a enamorarse.

Pero su corazón lleno de cochambre se rehusaba a admitir tan pueril sentimiento; lo disfrazó con la etiqueta de un simple capricho. Su supuesto capricho lo llevó a las más infantiles condiciones frente a ella. Primero intentó embobarla con el poder de su jerarquía, mas al descubrir la inutilidad de sus intentos, optó por el devaneó insólito, bañándola de regalos. Aun así la joven no se daba por aludida. Era entre todas las creyentes la más devota de su rebaño. Había caído en el pantano de la obstinación religiosa, al punto que le pedía permiso en oraciones a su dios antes de hacer cualquier cosa. Justificaba su pobreza como un sacrificio. El cáncer que había acabado con la vida de su madre lo tomó como un castigo divino por sus pecados banales. Creía ciegamente en la virginidad como estado de pureza. Y su belleza extrema la comprendía como una prueba que El Todopoderoso le había puesto para comprobar hasta qué punto podría resistir las tentaciones carnales. Cuando algún muchacho intentaba enamorarla, Azucena los alejaba sin darles una pepita de esperanza, con la tajante respuesta de que un hombre llamado Jesús ya habitaba en su corazón. De nada servía que el interfecto en turno hiciera malabares para persuadirla de, por lo menos, darse una oportunidad de conocerse.

Sólo un hombre tenía la llave de su empecinado corazón: Dios. Y cuando el obispo Benjamín se presentó ante todos como el Elegido, supo que sólo a él le entregaría su vida, pero Urquidi aún no lo había comprendido porque había equivocado en la táctica. Para enamorar a Azucena no funcionarían los regalos ni los halagos. Finalmente encontró la receta secreta: la envolvió en la farsa de que ella era la reencarnación de la virgen María.

—Pero como virgen no puedo pecar con el Elegido de Dios —le dijo—. María es la madre de Dios.

—Pero nosotros somos los elegidos, no somos Jesús y María. No es lo mismo. Dios quiere que tú y yo seamos la reencarnación de la pureza. No temas. Eso es lo que quiere Nuestro Dios Celestial —insistió Urquidi—. Nosotros somos el vínculo del amor eterno, el amor verdadero, el símbolo de la felicidad. Nuestro creador te ha elegido.

Y de tanto prometerle aquel altar, la joven idiotizada se dejó llevar por las dulces palabras de Su Alteza Serenísima. Primero, a petición de Urquidi, establecieron un vínculo espiritual a la luz de trescientas velas frente al altar del santuario.

—Oh, Padre Nuestro, he aquí a tu hija predilecta —dijo Urquidi de rodillas en medio de aquel círculo de velas de cuatro metros—. Dinos si ella es la elegida para reencarnar a la virgen María.

La acostó bocabajo, con los brazos y piernas extendidos, frente al altar. Azucena lloró de alegría mientras Su Alteza Serenísima le tocaba la cabeza y hacía oraciones en voz alta.

—Bendícela, Señor —dijo al mismo tiempo que la bañaba con el humo del incienso—. Dale la vida eterna.

—Padre mío —dijo Azucena al incorporarse—, toma mi cuerpo y mi alma. Purifícalos.

—Toma —dijo Urquidi tras servir una copa de vino supuestamente consagrado—. Ésta es mi sangre —la elevó sobre sus cabezas y dibujó una cruz en el aire.

Tras beberse todo lo que había en el altar, Urquidi la llevó a su mansión con la promesa de encumbrarla, pero justo antes de cruzar la puerta ella se detuvo.

—¿Ocurre algo? —preguntó el obispo Benjamín.

—Pensé que vivía en una casita humilde.

El farsante sonrió. Alzó los hombros, levantó la mirada y vio el enorme candelabro que colgaba en medio de la sala de recepción.

—Claro que vivo en una casa humilde, la más pobre que te puedas imaginar —se agachó para que sus rostros estuvieran a la misma altura, le tocó las mejillas con manos y le susurró a un par de centímetros—. Pero... ¿Cómo voy a llevar a la mujer que Dios, nuestro Señor, ha elegido a una casucha de apenas ocho metros cuadrados? No puedo. Ésta casa es una donación de una de las fieles. Ella renunció a todas las riquezas mundanas. La vamos a vender y con eso construiremos un orfanato. Ya lo verás, será un lugar donde los niños podrán reír y correr.

—¿De veras? —dibujó una sonrisa.

—¡Por supuesto! ¡Anda, que quiero mostrarte algo!

Sus pasos hicieron eco al cruzar a un lado de la sala. Azucena abrió los ojos al descubrir que las riquezas mundanas excedían lo que divagaba en su imaginación. Al llegar a la escalera se sintió como una reina mientras pisaba cada peldaño. El segundo piso no era menos ostentoso. Había sillas, sillones, mesas, floreros que daban al lugar la apariencia de un palacio. Las paredes de los pasillos, además de ser enormes, estaban adornadas con obras de arte. Las puertas eran dobles y medían dos metros y medio, sobre éstas había ventanas que terminaban en arco en la parte superior. Finalmente llegaron a la habitación principal. A mano derecha se hallaba la cama más grande que Azucena había visto en su vida. Las cortinas de terciopelo medían tres metros de largo por seis de ancho. A mano izquierda había una sala y un comedor.

—Esto es para ti —le mostró una túnica blanca bordada en hilo color oro y decorada con bisutería barata—. Es importado de Jerusalén.

—No puedo —respondió Azucena—. La riqueza y la humildad no se llevan de la mano.

—¡Qué mejor regalo para la reencarnación de la virgen María! —insistió Urquidi poniéndose de rodillas.

—¡No! —lo detuvo Azucena impresionada al ver a Su Alteza Serenísima arrodillado frente a ella—. ¡No haga eso! ¡Me apena!

—He aquí a su más fiel servidor —le besó los pies, y aprovechó para tocarle las pantorrillas.

Convencerla le tomó a Urquidi mucho más de lo que había imaginado. Abrió una botella de vino Agusti Torelló, y nuevamente la invitó a formar un vínculo espiritual.

—Bailemos —dijo Urquidi.

—¿Qué? —se sorprendió Azucena.

—¡Sí! ¡Bailemos para Nuestro Padre Celestial!

No era nada raro que los fieles de la Iglesia de los Hombres de Buena Fe danzaran de alegría. Por ello Azucena se preparó para alabar a su dios con aquel ritual. Urquidi destapó la segunda botella de vino, un Sant Sadurni D'Anoia, y la joven comenzó a perder el balance de sus emociones. Era la primera vez en su vida que bebía más de una copa. Y cuando menos lo esperaba, Su Alteza Serenísima ya le estaba desabotonando la blusa.

—Yo te ayudo —dijo Azucena y dio un fuerte jalón con el cual arrancó los dos botones faltantes—. Yo soy la elegida de Dios, ¿verdad?

—Así es —Gregorio Urquidi la abrazó y la pegó a su pecho.

—No, no, no —dijo la joven y se apartó—. Es...pera —ya su voz comenzaba a tropezar con las sílabas—. Primero me tengo que poner eso —señaló la túnica sobre el sofá, se quitó la blusa y la falda lanzándolas sobre otro de los sillones.

—También ése —dijo Urquidi señalándole el brasier—. Tu cuerpo sólo debe estar cubierto con prendas purificadas.

—Sí —se lo quitó y lo aventó sobre la lámpara—. Ya está —sonrió y agregó—. Perdón, faltan éstas —y se quitó las pantaletas.

Tambaleándose caminó hasta el sofá y tomó la túnica para ponérsela. Urquidi intentó besarla pero ella lo detuvo.

—No. Una virgen no debe pecar.

—Sólo te quiero ayudar para que subas al altar.

—¿Altar? ¿Dónde?

Urquidi señaló la mesa y Azucena sonrió.

—Tienes razón —se puso la túnica, caminó hasta la mesa, subió por una de las sillas y se postró frente al hombre que la había elevado a lo más alto. Urquidi caminó hasta un florero, sacó un ramo de rosas y lo llevó hasta los pies de su virgen María.

Al amanecer, no pudo acordarse en qué momento la bajó del altar para llevarla a la cama. Se sintió la peor de las putas. No había siquiera disfrutado de aquel primer acto sexual. Intentó recordar cuánto vino había ingerido, pero su memoria parecía haber borrado todo lo ocurrido la noche anterior. Por más que se esforzó no pudo evocar el instante en que llegó al desnudo; incluso se preguntó si ella misma lo había propiciado. «Oh, Dios mío, perdona mi pecado», se dijo acostada en la cama a un lado de aquel hombre encuerado, bocarriba y sin una sábana que lo tapara. Azucena permaneció un rato observándolo mientras roncaba. Experimentó una nauseabunda sensación al ver aquel cuerpo arrugado y flácido. Si bien jamás había pensado en cómo o con quién sería su primer acto sexual, mucho menos que sería con un hombre de la edad de su abuelo. No se había atrevido a mirarle más abajo de la cintura. Estaba segura que el sólo hecho de verlo sin ropa ya era un pecado. Concluyó en ese instante que lo mejor sería salir de allí lo más pronto posible y justo cuando se disponía a ponerse de pie, alguien llamó a la puerta de la habitación. Inevitablemente sus ojos se dirigieron al flácido falo de aquel obispo que decía ser el Elegido de Dios. Se tapó los ojos de vergüenza y se acostó nuevamente, enterrando la cara en la almohada.

—¿Qué quieres? —volvió a preguntar Urquidi desde la cama.

—Es muy importante lo que tengo que decirle, Su Alteza.

Azucena se puso de pie y corrió al baño para esconderse. Sintió un dolor incontenible en la entrepierna. Se sentó en el piso recargándose en la puerta y sin lograr evitarlo se desbocó un arroyo de lágrimas sobre su rostro. «Qué vergüenza, Dios mío, perdóname», bisbisó. De pronto escuchó la voz del pastor Demetrio que había entrado luego de recibir el permiso de Urquidi.

—El Greñudo Suárez, Ernesto Bañuelos, Felipe Osuna, entre otros, se fugaron esta madrugada del penal.

La noticia le llegó a Gregorio Urquidi cuando menos la esperaba. Tanto fue su asombro que olvidó que Azucena estaba en el baño.

—Debemos ponernos en contacto con Suárez —dijo.

—¿Y Bañuelos y Osuna?

—También. Necesitamos evitar que abran la boca.

Nunca un amanecer en la vida de Azucena había sido tan tormentoso y lamentable como aquél en el que comprendió que todo había sido una farsa cruel. El tal obispo Benjamín era un aliado del narco y de los sacerdotes pederastas que tanto había criticado en sus sermones.

—Comunícate con el arzobispo de México en este momento y dile que me urge hablar con él.

—Así lo haré —dijo el pastor Demetrio y salió de la habitación.

Urquidi se dirigió al baño y justo cuando intentó abrir la puerta recordó que Azucena se encontraba ahí. Advirtió que había escuchado todo, y que ya no habría forma de seguir con su engaño. Su virgen María se había tropezado del altar en menos de doce horas.

—Azucena, abre la puerta —dijo al notar que tenía seguro.

La joven no respondió. Seguía sentada en el piso, con las mejillas bañadas en llanto.

—¡Abre! —insistió Urquidi.

Finalmente la joven obedeció y salió envuelta en una toalla sin dirigirle la palabra. Sintió un alivio al notar que el obispo se había puesto una bata de seda. Apurada comenzó a buscar su ropa: se asomó debajo de la cama, recorrió de un lugar a otro hasta recuperar cada una de sus prendas. Urquidi la seguía con la mirada.

—Me quiero vestir —dijo Azucena con el gesto más doloroso de su vida. Tenía los ojos inundados y las mejillas rojas—. Necesito privacidad.

Por un instante Gregorio Urquidi sintió un impulso por complacerla.

«¿Qué estás haciendo, Gregorio? No puedes dejar que te hable de esa manera». «Disculpe, Su Alteza, no sé qué me pasó». «¡No me digas que te estás enamorando de esta jovencita, Gregorio! Puede ser tu nieta».

«Para nada, para nada, Su Alteza». «Pues demuéstrale quién eres. Dale un par de cachetadas para que aprenda a respetarte».

—No te vistas —dijo Urquidi.

—Ya me voy —respondió Azucena con enfado y sosteniendo fuertemente su ropa con una mano y apretando el nudo de la toalla con la otra—. No quiero estar aquí.

—Te estoy dando una orden.

—Me quiero ir a mi casa.

—Aquí vas a vivir a partir de hoy.

La joven intentó caminar al baño pero Urquidi la detuvo sosteniéndola del brazo.

—¡No me toques!

«No permitas que te hable así, Gregorio». «¿Qué hago, Su Alteza?». «Lo mismo de siempre: oblígala, Gregorio. ¿Qué te está pasando?». «No sé, Su Alteza, no puedo hacerle daño». «Yo me hago cargo, Gregorio».

—¿Y qué pretendes? ¿Salir de aquí y correr a decirles a todos que te acostaste con el obispo Benjamín? Eres mía. Eres mi mujer.

—Yo no soy tu mujer.

—Sí lo eres. Y a partir de hoy vivirás conmigo.

Azucena se limpió el llanto de la cara e intentó seguir su camino al baño, pero Urquidi le arrancó la toalla y la ropa que sostenía en el brazo. Saberse desnuda frente a él le provocó una sensación inenarrable. Se cubrió los pezones con el antebrazo izquierdo y la vagina con la mano derecha. Pese a que tenía deseos de correr, sintió como si se le hubiesen oxidado las tuercas de los tobillos. Había puesto todo en aquella ilusión barata, se había dejado hechizar con la mentecata ficción de que ella era la reencarnación de la virgen María, y ahora no tenía más que el triste desconsuelo de reconocer que ella misma había patrocinado tan patética comedia.

—Quiero irme —dijo sin haber intentado levantar la toalla y la ropa del piso.

Por primera vez Gregorio Urquidi no encontraba la forma de desbordar el enojo que sentía al escuchar el rechazo de una mujer. En otras ocasiones se habría impacientado y la habría golpeado hasta el hartazgo. La miró desnuda y sintió un deseo incontrolable por caminar hacia ella, acurrucarla entre sus brazos y besarle la frente.

Entonces Demetrio tocó a la puerta, Urquidi sabía que había vuelto para informarle que había cumplido al pie de la letra todas sus instrucciones y ella, Azucena, seguía ahí de pie, callada, desnuda, trémula, llena de frío y de temor, recorriendo la recámara con las pupilas, observando el desorden, las cobijas arrugadas en la cama, las botellas de vino sobre la mesa, los puros a medias y el ramo de rosas que el pastor Benjamín le había entregado en ofrenda tras llamarla su virgen María.

—No te vayas —dijo Urquidi con una voz tranquila.

Azucena no respondió. Se agachó para tomar su ropa y la toalla, con la que se cubrió rápidamente. Al reincorporarse se le cayó el sostén. Apurada volvió a recogerlo, lo apretó junto a sus pantaletas entre las manos y lo escondió debajo de la falda y la blusa arrugadas.

«¿Qué haces, Gregorio?». «Debo usar la sutileza, Su Alteza. No podemos arriesgarnos a que salga de aquí y nos acuse con los demás feligreses». «A mí no me engañas, Gregorio, ¿cuándo te ha importado eso? Eres el Elegido de Dios. ¿Quién se atreverá a reprocharte que hayas tomado a una de sus mujeres? ¿Cuántos no te las han traído ellos mismos?».

—¡Su Alteza! —insistió el pastor Demetrio detrás de la puerta.

—Espera un momento —respondió Urquidi sin quitar la mirada de la joven que caminaba a pasos lentos y en reversa hacia el baño.

«Eres un imbécil, Gregorio». «Lo siento, Su Alteza». «Yo me encargo».

Gregorio Urquidi caminó hasta la cama, recogió su ropa, se quitó la bata de seda, se vistió y salió sin despedirse de Azucena.

—No permitan que salga —ordenó al cerrar la puerta por fuera.

—El arzobispo quiere hablar con usted —dijo el pastor Demetrio.

—Ya lo sé.

—Lo está esperando en su oficina.

—¿En mi oficina? Yo no te pedí que le dijeras que viniera.

—Acaba de llegar —explicó Demetrio.

—¿Por qué no me dijiste antes?

—Le intenté explicar.

V

Fueron días de desorden. Todos querían ser mandones, todos decían saber qué hacer, todos creían tener la razón, pues no había todavía un líder, y así se fueron a los golpes en varias ocasiones. Las mujeres y los ancianos gritaban para detener a los peleoneros inconformes. No había mucho por discutir. Ahí sería imposible continuar sus vidas. Harto habían sufrido con el clima: frío extremo, calor intolerable, lluvias torrenciales, sequías extremas. Muchos días pasaron antes de que se llegara a esa conclusión. Mucha hambruna sufrieron. Finalmente se volvieron a organizar y dieron el mando a un hombre.

Esas siete tribus nahuatlacas, los aztecas, se hicieron a la obediencia del capitán llamado Huitzitzilin, quien luego de mucho meditar dijo a los sobrevivientes que debían marchar al sur. Pero no fue fácil dar inicio a dicha peregrinación, pues entre los barrios había grande descontento por tener que obedecerle, pues mucho se había empeñado en que los siete barrios marcharan al sur en busca de mejores tierras para poblar. Tantas fueron sus razones como el fuerte frío que sufrían una mitad del año y los intensos calores que en la otra debían soportar; la falta de agua en meses y las lluvias que inundaban después; también se agregó la muerte de los animales debido al clima y la escasez de alimento en otros tiempos.

Aunque muchos dudaban y discutían las órdenes del capitán llamado Huitzitzilin, siguieron el camino con sus mujeres, sus hijos y sus viejos, mientras que los mancebos se adelantaban para cazar venados, liebres, conejos, ratones y culebras para dar de comer a sus padres, mujeres e hijos. Como bien sabían que donde permanecieran aunque fuese por cortos lapsos el hambre era una amenaza, se hicieron al hábito de sembrar, guardar y llevar consigo lo que de aquellas tierras cosechaban: maíz, frijol, calabaza, chile y jitomate. En las partes que llegaban que era tierra inútil dejaban conejos, liebres vivas, y se multiplicaban. También cargaban chía, pues era liviana.

Ha de mencionarse que en un principio los siete barrios, llamados Yopico, Tlacochcalca, Huitznahuac, Cihuatepaneca, Chalmeca, Tlacatepaneca e Izquiteca, venían cargando cada uno con su dios: como era Quetzalcóatl, Xocomo, Matla, Xochiquetzal, Chichitic, Centeutl, Piltzintecutli, Meteutli y Tlamacazqui.

Hasta que uno de esos días pensando en los males que sufrían las tribus, Huitzitzilin halló un pajarillo que cantaba en la rama de un árbol. No había nadie a su lado. El sol chamuscaba su piel, el viento parecía ausente. Y como un acontecimiento jamás visto en aquellos rumbos, el sol dejó de arder. No se había ocultado detrás de una nube ni se había hecho de noche, simple y sencillamente el calor se había desaparecido. El viento sopló y le refrescó el rostro a Huitzitzilin. Justo cuando pensaba ir en busca de su gente para invitarlos a disfrutar de aquel clima escuchó el cantar del pajarillo. Pero no fue el mismo sonido que hacían comúnmente sino el de tihui, que en la lengua nahua quiere decir «vamos».

En su mente se formularon muchas preguntas: ¿Estoy confundiendo lo que canta este pajarillo? ¿Acaso me está diciendo que sigamos nuestro camino? ¿Vamos? ¿No es aquí entonces donde debemos hacer nuestra ciudad?

En ese momento el sol volvió a calentar la tierra y el viento dejó de soplar.

—Tihui, tihui —dijo el pajarillo.

Fue con gran apuro en busca de su acompañante más cercano llamado Tecpaltzin, y le apuró a que caminara al lugar donde se hallaba el árbol.

—¿Qué ocurre? —preguntó Tecpaltzin.

El ave se había ido.

—Nada —respondió Huitzitzilin y entristeció.

Se dieron la vuelta para volver con la demás gente, y en ese momento una fresca corriente de aire les tranquilizó los sudores y el sol dejó nuevamente de arder. Huitzitzilin sonrió, dirigió la mirada al árbol y encontró nuevamente al pajarillo.

—Tihui, tihui —dijo el pajarillo.

—¿Escuchas eso? —preguntó Huitzitzilin con una sonrisa.

—Sí —respondió Tecpaltzin—, dice: «Vamos, vamos».

—¡Él nos está diciendo que sigamos el camino! Éste es sin duda el aviso de alguna oculta deidad que se interesa en nuestro bien. Obedezcamos, pues, a su voz, no sea que nuestra resistencia atraiga indignación sobre nosotros.

Volvieron felices con el resto de las tribus y les hablaron de lo que justo les había acontecido.

—Éste no es el lugar donde hemos de hacer nuestra casa —dijo Huitzitzilin—, algún dios nos está diciendo por voz de un pajarillo que debemos seguir adelante.

Mucho se dijo que Huitzitzilin y Tecpaltzin habían inventado aquella fábula para que los siguieran. Hubo rumores por algunos e insultos de otros, pero finalmente cuando la gran cantidad de los pobladores decidió seguirlos en su peregrinación, los que estaban en desacuerdo no tuvieron más que unírseles. Un año tardaron de Aztlan a Hueicolhuacan, donde permanecieron tres años, luego de haber edificado chozas y sembrado las semillas que consigo llevaban para el sustento. Pero seguían los enfrentamientos y las discordias entre los señores de cada tribu. Llegó el día en que habían de partir de Hueicolhuacan para continuar con la jornada que los llevaría a Chicomoztoc, donde abundaban las aguas limpias y las aves de todos los colores y los peces de todos los tamaños. Mucho había ahí, y mucho se perdió. Ese lugar que la gente llamaba «Casa de siete cuevas cavernosas», era donde vivieron juntos por un tiempo hasta que llegó el día en que habían de seguir el camino a la tierra prometida. Los líderes de cinco barrios se acercaron al capitán llamado Huitzitzilin y le dijeron:

—Hemos decidido no seguir el camino que nos indicas. La tierra prometida no es por esos rumbos que dices, sino por allá —señaló en dirección contraria.

Hubo mucho descontento entre ellos, y mucho se dijeron. El capitán llamado Huitzitzilin pidió a sus seguidores que decidieran ir por el camino que él les indicaba o el de las otras cinco tribus que deseaban ir por otro camino. Entonces quedaron sólo los mexicas y tlatelolcas sin los xochimilcas, chalcas, tepanecas, tlahuicas y tlaxcaltecas, que entonces no se llamaban de esa manera.

Nueve años vivieron en Chicomoztoc, luego fueron a Coatlicamac, donde ocurrió algo que provocó nuevas confrontaciones entre los dos barrios restantes. Hallaron en su camino dos envoltorios. Los abrieron y encontraron en uno dos palos de madera y en el otro una piedra preciosa. La codicia de los tlatelolcas fue tal, que se apoderaron de la piedra preciosa dejando el par de palos en el piso. Huitzitzilin permaneció en silencio mientras su gente intentaba hacerse de la piedra preciosa. Comenzó entonces una riña que los llevó a los golpes.

—¿Para qué luchan por una piedra? —los detuvo Huitzitzilin.

Sus seguidores se sorprendieron.

—Para entregársela a nuestro dios —respondió uno de ellos.

—Esa piedra no nos sirve de mucho —explicó Huitzitzilin—. ¿Qué utilidad le encuentran? ¿No estamos de paso por estos rumbos? ¿No estamos en busca de un lugar mejor para vivir? ¿No hallaremos allí mejores piedras y mayores tesoros? Aprovechemos, pues, lo que es útil: estos dos palos de madera.

—¿Para qué nos sirven estos dos palos de madera? —preguntó uno de los ancianos.

Huitzitzilin se puso de rodillas y comenzó a tallarlos entre sí.

—Para crear fuego —respondió Huitzitzilin sonriendo y agregó unas cuantas hojas para dar más fuerza a la llama—. Ya está por caer la noche, ya es tiempo de nuestros alimentos, ya es momento de alumbrarnos. Por eso es más útil un trozo de madera que una piedra.

Es de saber que anduvieron por los rumbos que habitaban los chichimecas, así como Xalixco, y muchas más, hasta

Michhuacan. Si algunas de estas tierras les parecían fértiles por los abundantes montes y ríos para hacer asiento, hubo pronta necesidad de cambiar el rumbo. En algunos llegaban a habitar hasta treinta o cuarenta años, y en otros sólo uno, dos o tres.

En aquellos largos años de andanzas Huitzitzilin envejeció y le era cada día más difícil caminar y comer. Era entonces un anciano muy querido, tanto que cuando murió cargaron con su cuerpo para donde iban hasta que su cadáver quedó en huesos. Los sacerdotes que cuidaban de él le hablaban todas las noches para pedirle que los siguiera guiando. Hasta que un día se hizo presente y les dijo:

—Adelante, que ya vamos llegando al lugar.

Fue de esta manera que le comenzaron a llamar Huitzilopochtli, que quiere decir «Colibrí izquierdo» o «Colibrí del sur», en memoria del pajarillo que una vez le había hablado a Huitzitzilin y que les había indicado marchar hacia el sur.

Desde entonces le construyeron una silla de juncos que llamaron teoicpalli, asiento de dios, y señalaron los sacerdotes que debían llevarlo en sus hombros, que eran cuatro cada vez, a los cuales dieron el nombre de teotlamacazque, siervos de dios, y a la acción misma de llevarlo la llamaron teomama, cargar a dios. Y a todo lugar donde se asentaban, fabricaban el templo de Huitzilopochtli, llamado El Cu, y era por mandato del dios Portentoso que alzaban el cañaveral. Y es que aun cuando había muerto, seguía dictándoles órdenes y señalándoles el rumbo.

VI

CON LOS CODOS SOBRE EL ESCRITORIO Y UN CIGARRI-llo entre los dedos, el detective Delfino Endoque leía de reojo los titulares de los periódicos sobre su escritorio. Todos discutían el motín que había ocurrido en el Reclusorio Norte la noche anterior, poniendo en tela de juicio el número inverosímil de muertos y cuestionando si en verdad había muerto el capo del narco conocido como el Greñudo Suárez. Le dio un trago a su taza de café y dirigió la mirada a la pantalla de su computadora portátil. Las noticias en internet eran las mismas. De pronto volvió a su mente la situación de Diego Daza, a quien había visitado en los meses anteriores.

Para ser exactos, Delfino Endoque acudió por primera vez al hospital psiquiátrico el último día de julio, pues las últimas dos semanas de ese tormentoso mes en que murió Wendolyne, a Delfino se le enredaron tantas telarañas en la cabeza que le resultaba imposible organizar su itinerario. Cuatro días después del funeral seguía tambaleándose en una cuerda floja sin haber probado bocado. La barba le había

cubierto la mitad del rostro. Llevaba esos cuatro días encerrado, esperando a que su aprendiz y amigo, Saddam, saliera
de la recámara. El teléfono sonaba a todas horas. Ni uno ni
otro se dignó a responder. Delfino terminó por desconec-
tar el aparato. No tuvieron contacto con nadie hasta que el
quinto día alguien llamó a la puerta con tal insistencia que
no hubo otra opción más que abrir.

La sensual mujer que se había aparecido en su casa
decía llamarse la Burra, «así nomás, a secas, total que eso no
importa», le dijo.

—¿Es usted el detective Delfino Endoque?

—Sí.

—Vengo a informarle que llevé a Diego Daza a un hospital psiquiátrico.

—¿Qué? —preguntó Delfino sin lograr entender—. Pase
—señaló los sillones de la sala—, tome asiento. Disculpe el
desorden —y se apresuró a quitar el montón de ropa que
había sobre los sillones—. ¿Le ofrezco algo de tomar?

—No, gracias —la mujer se sentó y cruzó las piernas.

La minifalda apenas si la tapaba. Endoque no pudo evitar verle aquellos sensuales troncos cubiertos en pantime-
dias negras.

—Yo no puedo hacerme cargo de él —dijo la Burra con
la cara demacrada—. Lo amo, pero me es imposible continuar con esto. Ya no aguanto más. Él no puede sacar de sus
recuerdos a la otra mujer.

—¿Mujer? —preguntó Delfino.

—Sí, una tal Maëly a la que amó en Francia.

—¿Francia?

—¿Va a repetir todo lo que digo?

—Lo siento —respondió y preguntó—. ¿Qué le pasó?

—La atropellaron. O algo así decía Diego cuando se perdía en sus alucinaciones.

—¿Alucinaciones?

La Burra hizo un gesto de desaprobación por la repetición del detective.

—Perdón —Delfino se llevó las manos al rostro y apretó los párpados tratando de detener un par de lágrimas—. No lo sabía.

—¿Qué cosa?

—Todo eso que me cuenta. No sabía que tenía alucinaciones —dijo Delfino Endoque aún lleno de dudas al respecto. Luego la psiquiatra le explicaría de una mejor manera que lo que Diego tenía era un trastorno de identidad disociativa, el cual incluía amnesia psicógena, fuga psicógena, personalidad múltiple y despersonalización. La condición del arqueólogo forense se hallaba en una de las más dramáticas: había adoptado personalidades opuestas (Diego y Kukulcán), cada cual con sus propios recuerdos y conductas típicas, e inconsciente de la otra personalidad, debido a un alto grado de pérdida de memoria llamado tiempo perdido o amnésico.

—Lo siento —continuó Delfino—. No me había enterado que tenía una pena de tales magnitudes.

—Si supiera todo lo que le ocurrió —respondió la mujer.

—Cuénteme.

Jamás sintió tanta culpa el detective Delfino Endoque como el día en que la Burra le platicó las desventuras que Diego Daza había tenido que soportar desde que se había ido a vivir a Francia. Se enteró de la muerte de Maëly y del regreso de Diego a México. Si bien apenas podía con aquel duelo, la vida le tenía reservada una tira de tragedias: sus padres y su hermano murieron en un accidente automovilístico, lo cual

empujó al arqueólogo forense a una larga lista de intentos
de suicidio. Entonces su cabeza no pudo conectar los cables de
su lucidez.

—¿Y cómo lo conoció? —preguntó Delfino Endoque.

—En un motel —respondió—. Un hombre intentó
matarlo, forcejearon, fueron a dar a la calle y, de pronto, un
camión los arrolló. Diego estuvo inconsciente en un hospital por varias semanas, no recuerdo cuántas, quizá fueron
meses. Nadie lo iba a visitar.

—¿Y usted por qué lo visitó?

—Porque la mañana en que ocurrió el accidente, Diego
entró al motel en busca de un escondite, ahí estaba yo en la
recepción.

—¿Puedo preguntar qué hacía usted ahí?

—Pues era un motel —dijo la Burra—. ¿Qué esperaba,
unas monjas rezando los misterios?

Aquella mujer a quien le decían la Burra se encontraba con un hombre de quien nunca supo su nombre. Ella
nunca le preguntó. La pérfida vestía minifalda roja, medias
negras, una blusa escotada y un puñado de bisutería. Ente-
rraba los dedos en la cabellera del lujurioso que le mano-
seaba el culo.

—Era el tercer cliente de la madrugada —aseguró ella—.
Pensaba irme a casa al terminar con el ruquito, pero entonces lo encontré. Ahí estaba él parado junto a mí, viéndome
las nalgas. Nunca había visto a un hombre tan… asustado,
tan guapo. Tan inocente, debería decir, pero yo lo vi guapo.

Diego dudó por un instante en permanecer ahí. Ella lo
miró de pies a cabeza y no dudó en sonreírle. Entonces el
reloj marcó las seis treinta y cinco. Salió corriendo. La Burra
se quitó al hombre de encima y fue tras Diego.

—Cuando llegué a la puerta ya los habían atropellado a los dos. Llegaron los paramédicos y yo les dije que era su esposa. Y como ya le dije, nadie fue a visitarlo.

—¿Y por qué lo visitaba?

—Lo puta no quita lo sensible, señor, una también se enamora.

—¿Y qué ocurrió después?

—Cuando salió me lo llevé a mi casa, qué le puedo decir, tuvimos una relación amorosa bastante extraña. Jamás hicimos el amor. Como le dije, ya estaba perdiendo la cordura: había momentos en los que él creía que estaba con una mujer a la que llamaba Maëly. Meses después lo fue a buscar a un hombre que, según Diego me contó, había sido el arzobispo de México, pero que luego fingió su muerte y que se inventó una nueva religión. Es de esas iglesias que se anuncian en la televisión que dicen que deje de sufrir, usted sabe. Pero eso no fue lo peor, se hicieron aliados, no amigos, eso siempre lo especificó Diego, y comenzó a robar piezas arqueológicas.

Delfino Endoque bajó la mirada con desconsuelo. El resto ya lo sabía: Diego había perdido la cordura y se había aliado con Gregorio Urquidi para vengarse de ellos, por lo mismo intentó robar un monolito descubierto en las excavaciones de la nueva línea del metro, pero al cortar accidentalmente con un pico una línea eléctrica subterránea, sufrió una descarga eléctrica que le entró por las manos y le salió por los pies, reventándole los dedos. Aunado a todo lo que le había ocurrido anteriormente, la cabeza del arqueólogo terminó por detonar una doble personalidad que lo hacía creerse el dios Kukulcán.

—¿Qué piensa hacer? —preguntó Delfino luego de escucharla con atención.

—¿Yo? Voy a seguir con mi vida —la Burra caminó hacia la puerta y se marchó.

Justo en ese momento el detective tuvo el acierto de seguirla a su casa, para corroborar que no era una trampa de Gregorio Urquidi. La espió un par de días. En una ocasión se atrevió a entrar a escondidas al departamento de la Burra para hurgar entre sus pertenencias; encontró un álbum lleno de fotografías de Daza y la Burra. Corroboró que el sentimiento de aquella mujer era en efecto un amor desinteresado, pero también una pasión descalabrada, e intentar recuperar lo extraviado la llevaría a un naufragio.

Pese a que había prometido no volver a buscar a Diego Daza, la Burra lo visitaba ocasionalmente. Delfino llegó a verla entrar y salir del psiquiátrico llena de lágrimas. Comprendió su pena y dejó que se curara las heridas en su soledad.

Y si de buscar remedios o placebos se trataba, Delfino Endoque también tenía sus propias llagas emocionales por sanar. A ratos sentía que el momento de acabar con su existencia había llegado y en otros simplemente escogía la indiferencia, total a muchos les funciona. Una de esas noches salió a la calle. Por un segundo sintió el demencial deseo de cruzar la avenida y dejar que cualquier auto lo arrastrara. Quizá con eso le quitaría a Gregorio Urquidi el gusto de llevar a cabo su venganza. Se imaginó en medio de la avenida, vio las luces de los autos que transitaban a gran velocidad, y de golpe llegó a su mente el accidente de Maëly, la novia de Diego Daza en Francia.

—¿Y si no fue un accidente? —se preguntó.

Volvió a su memoria la imagen de la Burra, y esa misma noche fue en su búsqueda para interrogarla una vez más. La encontró en la misma esquina donde la había espiado días atrás.

—Necesito hablar con usted —le dijo al acercarse a ella.

—Ya le dije todo. Déjeme en paz —la Burra le dio la espalda y caminó sin despedirse.

—Es por el bien de Diego —insistió Delfino.

Un deslave de emociones le sepultó el corazón a la Burra, que mientras caminaba se le torció un tobillo y estuvo a punto de caer, pero Delfino logró sostenerla del brazo.

—Gracias —se acomodó el tacón derecho. Delfino no pudo evitar ver aquellas piernas sensuales—. ¿Qué quiere saber?

—Quiero que me repita lo que Diego le decía del accidente de su novia en Francia.

—Nunca me decía nada cuando estaba en su juicio —la Burra siguió caminando.

—Por eso —marchó detrás de ella—. ¿Qué le decía cuando tenía esas alucinaciones?

—Muchas cosas incongruentes: el hombre de barba, el auto azul, el Mercedes Benz. Maëly, Maëly, Maëly. La mujer de luto. La mujer de huesos de cartón. El hombre de barba y gafas oscuras.

—¿No lo entendió?

La Burra se detuvo y miró al detective.

—¡No fue un accidente, Diego quería decirle eso que no podía recordar en su sano juicio!

Una lágrima recorrió la mejilla de la Burra.

—Estaremos en contacto —dijo Delfino y caminó en dirección contraria.

Si bien quedaban en la memoria del detective algunos cascarones de resentimiento por los actos de Daza en contra de Wendolyne y Saddam, una lúcida conclusión le hizo saber que había actuado enrollado en las cuerdas nada cuerdas de la demencia. Asimismo algo le impulsó a buscar el bienestar de aquel hombre por el cual tenía un afecto incomprensible. Se sentía responsable de la demencia del arqueólogo y de la posible locura de su joven aprendiz, al que encontró hablando frente a la tumba una semana después de la muerte de Wendolyne.

—¿Por qué no me fui contigo? —se preguntaba frente al pozo recién sellado.

La tierra aún se encontraba fresca, tan fresca como el dolor de haberla visto partir. Había a su alrededor poco más de una docena de arreglos florales.

—Ya de qué sirven tantas flores —se lamentaba—. ¿Para qué? Si ya no te tengo.

Agonizó en la rabieta del dolor. Entró en la caverna de sus recuerdos y la vio acostada en la camilla de una ambulancia a punto de dar a luz. «¡Puja, puja!», le decía. De pronto se escuchó un grito y poco después el llanto de una recién nacida. Llegaron al hospital, una enfermera se llevó a la pequeña envuelta en una sábana y él corrió detrás de los enfermeros y paramédicos que empujaban la camilla de ruedas. Minutos más tarde murió Wendolyne y él quiso morir con ella, por ella.

—Me hubiera ido contigo. ¿Quién te trajo estás flores? Seguro fue tu madre que te regala lo que a ella le gustaría recibir.

Quitó una flor de uno de los arreglos y la deshojó. Arrancó un girasol y de igual manera lo desplumó. Despanzurró las margaritas. Destartaló los tulipanes. Rapó los crisantemos. Trasquiló los claveles. Jazmines. Violetas. Rosas. Todas víctimas de una masacre frente a la tumba.

—¡Qué no saben que a ti te gustan los alcatraces! ¿Por qué? Dime. ¿Qué se supone que debo hacer? ¡Qué fácil! Ahora te vas. ¿Y yo, qué hago con una hija? ¿Por qué no me dijiste nada desde el principio? ¿Tienes idea de todo lo que pasó por tu culpa?

Saddam no lograba conciliar el sueño, ni reconciliarse consigo mismo. Se culpaba. Se maldecía y maldecía a la niña recién nacida que no quería ver aun una semana después de la tragedia. Una semana de muerte. Una semana de odio.

—Se la regalo, señora —le dijo a la madre de Wendolyne tras el funeral.

—No, muchacho, no digas eso.

—Más le vale que ni me la enseñe. Le aseguro que al menor descuido la boto en el primer basurero que me encuentre. Ella tuvo la culpa.

—¡Calla!

—¡Cállese usted, que también es culpable!

—Cómo tú quieras, pero Bibiana no tiene la culpa. Es tu hija, quiérela.

—¿Y qué se supone que debo hacer? ¿Dedicarme a lavar pañales en las mañanas? ¿En las tardes hacer el quehacer y tejer en las noches? ¿O qué le parece si me dedico a vender gelatinas mientras la niña esté en el kínder? No señora, yo no nací para eso.

—Estás muy joven. Algún día lo entenderás y te tragarás tus palabras.

—Lo dudo, señora.

—Sé que estás triste, pero entiende.

—Usted entiéndame —finalizó y se marchó.

En los últimos meses Saddam se había disfrazado de payaso para salir a las calles y no ser descubierto por los espías de Gregorio Urquidi. Esa tarde Saddam le dio muerte al payaso Gogo quemando el disfraz en el patio.

—Sean todos ustedes bienvenidos —dijo mientras la ropa, la peluca y los zapatos de bola se chamuscaban— al espectáculo del payaso más triste del mundo. Rían. Sonrían, que por fin Gogo está muerto.

Delfino lo observó desde la puerta y Saddam fingió no percatarse de su presencia. Hacía malabares por evitarlo. En el fondo de su rabieta había un migajón de prudencia que le indicaba que lo mejor era cerrar la boca, dar la vuelta, esconderse o de lo contrario haría y diría cosas de las que se podría arrepentir eternamente. La casa se convirtió en un desierto lleno de ecos. La ausencia del Bonito —su perro, que había muerto el mismo día que Wendolyne— hacía aún más tortuosa la estancia. Pocos días más tarde llegó el historiador Gastón Peralta Moya —con quién Saddam había trabajado como ayudante—, acompañado de Sigrid y Millán a la casa de Delfino y Saddam.

—¿Y tú qué? —preguntó en cuanto Saddam abrió la puerta—. ¿No piensas volver a trabajar?

Sigrid sonrió y le guiñó el ojo al joven aprendiz.

—¿Perdón? —respondió Saddam.

—Ya fue mucho luto, ¿no te parece? —dijo el historiador y sin esperar a ser invitado entró a la casa.

Delfino Endoque escuchó desde su escritorio la voz de Peralta Moya y experimentó un sentimiento que creía oxidado: se alegró y salió de su estudio. Sabía que aquel hombre los rescataría a ambos del inmenso precipicio que los había distanciado.

—Sigrid siempre ha tenido ganas de tener hijos —dijo Peralta Moya—, pero la verdad yo no estoy para eso, y qué mejor que esa chamaca para que sea feliz. Además yo sigo necesitando un escriba. Y no creo que pretendas gastar todos tus ingresos en niñeras, ¿o sí?

—¿Qué quiere decir?

—Bueno, ¿qué de plano estás sordo, muchacho? Te vengo a exigir que regreses a trabajar y que te lleves a esa niña para que la cuide Sigrid. Pero eso sí, que sea muy lejos de la biblioteca.

—No pienso hacerme cargo de esa niña.

—Mejor para mí —respondió Gastón Peralta Moya con la frente en alto.

Sigrid lo miró a los ojos.

—Pues piénsalo… —añadió el historiador y recorrió con la mirada el interior de la casa. Había trastes sucios en el comedor, ropa en los sillones, libros y enseres por doquier.

—¿Y Delfino? —preguntó el aprendiz.

—No te preocupes por mí, Saddam —dijo Endoque—. Yo tengo otros pendientes. Ve con él.

El detective sabía que el joven aprendiz estaría mucho más seguro en casa del historiador, e irse con ellos los pondría en peligro a todos. De igual manera entendía que si Saddam se enteraba de sus intenciones de ocuparse de la seguridad de Diego Daza, se abriría otra zanja en su cuarteada amistad. Sí, claro, Saddam tendría motivos de sobra para sentir rencor hacia Diego Daza. Él había buscado al Cárcamo, lo había contratado para que secuestrara a Wendolyne. ¿Qué merecía de castigo? ¿La muerte? ¿La cárcel? ¿La demencia? Que lo maten, le habría respondido Saddam. Que se muera en su locura, que lo torturen, que hagan experimentos con él.

Pero Delfino Endoque no concebía la vida con esa carga en sus hombros. No, ya no. Sabía que por su culpa Diego había entrado en el perverso juego de Gregorio Urquidi. Por su culpa el arqueólogo forense había sido mutilado física, mental y existencialmente. Ahora tenía que rescatar al arqueólogo y librarlo de aquel precipicio.

Algo, algo le decía que Gregorio Urquidi estaba detrás de todo eso. Daza no había llegado solo a él. Algo debía haber hecho para causar su trastorno. Debía investigar el pasado de Daza, su estancia en Francia y los antecedentes del hospital psiquiátrico. Pronto descubrió que, en efecto, Urquidi tenía infiltrados en aquella mansión de la demencia y que pronto intentarían matar a Diego Daza; pero hallar la respuesta requería entrar a la boca del lobo y arrancarle los colmillos sin ser devorado. Podía ser cualquier enfermero, médico o incluso el director del hospital.

VII

Urquidi caminó hacia la oficina de la planta baja sin poder quitarse de la mente lo acontecido con Azucena. ¿Cómo le había ocurrido eso? ¿Cómo? Él... Gregorio Urquidi Montero, Su Alteza Serenísima, no podía haber perdido la autoridad frente a una chiquilla de diecinueve años.

—Estúpida —dijo antes de abrir la puerta de la oficina.

El arzobispo primado de México, Néstor Lavat, lo esperaba de pie mirando hacia la ventana y rodeado de una docena de guardias y sacerdotes.

—Déjenos solos —ordenó Urquidi y todos obedecieron sin cuestionar al arzobispo, pues aun así la jerarquía de Gregorio Urquidi seguía siendo mayor, algo que ya comenzaba a irritar a Néstor Lavat.

—Qué mal gusto el tuyo de madrugar —dijo Urquidi tras sentarse frente a su escritorio. Puso los codos sobre los brazos de su silla ejecutiva y dirigió la mirada al teléfono sobre el escritorio—. Supongo que ya te enteraste.

—Sí —respondió Néstor Lavat—. ¡Cómo ves a estos

cabrones! —el arzobispo primado de México tenía una voz ronca y pausada.

—¿Qué propones que hagamos?

—Pues lo de siempre: obligarlos a que detengan su pinche ley —Lavat tosió—. No vamos a llenar el país de putos.

Urquidi frunció el entrecejo y se enderezó en su silla ejecutiva.

—¿De qué hablas?

—De lo mismo que tú, ¿o qué no estamos hablando de esa pinche ley? —respondió el arzobispo y por fin jaló una silla para sentarse.

—Yo estoy hablando de la fuga de Ernesto Bañuelos y Felipe Osuna.

—A mí esos cabrones me valen un pito —dijo el arzobispo levantando la voz—. Yo no los mandé a que anduvieran grabando niños encuerados —negó con el dedo índice en el aire—. Ni tampoco les dije que se escaparan de la cárcel. Si los medios nos preguntan, les decimos lo que sabemos: nada —azotó la palma de su mano sobre el escritorio y los enseres sobre éste brincaron—. Y si los vemos —se llevó el índice derecho al pómulo—, se los mandamos de regreso —disparó con el mismo dedo hacia la puerta—, para que los vuelvan a violar —empuñó las dos manos y las jaló hacia su estómago—. El santo papa ha tomado la decisión de lavarse las manos en esos asuntos. Que se chinguen. Ya tenemos muchos problemas como para andar solapando pederastas.

—¿Estás hablando en serio?

—Por supuesto —tosió el arzobispo—, incluso ya mandó un comunicado a todos los arzobispos.

—¿Y para qué quiere admitir que hay sacerdotes pederastas?

—Urge limpiar la imagen de la Santa Iglesia Católica. Ya no habrá más paternidad espiritual —negó con el dedo índice—. No hará denuncias, pero no se meterá en esos asuntos. Culparán a los Estados y a las congregaciones, como ocurrió con Marcial Maciel, para que el Vaticano y todas sus instancias queden libres de culpa. Estamos perdiendo mucho dinero, así que no te sorprenda ver que dentro de poco van a caer muchas cabezas —Néstor Lavat se limpió el sudor de la frente con un pañuelo de algodón—. Lo que me preocupa en este momento es esa pinche ley que acaban de pasar los senadores. ¿Cómo se les ocurre permitir el matrimonio entre jotos? Pues, ¿qué es eso? —levantó las palmas de las manos—. Para eso Dios creó a Adán y Eva, para que él le meta el pito en la vagina a ella, no para que le limpie el culo a un maricón. No sé cómo le vamos a hacer, pero tenemos que lograr que esa ley no pase. Habla con los empresarios, pídeles que hagan presión en los medios, que les quiten publicidad, no sé, algo, aunque sea a puros periodicazos.

No era nada nuevo para Urquidi escuchar aquellos comentarios homofóbicos de voz del arzobispo.

—Te encargo que hables con todos tus amigos senadores y diputados para que dejen de jugar a la diversidad sexual. México es un país de machos, no de putos y machorras.

Néstor Lavat estaba tomando una posición más autoritaria que de costumbre, pero a Urquidi esto no le interesaba en ese momento. Había entre ellos una charla de sordos. El asunto de los matrimonios entre homosexuales le importaba lo mismo que al arzobispo la fuga de Bañuelos y Osuna. Aun así prometió llevar a cabo aquella asignatura.

—Por cierto —continuó el arzobispo primado de México—, tengo órdenes de poner a cargo del centro de las adicciones al arzobispo Meléndez. Vamos a implementar programas más estrictos para curar la homosexualidad. Yo estoy seguro que con una buena terapia y medicamento se puede abolir este mal.

Urquidi sonrió, pues con aquel cambio tendría mucho más tiempo libre.

—Como tú mandes —respondió.

—Espero no me falles, Urquidi —concluyó el arzobispo y salió de la oficina sin despedirse.

Un intenso dolor de cabeza atormentó a Urquidi por un instante. La resaca comenzaba a reclamarle el exceso de la noche anterior. Levantó el teléfono y llamó a su asistente.

—Ordena que me traigan el desayuno y un café bien cargado.

En cuanto colgó el auricular abrió el cajón derecho de su escritorio y sacó una caja de Cohiba. Encendió un puro, pero sintió un asco incontenible al percibir el sabor de la primera bocanada; lo apagó y ahuyentó el humo con unas hojas. Dirigió la mirada al teléfono, respiró profundo y marcó un número encendiendo el altavoz. En cuanto una voz le respondió, Urquidi solicitó hablar con el jefe.

—¡Qué pasó, papá! —respondió eufórico.

—Pues aquí enterándome que por fin saliste de la cantina.

—Ya ves que no me dejaban salir si no pagaba la cuenta, pero hablé con un amigo y me prestó un dinerito.

—Te dije que ya iba para allá pero no me quisiste esperar.

—No te preocupes, papá. No hay resentimientos. Lo que pasa es que ya no había tiempo. El cantinero estaba a punto de darme con una botella en la cabeza.

—Sí. Me enteré que finalmente alguien más pagó los platos rotos.

—Me da mucha pena, pero como dicen: siempre pagarán justos por pecadores. Pero ya no importa. Ya se arregló todo. Incluso unos cuates me acompañaron. Aquí los tengo celebrando la borrachera de anoche.

—Mándamelos a la casa. Necesito que vengan a arreglar una fuga de agua.

—Yo te los mando. Sólo que te ruego les pagues muy bien. Ya ves que la otra vez me los dejaste sin su comisión y tuvieron que conseguir para los pasajes.

—No te preocupes.

Apenas si había terminado la llamada, una de las sirvientas que le llevaba el desayuno tocó a la puerta. Como riguroso ritual, la servidumbre debía llevar dos juegos de cubiertos. En cuanto ponían los platos sobre el escritorio, Urquidi tomaba una de las cucharas y les hacía que probaran la comida. De igual manera debían servir café en otra taza y probarlo, y sin importar cuán hambriento estuviese o qué tanto se enfriaran sus alimentos, hacía que la sirvienta esperara de pie por un par de minutos para cerciorarse de que no estaban envenenados. Tras corroborar que no presentaba síntomas, Urquidi por fin comenzaba a comer muy lentamente. La muchacha lo observaba de la misma manera todos los días, de pie, con la espalda hacia la pared y sin decir una sola palabra.

Hacía años que Urquidi comía solo. Muy pocas veces había ido a restaurantes, pues había dejado de socializar y la mayor parte de sus negociaciones las llevaba a cabo en su mansión. Los primeros años aquel enclaustramiento le había parecido interesante, pero en los últimos meses había perdido el gusto incluso por los vinos. Por ello se había hecho el cambio de imagen para poder salir y no ser reconocido. No obstante él mismo era su único obstáculo. En cuanto surgía el interés por salir a algún lugar, llegaban a él los falsos presentimientos y la paranoia de ser asesinado. Tenía ya una colección de enemigos: Gastón Peralta Moya, Delfino Endoque, Saddam, el Greñudo Suárez, Ernesto Bañuelos, Felipe Osuna, además de una larga lista de empresarios y políticos que comenzaban a despreciarlo. El tiempo de Urquidi estaba por llegar a su fin y en cualquier momento alguien jalaría el gatillo. Por lo mismo decidió apurar su venganza. Necesitaba acabar con sus enemigos, antes de que ellos tomaran la iniciativa. En cuanto terminó de comer, le ordenó a la sirvienta que se retirara con los platos, tomó el teléfono y marcó al hospital psiquiátrico.

—¿Qué noticias me tienes? —preguntó.

—Nada, señor —respondió una voz—. Todo sigue igual. Diego Daza no deja de creer que es Kukulcán y que su compañero de celda es el dios de la Guerra Huitzilopochtli.

—¿Le siguen dando el medicamento?

—Sí, señor. La misma dosis.

—¿Y le pueden dar el doble?

—Sería mucho.

—¿Qué pasaría?

—Pues… ahora sí perdería la cordura por completo.

—Para eso te estoy pagando.

—Lo sé, pero no es fácil. El detective viene a verlo dos o tres veces por semana y solicita pruebas de sangre.

—Dale la de cualquier otro paciente.

—No podemos. Tiene una orden judicial que nos obliga a hacerle la prueba en su presencia.

—¿Y qué más hace?

—Se sienta junto a él y le habla.

—¿Qué le dice?

—Intenta hacer que recupere la cordura.

—Voy a necesitar otro favor.

—Dígame.

—Te lo diré en su momento. Por ahora, es necesario que te asegures que Delfino no tenga infiltrados.

—¿Infiltrados? No, señor, ¿cómo cree?

—No lo conoces. Por lo mismo necesitas llevártelo a la bolsa. Finge una amistad. Lo que sea. Demuéstrale que estás de su lado. No me importa lo que tengas que hacer, pero engáñalo. Sólo así podrás enterarte de su plan. No te será fácil. Él es muy inteligente. Además tiene aliados.

—Así lo haré.

Finalizada la llamada Urquidi volvió a su habitación. Al abrir la puerta se encontró con Azucena sentada de forma comprimida, con la barbilla sobre las rodillas, rodeando sus piernas con los brazos y los pies sobre el sofá.

—Lo siento —dijo Gregorio sin dar un paso.

—No me puedes tener aquí toda la vida —dijo Azucena, se puso de pie y caminó hasta la puerta.

—No me obligues a hacer algo de lo que te puedas arrepentir.

La joven sonrió con ironía sin tener idea de la piltrafa que tenía frente a ella, y aventurada a saciar su apetito de venganza, le dio una bofetada, que en el instante lo reconfortó cantidades, pero que más tarde se convirtió en el detonador de su verdadera desgracia, ya que el taimado se llevó la mano a la mejilla, cerró los ojos, respiró pausado y respondió multiplicando los golpes hasta derribarla, arrancarle brutalmente la ropa, la dignidad y el deseo de vivir. El forcejeo llegó a la frontera de la vileza y la defensa desesperada. Urquidi se apoderó de su cuerpo y la penetró como quien entierra la daga en el corazón de una fiera. Los gritos hicieron eco en la recámara y concedieron terreno a la barbarie, incrementando así el compás de la tortura. «¡Suéltame!», pero el llanto de Azucena se hizo mudo y la capacidad de la ilusión también. Entonces la cruel evidencia de la mentira se hizo presente. Mentira, todo aquello era una puerca mentira. Azucena se cayó del altar, su dios se derritió como cubo de hielo y las columnas de su iglesia se desmoronaron sobre ella. Sus gritos no fueron suficientes para que su virgen la escuchara, ni sus lágrimas bastantes para inundar el corazón de un dios ausente, ni su pena lo necesariamente tormentosa para que sus ángeles bajaran de su nube y le devolvieran las ganas de sonreír.

Después el final de una fantasía pueril y el principio de la realidad. El pérfido se satisfizo y se puso de pie dejándola en el suelo. Tomó las pantaletas de Azucena, la miró, sonrió, se limpió el falo con la prenda, se la aventó a la cara y dijo:

—Te lo advertí.

Se vistió y salió de la habitación donde Azucena permaneció partida en dos por la espada del enemigo, arañando las paredes del infierno y recibiendo la semilla del odio. Caminó apresurada a la regadera, se bañó con agua fría, tallándose el sexo hasta añadirle otro dolor. El asco, la sensación de aquel cuerpo asqueroso sobre el suyo, y el recuerdo de su aliento deambularon insaciablemente por su piel desnuda hasta el amanecer.

—Maldito cerdo —no era su hábito maldecir—. ¡Muérete, hijo de puta!

El odio se cocinó en el infierno de sus entrañas. La única persona con la que tuvo contacto era con una de las sirvientas, quien luego se convirtió en su salvadora.

—Yo sé cómo salir de aquí —le dijo la sirvienta.

—¿De veras? —preguntó Azucena bañada en llanto.

—Sí. Pero si salimos de aquí tenemos que ir a la casa de una señora que conozco. Solamente allí podremos estar seguras.

—A donde sea, pero sácame de aquí.

VIII

UNA RÁFAGA DE VIENTO ENTRÓ POR LA VENTANA DE la sala de descanso de los enfermeros, y se llevó una hoja de papel hasta el pasillo donde un gato gris se lamía la entrepierna. Las luces de los pasillos se encontraban apagadas. El felino se puso de pie al notar la hoja de papel que se arrastraba por el pasillo, y caminó hasta el interior de la sala donde seis enfermeros bebían de la misma botella de aguardiente en medio de un silencio inquebrantable. Poseedores y creadores, víctimas y victimarios del cosmos más aburrido que se pueda imaginar, solían sentarse el resto de la noche a esperar a que uno de los pacientes tuviera un brote demencial para darle sabor a sus horas noctámbulas.

Justo al dar las nueve de la noche, los enfermeros iniciaban el monótono recorrido por los pasillos del hospital psiquiátrico con un carrito lleno de medicamentos en pequeños vasos de plástico. El edificio era de cuatro pisos: en la planta baja se encontraban las oficinas y salas, y en los demás estaban las celdas y baños. Se dividían las tareas por pisos: dos por cada nivel. Otros cuatro permanecían todo el tiempo

en la planta baja. Había celdas donde dormían entre ocho y
diez pacientes de bajo riesgo, y otras en las cuales sólo permanecían uno o dos. Abrían las puertas y entraban sin
decir palabra alguna entre ellos. Algunos pacientes tomaban los medicamentos sin oponerse. A otros debían engañarlos. Omar Frías y Melesio Méndez eran responsables
del segundo piso. Ambos eran altos y con panzas extremas.
Si bien en la mansión de la demencia la cordura no era una
compañera de los pacientes, en los empleados no era precisamente una confidente. No importaba qué tan equilibrados
llegaran al ser contratados, con el paso del tiempo el lugar les
iba absorbiendo como esponja cada gota de lucidez.

Ocho años atrás, Melesio Méndez había llegado a la
mansión de la demencia con la firme intención de financiarse
con el sueldo la carrera en psiquiatría, pero con el paso del
tiempo se le olvidó la razón por la cual ambicionaba dicho
objetivo. Ya no sabía si era para curar enfermos o para aprender de ellos. A fin de cuentas la segunda meta, de haber sido
ésa, ya estaba cumplida. Del primer objetivo no le quedaba
duda que, por lo menos en ese hospital, era totalmente imposible, y quizá por ello comprendió, o creyó comprender, que
estudiar la carrera sería tiempo perdido. No sabía de ningún paciente crónico que hubiese salido lúcido gracias a
los tratamientos que ahí se les proporcionaban. En algunas
ocasiones llegó a preguntarse si su razón para estudiar psiquiatría tenía que ver con dinero. Tras el primer año de trabajo había ahorrado la nada despreciable cantidad de cien
mil pesos. Viviendo con sus padres, y con el propósito de
pagar su carrera, dejó de gastar por completo. Al recibir su
primer pago lo guardó en un cajón, el cual revisaba todos
los días para cerciorarse que su hermano menor no le robara

un peso. Con el paso de los días le parecía que el enclenque fajo de billetes era una vergüenza. Un día salió con el dinero y se dirigió a un banco: lo cambió por billetes de cien. Se seguía sintiendo pobre. A la semana posterior los cambió por billetes de cincuenta. Los ciento sesenta billetes lograron persuadirlo por un par de semanas. Al recibir su segundo pago mensual, le pidió a la cajera del banco que se lo entregara en billetes de veinte. Seguía sintiéndose pobre y asimismo le preocupaba que su hermano le estuviese robando, por ello contaba los billetes en cuanto llegaba a casa. En ocasiones se quedaba dormido con el dinero en la mano. Luego de seis meses los dos mil cuatrocientos billetes de veinte pesos le seguían pareciendo poco dinero. Entonces aterrizó en su magullada cabeza la idea de un día poder nadar en dinero como lo hacía el personaje de las caricaturas que veían en la infancia, Rico McPato, y comenzó la maratónica tarea de asistir todos los días al mismo banco para cambiar mil pesos en monedas de un peso. Instaló una cerradura de grandes dimensiones en la puerta de su recámara y empezó a hacer pequeñas torres de monedas en el piso. Pronto el espacio fue insuficiente y tuvo que sacar el ropero, la mesa de noche, el televisor, hasta quedarse sin cama. Según él, tenía más de cien mil monedas, sin imaginar que todas las mañanas su hermano entraba y se llenaba las bolsas de los pantalones. Melesio Méndez concluyó un día que definitivamente la razón por la que había tenido intenciones de estudiar psiquiatría no era por los ingresos económicos. Comprendió, a su manera, la inutilidad del dinero. En las horas monótonas que pasaba en la sala de descanso solía hacer pequeñas torres de monedas y las derrumbaba golpeándolas con la uña del dedo medio.

Y si de ahorrar se trataba, Omar Frías no conocía el significado. Más que un comprador compulsivo, era un adicto al despilfarro con prostitutas. En cuanto recibía su pago mensual, salía a las calles en busca de mujeres en tacones de alfiler y escotes de cascada. Contrataba dos por toda una noche, pero no para llevárselas directamente a un hotel, sino para satisfacer sus insaciables fantasías de acudir a algún lugar público donde los tres debían fingir ser totalmente desconocidos, ya que la maravilla del evento no la encontraba en el sexo sino, precisamente, en que los presentes notaran la insistencia de las damiselas hacia él. «¿Ya viste a ese hombre?». «Sí. Qué varonil». Y si le daba la gana, las despreciaba en voz alta. Luego de un coqueteo evidente a los ojos del público se dejaba seducir. Algunas veces ellas debían llegar a pedirle su autógrafo. O en otras, cuando el dinero escaseaba y sólo tenía para contratar una, ella debía fingir ser la novia de corazón deshilachado que le rogaba no la dejara: «Te amo, mi vida, no me abandones». Ya finalizado el teatrillo se iba con ellas, o ella, al hotel más elegante que tolerara su presupuesto y pasaba la noche tomándoles fotografías. Si acaso el desvelo le brindaba las energías suficientes, el coito llegaba a durar unos ocho o diez minutos, con lo cual se daba por terminado el contrato, lo cual no era un conflicto para él, pues el sexo lo tenía todas las noches en la mansión de la demencia con algunas de las pacientes. Principalmente con Celia, a quien llevaba al cuarto de almohadas con la excusa de que nuevamente había comenzado a gritar: «¡Me violó, me violó!». Pues aunque le saturaran la sangre con barbitúricos, al despertar lo primero que hacía era denunciar un atraco más a su intimidad. El error de Celia no era hacer una acusación, sino señalar al primero que se apareciera en su camino. En alguna ocasión culpó a la doctora Baamonde de tales acciones; en otra al mismo director del hospital, con lo cual la tropa de empleados quedó libre de culpa a partir de entonces.

Esa noche llevaría a Celia, luego de la acostumbrada dosis de Pentotal, al cuarto de almohadas, en cuanto terminaran de darles los medicamentos a todos los pacientes del segundo piso. Los enfermeros salieron de la celda donde se encontraban Quirino y José Arcadio Buendía dialogando sobre las diferencias entre Macondo y la Galaxia E-758, y se dirigieron a la de Huitzilopochtli y Kukulcán.

El clac clac clac de los tacones de la doctora Baamonde se escuchó al final del pasillo.

—Yo me hago cargo —dijo antes de que Melesio Méndez y Omar Frías entraran. Tomó los dos vasos y con mucha cautela los metió al bolsillo derecho de su bata y sacó otros del bolsillo izquierdo.

—Vengan —dijo la doctora—, tomen esto.

—¡No! —respondió Daza al ver que Huitzilopochtli se llevaba las pastillas a la boca.

—Anda, tómatela —dijo Huitzilopochtli.

—¿Cómo sé que no es veneno?

La doctora sonrió, miró a la puerta y los enfermeros comprendieron que nuevamente no lograría persuadirlo de tomarse el medicamento. Ambos entraron y sometieron a Diego Daza. Uno de ellos le atornilló los brazos mientras el otro le taladraba la boca. Luego de un forcejeo, lograron acostarlo bocarriba y taparle las fosas nasales hasta que Daza se vio obligado a tragar las pastillas.

Hubo un largo silencio.

—¿Dónde estoy? —preguntó Diego.

—En un hospital psiquiátrico —respondió el otro paciente.

Diego Daza caminó hasta la ventana y dejó escapar una lágrima. No volvió a decir una palabra. El otro paciente lo observó con tristeza.

Luego de un par de horas el arqueólogo forense volvió a hablar:

—Oh, gran dios Portentoso —dijo Diego Daza—. Debo darle informes de los últimos acontecimientos...

—Dime —respondió el paciente, y un gato gris maulló frente a ellos...

Obedeciendo sus órdenes, sus hijos, los mexicas, llegaron a Culhuacan, Xalixco y otros lugares a los cuales les fueron poniendo nombres, hasta llegar a Michhuacan, donde hicieron asiento y dejaron siembra y descendencia.

Tiempo después arribaron a Malinalco, donde los hombres y las mujeres corrieron de alegría al ver el agua que tanto buscaban, y viendo que allí habitaban muchas mujeres, decidieron quedarse en el lugar, pero los que allí habitaban les quitaron por la fuerza sus mantas, a los hombres mexicas sus prendas que les tapaban las vergüenzas llamados maxtlatl, y a las mujeres sus huipiles y naguas, y así andaban aquellas pobres personas desnudas. Las mujeres pronto buscaron la manera de taparse y fabricaron más prendas con materiales pobres.

Había entonces una mujer llamada Malinalxochitl, que decían era hermana de Huitzilopochtli, y que iba con ellos después de haber consolado a los que quedaron en Michhuacan.

Ella era custodiada por los más ancianos, pues se sabe que un día se quedó dormida en un monte y así la dejaron abandonada, ya que mucho mal hacía a los hombres porque haciendo uso de las artes de la brujería, los mataba. Parece una mentira, pero así era. Con sólo mirarlos ellos amanecían muertos al día siguiente, y así les comía el corazón. También era sabido que les devoraba la pantorrilla, sin que ellos se percataran. A eso se le llamaba «Teyolocuani tecotzana teixcuepani», que quiere decir que mirando a uno de ellos, le trastornaba la vista en cuanto éste dirigía los ojos a los montes o los ríos y le engañaba con falsas imágenes de animales, árboles que no se encontraban ahí, o peor aún, fieras y monstruos jamás vistos. Y si eso parece inverosímil, has de saber que también se llevaba a los hombres dormidos, sin que ellos se dieran cuenta, y les echaba encima animales como víboras, alacranes o arañas, con los que les provocaba la muerte instantánea. Asimismo se transformaba en las noches en aves u otros animales.

—Oh, gran dios Portentoso —dijeron los sacerdotes una noche frente al Cu—. ¿Qué debemos hacer? ¿Cómo hemos de librarnos de esta mujer que ha matado a tantos?

—No teman, que yo he de cuidar de ustedes —respondió la voz de Huitzilopochtli—, váyanse de este lugar, sigan el camino. Déjenla allí, abandonada en el monte mientras duerme.

Y les dijo Huitzilopochtli a los viejos que la custodiaban y llevaban en andas y que se llamaban Quauhtlonquetzque, Axoloa, Tlamacazqui Cuauhcoatl y Ococaltzin:

—No es mi voluntad que tales oficios y cargos tenga mi hermana Malinalxochitl. Asimismo se me dio por cargo traer armas, arco, flechas y rodela. Mi principal oficio es la guerra, y con mi pecho, cabeza y brazos en todas partes, tengo el deber de ver y hacer mi labor en muchos pueblos y gente que hoy existen. Tengo que estar por delante para negociar con gente de diversas naciones, y he de dar de comer y beber, y allí les tengo que aguardar para juntar a todas las naciones. Primero he de conquistar en guerras para tener y nombrar mi casa, adornarla con oro, plumería suave y estimada, esmeraldas preciadas, transparentes como el agua y de diversos colores. Y asimismo he de buscar y poseer muchos géneros de preciadas mazorcas, cacao de muchos colores, algodón e hilados. Todo lo tengo que ver y tener, pues es mi mandato, mi oficio y a eso vine. Entonces padres míos, recojan una gran cantidad de provisión para este viaje, que ahí es donde llevamos nuestra determinación y asiento.

Comenzaron su camino pasando por Ocopipilla, Acahualtzinco, donde estuvieron hasta el año bisiesto, también considerado fin de una vida, o término de tiempo justificado llamado «In xiuh molpilli». Al salir de estos lugares caminaron hasta Coatepec, lugar en términos de Tonalan, lugar del sol.

En cuanto Malinalxochitl despertó, descubrió que su hermano Huitzilopochtli se había marchado y la había dejado en total soledad. Intentó reprimir un sollozo pero sin lograr evadirlo, comenzó a llorar.

Dijo a los ancianos que habían decidido permanecer con ella:

—Padres míos, ¿a dónde iremos?, ahora que con engaño nos ha dejado mi hermano Huitzilopochtli. ¿Por dónde se fue?, no veo rastro de él y aquellos malvados que con él se fueron. ¿A qué tierra habrán ido a parar? Toda está ocupada y poblada de gente extraña.

Entonces dirigieron la mirada en todas direcciones y encontraron el cerro de la gran peña llamada Texcaltepec, a donde pronto se dirigieron. Al llegar con los naturales y vecinos de aquel lugar llamados texcaltepecas, les rogaron les diesen asiento y lugar en aquel peñasco. Con gusto fueron recibidos en aquel lugar por los vecinos.

Malinalxochitl estaba preñada. Algunos dicen que allí en Texcaltepec, a un lado de Coatepec, parió a un hijo a los pocos días al que llamó Copil. Años más tarde, cuando este hijo creció, buscó en todas formas vengar el agravio hacia su madre. Entonces preparó sus tropas para ir en busca de sus enemigos, liderados por el sacerdote Tenochtli.

Pero Copil no era el único enemigo que tenían los aztecas, sino también todos los que encontraban a su paso y donde pretendían hacer sus casas. Tanto así que por todas partes preguntaban y murmuraban los vecinos chichimecas y serranos otomíes.

—¿Qué gente es ésta? ¿De dónde vinieron? ¿Por qué parecen personas remotas, alborotadores, malos y belicosos?

En ese tiempo los mexicas hicieron asiento y construyeron muchas casas de madera, cañas y paja y el templo del Tetzahuitl Huitzilopochtli llamado cu, donde pusieron una gran jícara, como batea grande a manera de una fuente de plata. También le pusieron a los lados los otros dioses llamados Yopico, Tlacochcalco, Huitznahuac, Tlacatecpan, Tzomolco, Atempan, Texcacoac, Tlamatzinco, Mollocotlilan, Nonohualco, Zihuatecpan, Izquitlan, Milnahuac, Coaxoxouhcan y Aticpan. Pero todos estaban sujetos a Huitzilopochtli, al que pusieron en el altar mayor hecho de piedra grande labrada, y un juego de pelota.

—Mexicas, el pozo está lleno de agua, ahora siembren árboles de sauces, cipreses, ahuehuetes, carrizos, cañaverales, tulares, flores blancas y amarillas.

Hallaron un río en el cual dicen se multiplicaron los peces, los camarones, las ranas, y afuera criaron ajolotes, todo género de patos y aves entre otros animales.

El sacerdote Tenochtli pasaba largos ratos meditando frente al Cu, esperando a que el dios Portentoso le hablara. Una de esas tantas noches oscuras en las que el viento soplaba fuerte y el cielo era una manta salpicada de miles de estrellas, le habló Huitzilopochtli:

—Escucha muy bien, hijo mío, bien amado. Habrás de decirle a mi pueblo que es mi designio que el izcahuitl colorado, el gusano rojo, sea mi propio cuerpo, sangre y ser entero.

Y luego comenzó un canto que decía: *En el lugar del canto conmigo danzan, y canto mi canto...*

—Aquí es donde hemos de venir a hacer asiento. Mexicas, aquí ha de ser su cargo y oficio, aquí han de guardar y esperar. Cuatro cuadrantes del mundo han de conquistar, ganar y avasallar para que ustedes tengan cuerpo, pecho, cabeza, brazos y fortaleza, pues les ha de costar así mismo sudor, trabajo y pura sangre, para que todos ustedes alcancen y gocen las finas esmeraldas, piedras de gran valor, oro, plata, plumería de preciados colores, fino cacao venido de lejos, lanas de diversos tintes, diversas flores olorosas, diferentes maneras de frutas muy suaves y sabrosas, y muchas otras cosas de placer, pues han plantado y edificado su propio pueblo de mucha fortaleza en este lugar de Coatepec. Hagan que sus padres descansen, y ustedes construyan sus casas para sus parientes los aztecas, llamados así del lugar Aztlan. Mexitin, mexicanos.

Pronto llegó la noticia de que Copil venía en camino para matar a toda la gente que seguía a Huitzilopochtli. Tenochtli respondió a su gente que deberían esperar a la respuesta del dios Portentoso. Hubo grandes temores mientras esperaban a que el sacerdote hablara a solas con el dios de la Guerra.

—¡Hermanos! —dijo Tenochtli—, he hablado con el dios del Sol y enfadado me dijo: «¿Quieren ser mayores que yo? ¿Quieren aventajarse y ser más que yo? Yo soy el dueño de ello, los guío, traigo y llevo, soy sobre todos ustedes el más grande».

Entonces los hijos de Huitzilopochtli se dirigieron a Coatepec, que se encontraba por los caminos de Tollan, y allí, al cumplirse el inicio del ciclo de cincuenta y dos años, encendieron por primera ocasión el fuego sagrado. Luego, anduvieron por distintos lugares como Atlilalaquian, Tlemaco, Apazco, Zumpango, Xaltocan, Ecatepec, Pantitlan, y finalmente en Chapultepec, lugar que pertenecía a los tepanecas. Fue grande el sufrir en estos lugares pues nadie quería dar espacio a esta nueva gente, los hombres de Huitzilopochtli, los venidos del dios Portentoso. Era entonces el año 9-Pedernal (1280), y permanecieron otros veinte años en los cuales el acoso fue tan brutal como tormentoso. Fue por esos tiempos que los encontró Copil y que los mexicas hubieron de hacerle frente. Venía él con hartos guerreros bien armados y listos para degollar a cualquiera que se le pusiera enfrente, pero los mexicas habían aprendido ya las artes de las guerras, aunque pocas armas tenían.

—Mexicas —dijo el sacerdote Tenochtli—, hemos de entregarnos al corazón del dios Portentoso, quien sabrá librarnos de este nuevo ataque venido de la hechicera Malinalxochitl.

La gente respondió con entusiasmo, y sin temor alguno salieron las tropas guiadas por el sacerdote caudillo Tenochtli. Los hombres de Copil venían muy armados con sus macuahuitles, flechas, escudos, lanzas y dardos, mientras que los mexicas apenas si llevaban unos cuchillos y pocos macuahuitles. Pero éstos ya eran bárbaros en las guerras y supieron hacerles frente. Habían aprendido a robarles las armas en los combates con las cuales hacían su defensa. Eran grandes estrategas en el escondite. Dejaban que los enemigos lanzaran sus flechas, para recogerlas y lanzarlas de vuelta. En cuanto el combate cuerpo a cuerpo comenzaba, los degollaban y les quitaban los macuahuitles.

Y fue por el dios Portentoso, Huitzilopochtli, que lograron ganarles la batalla. Copil tenía por afán dar muerte con sus manos a los sacerdotes de los mexicas, y así los buscó entre los guerreros, los enfrentó, los hirió, y aun así no pudo derrotarlos, pues los brazos de Tenochtli y Cuauhtlequetzqui los sostenía Huitzilopochtli. Copil tenía hartos guerreros que lo protegían, pero Tenochtli y Cuauhtlequetzqui les dieron muerte a todos, hasta que finalmente Copil no pudo defenderse de estos dos hombres e intentó huir, pero fue alcanzado por Tenochtli, quien lo derribó de un solo golpe con su macuahuitl.

Al hallarse frente al enemigo, Tenochtli se puso de rodillas, sacó su cuchillo y le abrió el pecho. Los gritos de Copil fueron tales que asustaron a los guerreros que con él iban. Temerosos de recibir el mismo castigo, se rindieron inmediatamente. Otros salieron corriendo. Los que allí permanecieron vieron cómo Tenochtli le sacaba el corazón al hijo de Malinalxochitl, y lo alzaba frente a su rostro mientras la sangre le escurría por los brazos. Sin decir más lo lanzó con gran fuerza al lago de Texcoco.

Tenochtli cerró los ojos y tuvo en ese momento una visión profética: del corazón de Copil brotaba un tunal y encima de él se erguía un águila.

La visión de Tenochtli —portento y presagio a la vez— lo llevó a proclamar ya el destino de la ciudad mexica: «Ésta será nuestra fama, en tanto que permanezca el mundo, así durará el renombre, la gloria de Mexico-Tenochtitlan».

IX

DOS SEMANAS DESPUÉS DE HABER HABLADO CON LA Burra, a Delfino Endoque le seguía rebotando la misma pregunta en la cabeza: «¿Y si no fue un accidente?». Se convenció de que la Burra no le daría más detalles, y no sería por necedad, sino porque en realidad ella ignoraba tanto como él. Debía interrogar a quienes hubiesen estado cerca del arqueólogo forense en aquellos días y sólo había una manera de comprobarlo.

Esa misma semana viajó a París en busca de las evidencias. Salió del aeropuerto y tomó un taxi que lo llevara a la Rue du Louvre. Al bajar del auto, buscó la dirección a la que se dirigía. No la encontró. Decidió buscar una cabina telefónica.

—*Aló* —respondió alguien en el teléfono.

—Hola, habla Delfino Endoque.

Hubo un silencio.

—¿Delfino Endoque? ¡Hola!

—Ya estoy en Francia.

—¿Dónde?

—En la esquina de Rue d'Aboukir y Rue du Louvre.

—Estoy en el otro extremo, entre la Rue Saint-Honoré y la Rue de Rivoli. Son como siete u ocho cuadras, pero un poco retirado. Tome un taxi o un autobús, y baje donde vea un establecimiento que se llama Louvre Parfums. Ahí va a encontrar una puerta azul, es el número dieciocho. Arriba debe haber un anuncio que dice Duluc Détective.

Quince minutos más tarde Delfino Endoque llegó a la dirección indicada, donde ya lo esperaba el detective Duluc.

—Adelante —dijo el colega en un castellano casi perfecto.

La oficina del detective se encontraba en total desorden: había cámaras y micrófonos camuflados en forma de juguetes, relojes, televisores, libros y todo tipo de utensilios por todas partes.

—Ya encontré a la persona que me pidió que buscara. Vive en la Rue Saint-Roch.

—¿Podemos ir a verlo en este momento?

—*Oui, oui, monsieur.*

El detective Duluc le indicó a Delfino que lo siguiera a una habitación que los llevó a otro pasillo. Caminaron hasta encontrar otras escaleras que dieron a una salida en la Rue Saint-Honoré.

—Nunca salgo por la entrada de mi oficina en la Rue du Louvre —explicó Duluc.

—El verdadero motivo por el que solicité sus servicios —explicó Delfino Endoque—, no fue precisamente para encontrar a esta persona, sino para dar con el responsable de la muerte de una mujer hace un par de años.

—¿Hace cuántos? —dijo mientras caminaban por la acera.

—No tengo idea. La persona que estamos buscando nos puede dar más información.

Duluc asintió con la cabeza. En ese momento se detuvo frente a un auto.

—Suba.

—Sé que ella se llamaba Maëly. Pero tengo razones para creer que no fue un accidente —explicó Endoque mientras Duluc manejaba.

Delfino Endoque le contó al detective Duluc lo que le había ocurrido a Diego Daza antes y después de su llegada a Francia.

—Ya llegamos.

—¿Aquí es? —Delfino Endoque leyó el nombre de la calle y notó que no era la que buscaban.

—No, la Rue Saint-Roch está a la vuelta de la esquina. Nunca dejo mi auto frente al lugar que visito.

Al llegar al edificio tocaron el timbre y una voz respondió por el altavoz.

—Hola, soy Delfino Endoque.

La puerta se abrió automáticamente, el par de detectives entró y subió cuatro pisos. En la entrada se encontraban el arqueólogo Israel Ramos y la fisonomista y grafóloga Danitza Marcilio Bucio. Los tres se vieron por un instante para hacer un recuento de los cambios en sus apariencias. Ramos se encontraba irreconocible, había subido varios kilos; Danitza parecía haber encontrado el secreto de la eterna juventud; Delfino, por el contrario, ya casi no tenía pelo y su barba de candado estaba saturada de canas.

—Les presento al detective Duluc —dijo Delfino.

—Adelante, adelante —respondió Ramos sorprendido por la visita.

Entraron directo a la sala. Danitza apagó el televisor y se dirigió a la cocina para servir unas copas de vino, desde donde logró escuchar lo que decía Israel.

—No lo esperábamos. ¿Cómo ha estado? ¿Qué sabe de Diego? Hace mucho que no hablamos con él.

—¿Cuánto tiempo?

—Desde que se fue a México.

Danitza llegó con una charola, les entregó las copas de vino y se sentó a un lado de Ramos.

—¿En qué año murió su novia?

—Maëly —Ramos entristeció el gesto y Danitza le apretó la mano—. En el 2003. Fueron tiempos muy difíciles para Diego. Intentó suicidarse. Después recibió una llamada de México. Su padre había vuelto y el pobre Diego pensó que con eso lograría reconstruirse. Luego ya no supe de él. El teléfono donde vivían sus padres se registraba como fuera de servicio. ¿Pero qué ocurre, le pasó algo a Diego?

—Diego está en un hospital psiquiátrico.

Danitza dirigió el rostro a la ventana para esconder una lágrima. Ramos entristeció y sin darse tiempo a reflexionar comenzó a culparse: «Lo sabía, debí acompañarlo, fue mi culpa».

—¡No! ¡Fue Gregorio Urquidi!

—¿Cómo? ¿Qué hizo?

—No lo sé. Pero pocos días después de que Daza volvió a México, ocurrió un accidente en el cual murieron sus padres. Diego cayó en una profunda depresión e intentó suicidarse. Luego, al parecer un hombre lo atacó en la calle, forcejearon y un autobús los arrolló. Diego fue a dar a un hospital, estuvo inconsciente varios días y al despertar una mujer lo llevó a su casa, con la cual tuvo una especie de romance. Entonces Daza comenzó a perder la cordura: tuvo lapsos de lucidez y otros en los cuales creía que estaba con Maëly. Un año después de haber vuelto a México buscó a Gregorio Urquidi, quien le dio dinero para que robara piezas arqueológicas, mas eso no fue todo: un día quiso robar un monolito y al intentar arrancarlo de la pared dio con una línea eléctrica que lo mandó al hospital. A partir de entonces cree ser Kukulcán.

—¿Kukulcán?

—Pero yo creo que algo tiene que ver Gregorio Urquidi en todo esto, y necesito saberlo.

—¿Y cómo le puedo ayudar?

—Que me digas cómo conoció a esa mujer y si se supo quién la mató.

El arqueólogo Israel Ramos exhaló cerrando los ojos, se puso de pie, miró a la ventana y contó al par de detectives que los primeros años en Francia habían sido para los tres un recorrido laberíntico. Primero, arrinconados por la paranoia, cambiaban de domicilio con frecuencia. Se alquilaron en infinidad de oficios mal pagados. La economía los sofocó hasta desertarlos en la frontera de la miseria.

—Luego de algunos años las cosas comenzaron a pintar mejor —contó Ramos.

Los años parecían haber borrado los garabatos del temor y el par de arqueólogos y Danitza por fin lograron establecerse en un departamento de la Rue des Épinettes. Diego Daza cruzaba la ciudad en bicicleta para llegar a su trabajo en Le Benjamin Café en la Rue des Lavandières Sainte Opportune. Hasta entonces la vida del arqueólogo no rebasaba los límites de la comodidad. Si bien su rutina y su sueldo no le proporcionaban las satisfacciones codiciadas para su destino, la tranquilidad de saberse libre hacía de sus días un placentero itinerario.

Con pleno dominio del francés, había logrado habituarse a las costumbres y leyes de aquel país en el cual pretendía permanecer por el resto de sus días. Carecía de un plan preciso de vida y ambiciones profesionales. Se había divorciado de sus deseos arqueológicos y de su cultura mexicana. Cuando veía el televisor y se mencionaba alguna noticia de su país, cambiaba el canal o apagaba el aparato. En el trabajo no podía reaccionar de la misma manera. En cuanto llegaban clientes que solicitaban el servicio de un mesero que hablara español, lo primero que llegaba a su mente era el inevitable deseo de que no fuesen mexicanos.

Poseía dos justas razones para evadir el trato con sus paisanos. Una porque en dos ocasiones distintas algunos clientes llegaron a reconocerlo y sin preámbulo lo atormentaron con la pregunta inaguantable: «¿Tú eres el hombre que salió en las noticias hace un par de años?». Lo negó la primera vez; la segunda salió corriendo de Le Benjamin Café. El otro motivo por el cual eludía el contacto con los turistas mexicanos, era que cuando los tenía enfrente, llegaban como cuervos las evocaciones de la gente que intentó lincharlo. Dirigía la mirada a su mano y al notar la ausencia de sus dedos, se le llenaba de tirria aquel costal donde guardaba sus reminiscencias. Pero la fortuna del olvido —para otros la ruina— alcanzó su cometido: los turistas mexicanos nunca más lo reconocieron, y Daza emprendió la meticulosa labor de resanar su despostillado corazón. Llegó al periodo en que atender a sus compatriotas dejó de ser un aprieto psicológico.

Los años más monótonos de su vida se convirtieron en los mejores vividos. Aprendió a disfrutarse a sí mismo. Había hecho amigos con los cuales chocaba copas de vino de vez en cuando. Pronto, cuando logró tener los recursos suficientes, rentó un departamento para él solo. Aunque Israel Ramos y Danitza Marcilio Bucio no escatimaron en razones para persuadirle de que eso era innecesario, Diego justificó su deseo con una frase que hubiese querido decirle a su padre alguna vez en la adolescencia: «Debo conocer el mundo».

Si acaso decir aquello tenía un toque de puerilidad, también era cierto que Diego Daza quería rescatarse, reconocerse en soledad, rebasar aquel obstáculo que lo cazaba por todas partes. Dormía tapado con las cobijas hasta la cabeza, eludiendo las terribles pesadillas que no dejaban de arrugarle las indispensables horas de descanso. Más que un motivo de gozo, las primeras noches en su departamento fueron un martirio maratónico. No bien lograba conciliar el sueño, cuando el despiadado despertador sobre la mesa de noche le anunciaba que era hora de salir a trabajar. Pronto encontró la manera de domar aquellas fieras nocturnas y las noches comenzaron a tener mejores lunas.

Se hizo adicto a las cenas solitarias y al cine francés, en particular de un trío de filmes: *Un coeur en hiver* (*Un corazón en invierno*), la historia sobre Camille, una violinista casada con un hombre incapaz de expresar ni la sombra de un sentimiento; con *L'Enfer* (*El infierno*), Diego sufrió con la desorbitada locura del celoso protagonista; y con *Mon meilleur ami* (*Mi mejor amigo*), se identificó dolorosamente al saber que la soledad era más que una compañera, un verdugo cuando las relaciones entre dicha malvada y el individuo carecen de compatibilidad. Sin darse cuenta dio inicio a la mejor parte de su existencia. Leía parado en el balcón con un cigarrillo entre los labios y una taza de café. Observaba a los transeúntes y se reía a solas. Al llegar la media noche, acorralado por la fatiga, se iba directo a su cama y sin apagar la lámpara caía en un profundo sueño.

Al amanecer corría por las escaleras del edificio con su bicicleta. Hubo un par de ocasiones en las que rodó por los escalones, pero libre de rasguños salía y pedaleaba hasta Le Benjamin Café en la Rue des Lavandières Sainte Opportune. Y mientras servía a la clientela sentada en las mesas de la acera, observaba a la gente que caminaba por las calles, o que salía y entraba del túnel del metro frente al café.

Jamás se sintió tan feliz de tener ese empleo tan rutinario, como la mañana en que llegó al café una mujer de pelo rojo y piel salpicada de pecas. Usaba unos pantalones cortos azules, una blusa de tirantes blanca y unos tenis Converse rojos. La mujer se sentó, abrió una mochila deshilachada, sacó un libro y esperó a que el mesero la atendiera. Daza la observó de lejos mientras otro le tomaba la orden. Miró al interior del establecimiento y supo que el dueño estaba ausente. Le pidió a su compañero que no lo delatara, se quitó el mandil y caminó hacia la mesa de la mujer. Se detuvo frente a ella y miró en varias direcciones.

—*Bonjour mademoiselle, comment allez-vous?* Busco Le Benjamin Café —dijo con un gesto mal fingido.

—Aquí es —respondió la mujer sin levantar la mirada.

—¿Éste es el lugar?

—Sí —la mujer no quitó la atención de su libro.

—¿Sabe una cosa? —hizo una pausa—. Una gitana me acaba de leer la mano, me dijo que la puerta de la felicidad se encontraba justo en esta esquina.

La mujer fingió ignorarlo e hizo todo lo posible por retener una risa. Conocía al derecho y al revés todos los trucos de aquellos que intentaban seducirla en plena calle, y ninguno le pareció tan pueril y ocurrente como el de aquel desconocido.

—Está por allá —dijo señalando la entrada al túnel del metro.

—¿Segura? —por fin Daza era capaz de jugar en público, de dejarse llevar por sus impulsos infantiles sin preocuparse por el señalamiento del ridículo.

—Sí —la mujer asintió con la cabeza simulando estar atrapada en su lectura—. Totalmente segura —levantó la mirada, y al encontrarse con los ojos de Diego, la devolvió a su libro.

—Si es correcto lo que dice, usted será la responsable de mi dicha.

La mujer sonrió sin levantar la mirada.

—¿Puedo ofrecerle algo como muestra de gratitud?

—No es necesario —escondió ella una sonrisa.

—Sí. Permítame invitarle un café.

—Gracias. Ya pedí uno.

Diego Daza caminó hacia el interior del establecimiento (ella lo siguió con la mirada) y robó un par de rosas de un florero, tomó la taza de café y volvió a la mesa de la pelirroja.

—*Mademoiselle* —dijo y puso el café y las rosas sobre la mesa.

—*Merci* —agradeció ella despreocupada y miró de reojo lo que le acababa de llevar.

Sorprendida al ver las rosas cerró el libro, levantó la mirada y se encontró con el mismo hombre.

—*Merci*.

—No le quito más su tiempo. Ahora me voy en busca de la felicidad.

La mujer sonrió. Diego señaló la entrada de las escaleras que daban al pasillo subterráneo del metro.

—Es por allá. ¿Correcto?

—Sí —sonrió.

Diego caminó hacia atrás sin cortar aquel contacto visual. Tenía la certeza de que la felicidad por fin había llegado, y que no era necesario entrar al metro ni preguntarle a ninguna gitana.

—Por allá —señaló Diego, caminó hasta la esquina sin dejar de verla, cruzó la calle mientras ella también lo seguía observando, y se despidió con la mano antes de bajar por las escaleras.

La mujer se declaró intrigada al ver que en efecto el desconocido había entrado al túnel del metro. Se puso de pie y caminó hasta los escalones. Se asomó por el barandal y lo encontró escondido, pegado a la pared. Sonrió. Diego se supo descubierto.

—¿También está buscando la felicidad?

—Creo que sí —sonrió la mujer de pelo rojo y volvió a su mesa.

Él la siguió.

—Le digo que la gitana me aseguró que estaba aquí.

—Ajá —sonrió.

—Ya no la molesto.

—Necesito que limpies estas mesas —dijo una voz a su espalda.

Diego no volteó para ver al dueño del establecimiento, sino que siguió viéndola a ella y exageró un gesto de tristeza que hizo evidente un toque de gracia. La mujer sonrió al verlo entrar y salir con una charola y el delantal de mesero atado a la cintura.

—¿Una gitana? —dijo sentada mientras Diego limpiaba la mesa contigua.

—Sí. Y no mintió. Ya encontré la felicidad. Justo hoy.

—¿Y ahora qué piensa hacer? ¿Perseguirla?

—Sí, pero primero necesito preguntarle su nombre.

—Maëly —extendió la mano.

—Diego.

—Nos vemos —Maëly sacó un billete, lo dejó en la mesa, se puso de pie y se marchó rumbo a los escalones del metro.

De aquel primer encuentro, Diego tuvo que hacer de tripas corazón para no sufrir un descalabro, pues por más que la buscó los días siguientes entre la gente que caminaba frente a Le Benjamin Café, no la encontró. Y justo cuando creyó que no volvería a verla, Maëly apareció en la misma mesa.

—Lo sabía —dijo Diego.

—¿Sabía qué?

—Que volverías.

La sonrisa de Maëly le dio a Diego la seguridad de que por fin la felicidad había llegado, y esa tarde fue el inicio de un centenar de visitas a Le Benjamin Café. Maëly llegaba, tomaba un café, platicaba a ratos con el mesero, sonreía y lo hipnotizaba. Diego no dejaba de insistir en llevarla a tomar un café a otro lugar, pero ella le respondía que ése era el mejor lugar, porque lo tenía bien controlado. Hasta el momento no habían tenido otro trato más que el de mesero-clienta. Luego de un par de meses, a ella se le ocurrió llegar media hora antes del cierre.

—Te acompaño —dijo Diego justo cuando ella pagó la cuenta y se disponía a caminar por la acera.

La luna jamás brilló tanto en la vida de Diego Daza como aquella noche en que Maëly le guiñó el ojo con una sonrisa para aceptar aquella invitación. ¿Por fin conocía los terremotos que provocaba el sentimiento —desconocido hasta entonces— de sólo ver el rostro del ser amado? ¿Amado? ¿La amaba? Ni siquiera la conocía. No sabía si habría entre ellos una semilla de compatibilidad. No, no era necesario vivir una eternidad con ella para saber que la dicha estaba a una vuelta de tuerca. No existía fórmula ni augurio que garantizara éxito. No, no, sólo lo sabía. Nadie lo puede pronosticar. ¿Y si te equivocas? ¿Qué? ¿Acaso no es eso de lo que trata la vida? ¡Qué importa si te equivocas! Anda, Diego, bésala, bésala, tómala entre tus brazos, acaríciala. Deléitate con su aroma y su aliento, porque quizá nunca vuelva a aparecer otra oportunidad. ¿Y si no? ¿Y si no qué? ¿Y si no me corresponde? ¡Carajo, Diego! ¿Qué no te das cuenta? No la dejes ir. La felicidad es un torbellino que arrasa con todo y se va.

Se detuvo en medio de la acera, se paró frente a ella, le acarició el rostro y se preparó para besarla.

—Debo decirte algo —Maëly lo interrumpió.

—Me gustas.

—Yo... Yo te puedo hacer daño...

—La felicidad es mucho de eso que me hace daño...

—No —dijo Maëly y se fue.

Diego aún no conocía el domicilio de aquella mujer, y por ello tuvo que esperar a que ella volviera al café. Dos semanas más tarde la pelirroja apareció como si nada. Diego sonrió, le sirvió un café ignorando a la clientela. Se sentó frente a ella y se manifestó estúpidamente enamorado. El dueño del café llegó para exigirle que cumpliera con sus obligaciones, pero Diego respondió sin mirarlo:

—Estoy negociando mi felicidad. No me interrumpa. El hombre frunció el ceño.

—No se moleste —se anticipó Diego—. Renuncio —dijo sin quitar la mirada de los ojos de Maëly.

Ella también sonrió, y esa tarde se marcharon del café. Deambularon por el centro de París. Caminaron frente a los museos, teatros, cines, plazas, hasta llegar al departamento de Diego, donde sin miedos se embadurnaron los cuerpos con besos.

—¿Y qué más le puedo decir? No hubo mucho qué contar a partir de ese momento —dijo Ramos—. Y eso fue lo que pensó Diego Daza todo ese tiempo.

—¿Nunca hubo algún sentimiento de persecución? —preguntó el detective Duluc.

—Había un hombre que nos seguía —dijo Danitza.

—¿Un hombre de barba?

—¡Sí! —respondió la grafóloga—. Usaba gafas oscuras. Lo llegamos a ver en distintas ocasiones. Un día Diego lo quiso confrontar, pero él corrió por varias calles hasta que se perdió entre la gente. No lo volvimos a ver. Meses más tarde ocurrió el accidente, y a Diego se le desmoronó la vida… nuevamente.

—¿Qué supieron de la persona que atropelló a Maëly?

—Nada. Diego nunca dijo una sola palabra. Cuando se le llamó para que hiciera su declaración, sólo repetía que no recordaba nada.

—¿Y los demás testigos?

—Dijeron que había sido un Mercedes Benz azul. Duluc sacó su teléfono, llamó a su asistente y le pidió que consiguiera una base datos con los números de placas de todos los Mercedes Benz. Luego se comunicó con otro contacto al que le pidió investigara sobre conductores con dicha marca de autos que habían sido infraccionados ese año. Más tarde le solicitó a otro conocido en la policía que le buscara los nombres de personas que habían salido de la cárcel ese año. De igual manera le pidió a un colega que le diera informes sobre asesinos a sueldo.

Aquella tarde salieron Duluc y Endoque de vuelta a su oficina donde pasaron toda la noche analizando la información obtenida. Entre cigarrillos y tazas de café les llegó la madrugada revisando números de placas y estudiando los antecedentes de los dueños de los autos. Los que tenían reputación limpia fueron descartados. Cotejaron los datos con aquellos que habían sido multados. De la misma manera fueron ignorando esos que no mostraban antecedentes criminales. Con gran escrutinio analizaron los expedientes de aquellos que habían salido de la cárcel ese año. Nada. Había muchos nombres, muchas fechas, muchos datos. Pasaron cuatro días, hasta que la lista se redujo a ocho personas. Salieron a las calles en busca de los sospechosos. El primero era un vendedor de droga, el cual había vendido su carro años atrás. El segundo tenía antecedentes criminales, pero todo parecía indicar que hacía años que no se dedicaba a la vida delictiva. El tercero había pertenecido a una pandilla, y de igual manera ahora tenía una vida estacionaria. El cuarto se dedicaba a apadrinar prostitutas. El quinto tampoco tenía su auto, lo había vendido, se dedicaba a la venta de ropa. El sexto se había ido del país. El séptimo había sido encarcelado por robo a mano armada. Y el octavo estaba nuevamente en la cárcel, por abuso sexual.

Dos semanas más tarde Endoque y Duluc se dirigieron al departamento de Israel Ramos y Danitza con semblantes caídos.

—No tenemos pistas —dijo Delfino y puso el expediente sobre la mesa.

Danitza lo tomó y comenzó a leerlo.

—¿Investigaron los vuelos de avión? —preguntó Ramos.

—Duluc le llamó a un contacto para que le investigara quién de aquellos sospechosos había viajado a México en aquellas fechas. La respuesta fue negativa —explicó Endoque.

—¿Autos robados? —insistió Ramos.

—Fuimos a investigar —respondió Duluc—. No encontramos información relevante.

—Maëly Leblanc —leyó Danitza en cada una de las páginas que revisó.

—Sí —afirmó Endoque—, es el expediente de Maëly Leblanc.

Danitza levantó la mirada y sonrió.

—¿Qué? —preguntaron.

—Todos estos documentos fueron firmados por la misma persona —explicó Danitza.

—¿Cómo lo sabe? —preguntó Duluc.

—Soy grafóloga —explicó Danitza y sonrió nuevamente—. Observen esto —y acomodó varias hojas en la mesa—: todas las *emes* tienen el primer arco elevado, que indica orgullo; la *a* se presenta cerrada y con un bucle final derecho, que constituye un signo de acentuada reserva o extrema prudencia; la *e* se presenta cerrada; la cresta de la *ele* es recta; la *y* tiene un gancho en la parte inferior. Y eso no es todo: ¿ven este arpón en la parte superior de la *c*? Indica un rasgo temperamental, pertenece a personas hiperactivas, combativas y egoístas. Aunque intentó cambiar su letra, le puedo asegurar que una sola persona firmó todos estos documentos, sólo que con distintos nombres. Incluso falsificó firmas de testigos.

—Ahora debemos investigar quién firmó todos estos documentos —añadió Ramos.

—Podemos hacerles la prueba de ninhidrina —dijo Delfino—. Es un reactivo, o para ser más claro, un polvo que se disuelve en un solvente para luego ser aplicado sobre superficies como el papel para el revelado de huellas latentes hasta quince años de antigüedad. Reacciona con los aminoácidos hallados en la transpiración y forma un producto azul-violeta que es conocido como púrpura de Ruhemann. Si una misma persona firmó todos estos documentos, en algún momento dejó sus huellas.

—¿Pero cuántas personas cree que han tenido el expediente en sus manos? —preguntó Ramos.

—Si lo que buscaba era cerrar el caso lo más pronto posible —agregó Delfino—, es muy probable que no haya permitido que mucha gente lo leyera. Y en cualquiera de los casos, en cuanto tengamos el registro de las huellas dactilares podremos tener nombres, y ya con eso sólo necesitaremos irnos sobre unos cuantos.

Se encerraron dos días seguidos para hacer la prueba de ninhidrina a todos los documentos. Llevaron a cabo un registro minucioso de la ubicación de cada una de las huellas, el cual requirió la creación de mapas y etiquetas con letras para distinguirlas. Encontraron que todas las hojas tenían una huella del pulgar izquierdo en la parte inferior del mismo lado. Duluc infirió que quienquiera que fuese el responsable, sostenía el expediente con la mano izquierda y lo firmaba con la derecha. Luego copiaron cada una de las huellas encontradas y las enviaron a una base de datos de París, donde les dieron los nombres de las personas que habían tenido en sus manos cada uno de los documentos, y en todos aparecieron las huellas de una misma persona: Fabrice Loazea.

Duluc pidió a sus contactos el expediente de aquel hombre. Esa noche descubrieron que Fabrice Loazea había sido el encargado de llevar a cabo la investigación de la muerte de Maëly Leblanc, y que con impunidad le había dado carpetazo en menos de una semana. Volvieron a los archivos de las placas y descubrieron que habían ignorado que un policía también era dueño de un Mercedes Benz azul. Dar con él fue mucho más fácil. Los contactos de Duluc le proporcionaron la dirección ese mismo día.

La sorpresa que se llevaron fue que al tocar a la puerta los recibió un hombre de barba. Duluc no le dio tiempo de reaccionar y se le fue encima, le puso unas esposas y lo llevó hasta la sala del pequeño y sucio departamento. Delfino Endoque inspeccionó el lugar arma en mano. No había nadie más. El hombre exigía a gritos que lo soltaran.

Duluc le dio un fuerte golpe en la cara para obligarlo a callarse. En ese instante Delfino Endoque volvió la mirada al televisor. Se quedó mudo. El hombre tenía el canal de videos de música pop. Volvió a su mente el homicidio de don Segoviano. El televisor estaba sintonizado en un canal de videos musicales. Quizás aquello no sería evidencia para nadie. Ningún juez aceptaría eso como prueba de homicidio, pero Delfino sabía que don Segoviano sólo veía los noticieros y canales culturales. Era por ello que tenía la certeza de que el sicario debía haber estado viendo la televisión sin sonido mientras esperaba a su víctima. Tenía sólo una prueba de orina del retrete la cual, por obvias razones, no había servido hasta el momento. No sabía quién lo había enviado, pero se aventuró a decir algo inesperado:

—Nos manda Gregorio Urquidi —dijo Delfino.

El hombre comprendió perfectamente cuando el detective le habló en español.

—No sé de qué me habla —respondió en francés.

Duluc sacó un aparato de la bolsa y sin esperar se lo pegó a la piel dándole una descarga eléctrica. Delfino se sorprendió al ver las técnicas del detective francés. El hombre quedó inmóvil en el piso.

—¿Está bien? —preguntó Delfino.

—Sí, sí. Pero no lo estará si no comienza a hablar.

Fabrice Loazea abrió los ojos y se arrastró por el piso, pero Duluc lo detuvo con otra descarga eléctrica. El hombre gritó de miedo más que de dolor. El aparato del detective estaba en la potencia más baja. Duluc era muy impaciente a la hora de interrogar a aquellos de los cuales no le quedaba duda de su culpabilidad.

A diferencia de Delfino Endoque, Duluc no tenía antecedentes que lo hicieran sentir resentimiento hacia los criminales. Simplemente los detestaba, y siempre que encontraba la oportunidad los torturaba. Sabía que las leyes no siempre eran justas y que aunque él encontrara las evidencias, tarde o temprano salían libres. De igual manera lo hacía para que, cuando tales criminales recuperaran su libertad, no intentaran cobrar venganza. Táctica que hasta entonces le había funcionado.

—¿Quién eres? —preguntó y lo acostó bocarriba.

El hombre no respondía.

—¡No quieres hablar! —dijo Duluc y lo arrastró hasta el baño. Al llegar le pidió a Delfino que abriera el agua de la tina—. Con agua y otra descarga eléctrica tu memoria se refrescará —lo levantó de la solapa y justo cuando lo iba a meter a la bañera, el hombre respondió.

—Fabrice Loazea —el chorro de agua se seguía escuchando.

—Eso ya lo sé —lo dejó caer en el piso, le puso el aparato en los testículos y le soltó otra descarga eléctrica—. Dime algo que me sirva.

—No sé qué quiere que le diga —dijo temblando.

—¿Qué le pasó a Maëly Leblanc?

Fabrice no respondió. Duluc lo volvió a levantar y cuando lo iba a meter en la bañera el hombre confesó:

—La atropellaron.

—¿Fuiste tú?

—¡No!

Duluc subió la intensidad de su aparato y le dio otra descarga eléctrica.

—Le voy a subir más si no comienzas a hablar.

—¡Sí! ¡Sí! ¡Sí! ¡Yo la atropellé! —el hombre se sacudió.

—¿En qué auto?

—¡En un Mercedes Benz azul!

—¿De quién era el auto? —insistió Duluc y le dio otra descarga eléctrica.

—Era mío.

—¿Estaba a tu nombre? —le pegó el aparato a los testículos.

—¡Sí! ¡Sí! ¡Sí!

—¿Por qué la mataste?

—¡Fue un accidente!

—¿Un accidente? —le dio otra descarga eléctrica. El hombre no respondió. Duluc lo abofeteó. El hombre abrió los ojos. Respiraba agitadamente.

—Dime. A mí no me importa que te mueras en este momento. Nadie nos vio entrar. Y te aseguro que no se van a dar cuenta cuando salgamos. Tu cuerpo muerto permanecerá aquí hasta que alguien venga a buscarte, y creo que para eso tardará mucho. Vives solo —y sin más le dio otra descarga.

—¡No! ¡No! ¡No! ¡Ya no! Un día un hombre me contrató para seguir a Diego Daza.

—¿Por qué la atropellaste? —Duluc le dio una descarga más.

Fabrice Loazea gritó, se sacudió, lloró, rogó.

—El jefe me dio la orden de que los matara a los dos. Pero ese día Daza se quedó en la acera, y la atropellé a ella —Fabrice comenzó a llorar.

—Tengo tu confesión grabada —dijo Duluc y sacó una grabadora del bolsillo.

Esa misma tarde llamó a un contacto suyo para que fueran por Fabrice Loazea y lo llevaran preso. Mientras se llevaban a cabo los procedimientos legales, Delfino Endoque no podía arrancar de su cabeza la coincidencia de que Fabrice Loazea estuviese viendo un canal de videos y que el homicida de don Segoviano también hubiese estado haciendo lo mismo. Se comunicó a la PGJ en México y solicitó las pruebas de ADN que él mismo había tomado en un día después del homicidio. Asimismo solicitó a Duluc una prueba de ADN de Fabrice Loazea, la cual envió a un laboratorio para su comparación.

El detective francés tenía contactos por todas partes con los cuales lograba respuestas inmediatas. Al día siguiente les enviaron el resultado positivo. Fabrice Loazea había asesinado a don Segoviano. Delfino Endoque enardeció y solicitó una entrevista con el preso:

—¡Tú mataste a don Segoviano en México!

—No sé de qué me habla.

Duluc y otros policías lo observaban detrás de un espejo.

—Tengo pruebas de tu orina. Entraste al baño de don Segoviano y salpicaste el piso.

Fabrice Loazea no respondió. El detective se impacientó y le dio un golpe en la cara, pero el hombre no respondió. Delfino perdió el control y le bañó la cara a golpes. Duluc no movió un dedo para detenerlo. Se mantuvo del otro lado del cristal observando cómo el detective mexicano descargaba su ira.

—¡Sí! ¡Sí! ¡Sí!

—¿Cómo?

—Entré a su casa y le di un tiro en la boca.

—¡Maldito hijo de puta! Voy a solicitar tu extradición.

Fabrice Loazea sonrió.

—Hágalo —respondió seguro de que estaría mejor en México, donde creía que Gregorio Urquidi lo liberaría con sólo dar la orden.

Esa noche Delfino Endoque visitó a Ramos y le contó todo lo que habían descubierto.

—¿Y ahora qué piensa hacer?

—Buscar la manera de sacar a Diego del infierno.

Mañana vuelvo a México.

—Voy con usted —dijo Ramos.

X

L EVANTÓ LOS PÓMULOS, SEPARÓ LOS LABIOS Y VIO SU nueva dentadura. La imagen que encontró en el espejo le provocó a Gregorio Urquidi una carcajada insostenible. Con la papada ausente, nariz, dentadura, barbilla, pómulos y quijada reconstruidos se encontraba irreconocible. Había pasado los últimos meses entrando y saliendo del quirófano hasta deformarse la cara. El hombre a cargo de aquella destrucción facial era más que un cirujano, un verdadero lavacocos, pues aunque sus pacientes salían en peores condiciones que en las que entraban, terminaban complacidos con los desfiguros de su bisturí.

En el caso de Gregorio Urquidi Montero la terapia del cirujano no había surtido efecto. Él sabía que su rostro había quedado hecho un verdadero basurero. La cara le brillaba de lo estirada que le había quedado la piel. El horrible desastre de su imagen más que atormentarlo le provocaba un rictus satírico. Los pastores del Santuario de los Hombres de Buena Fe no se atrevían a decirle lo espantosa que se veía su cara tras todas esas intervenciones quirúrgicas, y mucho menos los feligreses.

Lo que nadie sabía era que Gregorio Urquidi Montero no pretendía verse atractivo, sino todo lo contrario. Deseaba que sus víctimas sufrieran al ver su rostro. Tenía en mente muchos proyectos: deshacerse de Gastón Peralta Moya, Delfino Endoque, Diego Daza y el Greñudo Suárez. A los primeros tres debía acorralarlos en la mansión de la demencia, para poder disfrutar del tormento que les tenía preparado; al Greñudo Suárez debía callarlo, pues si bien le había sido útil en múltiples crímenes, ahora era una bomba de tiempo.

Ya no era aquel que había conocido años atrás. Nada que ver con aquel pipiolo al que entonces todavía le daba comezón la conciencia. Si bien jalar el gatillo ya no le quitaba el sueño, faltar a sus responsabilidades religiosas lo atormentaba cantidades. Católico incurable, acudía a misa todos los domingos. Pagaba su diezmo religiosamente. Se confesaba con frecuencia pero a medias: «Padre, he pecado. He dañado a mi prójimo. He mentido». Había llegado a la nada ingenua —pero sí muy conveniente— conclusión de que si su dios —el cual cargaba en el pecho colgado de una pesada cadena de oro— todo lo sabía, simplificar era más que suficiente para que el mensaje de su arrepentimiento llegara a las oficinas del Cielo. Hasta que un día, en la ciudad de México conoció a un sacerdote al cual le lanzó lo inconfesable.

—Padre, confieso que he matado a un hombre —lo dijo porque era un desconocido y tenía la certeza, hasta el momento, que jamás se volverían a ver.

El padre Gregorio Urquidi arqueó las cejas, sonrió, se puso de pie, salió del confesionario y se asomó para ver quién era tan cruel como él para confesar un homicidio sin preámbulo. El Greñudo Suárez sintió un remolino en el estómago. Tenía las agallas para acribillar a cualquiera, menos a un sacerdote. Y mucho menos a ese que ahora era dueño de su secreto.

—Dios todo lo sabe —dijo Urquidi al salir del confesionario—. Ven. Siéntate aquí —lo invitó a las bancas frente al altar—. Dios sabe perdonar. Cuéntale a tu padre celestial lo que has hecho.

Una extraña corazonada le hizo saber al Greñudo Suárez que aquel sacerdote sabría guardar el secreto de confesión. Le contó sobre un muerto, el primero, el que lo había perseguido y luego le entregó un sobre lleno de dinero.

—Es mi diezmo —dijo y se marchó.

Pero días más tarde volvió para confesarle un rosario de homicidios con los cuales Urquidi se divirtió cantidades.

—Hijo mío, tu labor en la tierra también es hacer justicia. Muchos de los que has castigado eran criminales. Ahora lo que debes hacer es darle al pueblo un poco de lo que Dios te ha dado a manos llenas.

—¿Cuál es el objetivo? —preguntó Suárez—. ¿Vale la pena cuando el dinero proviene del narco? ¿Se justifica cuando la filantropía la hacen los ricos y famosos para evadir impuestos, o los criminales para lavar dinero?

—¡Sí! —Urquidi abrió los ojos—. ¡Por supuesto! ¿Quién más puede dar ayuda a los necesitados sino los más adinerados? Las donaciones que hace la gente común no sirven para nada, son miserables limosnas.

Pronto Suárez comenzó a hacer donaciones, construyó calles, escuelas, iglesias y casas. Conoció la gloria de ser nombrado héroe del pueblo y se deleitó con los laureles que le daban sus acciones filantrópicas.

No tenían seis meses de conocerse, cuando en 1973 Urquidi le contó que tenía un asunto pendiente.

—Usted nada más diga a quién tenemos que matar, padrecito —dijo con intento de gracia, sin saber que eso era lo que Urquidi estaba a punto de pedir.

Le platicó que su padre, Salomón Urquidi Labastida, le robó a su madre toda su riqueza y que le había quitado un hijo, el cual había registrado con su nombre. Sin más preludio le solicitó sus servicios y la masacre fue planeada con pinzas. Sólo debían dejar vivos a dos de ellos: su hijo Delfino Endoque de la Cruz y Garza, y Salomón Urquidi Labastida. Y para disfrutar de su venganza el sacerdote decidió acompañar a los sicarios.

Llevaron a Salomón Urquidi a la mazmorra de Atotonilco —donde se hallaban las siete osamentas de los frailes franciscanos—, lo encadenaron y lo observaron por algunos instantes como quien contempla una obra de arte. Llegó el silencio. Eran a partir de entonces cómplices de un crimen jamás resuelto por las autoridades. Ambos se encargarían con el tiempo de borrar todas las evidencias, pero faltaba algo, un pacto, algo que los uniera aún más.

—¿Qué va a hacer ahora? —preguntó Suárez mirando a Salomón Urquidi, inconsciente y encadenado a la pared.

—Torturarlo hasta el día de su muerte. Él se encargará —dijo Urquidi y señaló a su amigo, el sacerdote Esteban Castro Medina. Mauro también se encontraba a su lado.

—Me refiero a qué va a hacer hoy, en este momento —corrigió Suárez.

—No sé.

—Pues esto hay que celebrarlo. Total, no creo que quieran quedarse toda la noche a cuidarlo, ¿o sí?

—Tienes razón, no irá a ninguna parte.

Caminaron a la escalera de madera y salieron de la mazmorra.

—Ahí cuidas los esqueletos —dijo Esteban Castro.

—¿De quiénes son esos cadáveres? —preguntó Suárez.

—¿Qué sé yo? —Urquidi se encogió de hombros.

Esa noche, casi de madrugada, el Greñudo Suárez llevó a Gregorio Urquidi, Esteban Castro y a Mauro a una casa que tenía en la ciudad de México, donde festejaron el resto de la madrugada con alcohol y mujeres. Carolina permanecía junto a Suárez sabiéndose la reina entre todas esas princesas.

—¿Y quién es tu compañera? —preguntó Urquidi.

—Es María Magdalena.

—No me digas —sonrió Urquidi con un vaso de coñac en la mano.

Carolina Gaitán arrugó los labios, se puso de pie e intentó salir del lugar. El Greñudo Suárez la tiró del brazo y la obligó a sentarse.

—¿Le gusta? —le levantó la falda para mostrar las piernas de la joven que prontamente se volvió a tapar.

—Me encanta. Es la más hermosa de todas —respondió Urquidi y se pasó la lengua por los labios.

—Se la regalo —espetó el Greñudo Suárez con una sonrisa, como quien entrega una baratija—. Llévesela, allá está la recámara —señaló la escalera.

Para Carolina, la ciega enamorada, la mujer feliz, la que no le pedía nada más a la vida, aquello que acababa de escuchar resultaba inverosímil, irreal, inimaginable, inaceptable, insoportable. Sebastián la había elevado a lo más alto para dejarla caer en las garras de aquel desconocido.

Carolina, se puso de pie y caminó hacia la puerta.

—¡Ey, tú! —dijo el Greñudo Suárez—. ¡Párate ahí! Dos hombres le cerraron el paso. Carolina bajó la mirada, empuñó las manos, apretó los dientes, respiró profundo y caviló si le serviría de algo darles de patadas a los guaruras. ¿Hasta dónde llegaría? Conocía los sistemas de seguridad del Greñudo Suárez. Sería imposible salir. Comenzó a temblar de miedo. El destino le auguraba lo peor.

—¿En serio? —sonrió el sacerdote.

—¡Claro! ¡Vaya a la recámara! Es mi regalo. Y si ella no se deja, pues utilice la fuerza. Que sepa quién manda.

Urquidi caminó hasta la habitación y los guaruras arrastraron a Carolina detrás de él. Los gritos enmudecieron con la música ensordecedora. Las demás mujeres se percataron de lo que estaba a punto de ocurrir pero simularon no darse por enteradas. Sabían perfectamente que intentar cualquier cosa sería inútil. De ahí nadie salía sin permiso del Greñudo Suárez, e intentar hacer una denuncia a las autoridades no sería más que un grito en el desierto.

Urquidi entró en la recámara y observó a Carolina con la sonrisa más cruel que encontró en su repertorio. Los guaruras permanecieron afuera de la recámara. Ni los ruegos ni el llanto en el rostro de Carolina fueron suficientes para convencer a su agresor para que claudicara. No la habían vendido. No era siquiera una prostituta a la que se le retribuiría. Comprendió que por la fuerza sería más tortuoso aún el indeseado suceso por venir. Pese al dolor que le estrangulaba el corazón, actuó con lascivia. Se desabotonó la blusa, caminó hacia él con un erotismo mal fingido, intentó besarlo, pero se topó con un fracaso, el peor de su existencia. El hombre que se encontraba en esa recámara no disfrutaba de las caricias mujeriles, ni de los besos seductores, ni de los halagos ni de nada de lo que ella pudiese imaginar.

—¡Arrodíllate!

La música se escuchaba desde la sala como si las bocinas se encontraran en la habitación. Carolina obedeció y acercó las manos a la bragueta de Urquidi, pero éste le dio un golpe a puño cerrado en la mejilla. Carolina cayó al piso y al abrir los ojos alcanzó a ver un hilo de sangre que le escurría de los labios.

—¡Levántate!

Apenas apretó los párpados, una catarata de lágrimas le empapó las mejillas a Carolina Gaitán, que no pudo secarse la cara porque las manos le tiritaban sin control.

—¡Levántate! —exigió el sacerdote y le enterró un puntapié en el abdomen.

Al incorporase recibió un escupitajo en la cara.

—¡Embárratelo en los labios!

Sin poder evitar las náuseas, Carolina vomitó en los pies de Gregorio Urquidi, que se le fue encima con una recua de patadas. La tomó de la blusa y la arrastró por la habitación.

—¿Te doy asco, pendeja? —gritó Urquidi y le abrió la boca presionándole la quijada con los dedos—. ¿Te provoca repugnancia mi presencia? —y le escupió en la cara una y otra vez.

—¡Basta! ¡Se lo ruego! —dijo ella de rodillas.

—¡Así me gusta, puta maldita! —Urquidi liberó una carcajada—. ¡Que me ruegues!

Le arrancó la falda y la blusa, le dio un tremendo golpe en la espalda, se quitó el cinturón y comenzó a flagelarla. Carolina gritó arrastrándose por la habitación perseguida por los golpes.

—¡Basta! —gritó.

Gregorio Urquidi se le puso enfrente, le amarró el cinturón al cuello y la obligó a hacerle sexo oral mientras la estrangulaba. Justo en ese momento Carolina decidió arrancarle la verga con un mordisco, pero en cuanto aquel hombre sintió la presión jaló fuertemente del cinturón.

—¡Puta maldita!

La tiró al suelo y tomó venganza bañándole la cara y el cuerpo con los puños cerrados. Aquella mujer de apenas veintiséis años comenzó a envejecer con cada golpe, cada patada, cada escupitajo recibido esa noche. Jamás olvidaría aquel evento. Quedó inconsciente y no se percató de cuántas veces la taladró Gregorio Urquidi. Al despertar se encontró en una de las habitaciones del rancho. Ni siquiera se enteró de cuándo y cómo la trasladaron hasta ahí. Dos hombres cuidaban de la entrada. Quiso levantarse pero el dolor se lo impidió. Volvió a su memoria un torbellino de fotografías: el rostro de aquel hombre cuyo nombre desconocía, su risa burlona, sus dientes amarillos, su aliento pestilente, su barbilla salida, sus ojos inconfundibles, su voz, esa voz que jamás lograría borrar de su recuerdo, su aroma indeleble. Todo se quedaría en su cabeza. Nunca más lo olvidaría. En cuanto conciliaba el sueño, el hombre aparecía y la atracaba una vez más. Lloró hasta vaciarse.

—Perdóname —dijo acostada en la cama—. Sé que lo que me ocurrió fue culpa mía. Perdóname, mi amor.

El Greñudo Suárez sonrió y salió de la habitación.

Carolina Gaitán tuvo que esperar un año para poder escapar de aquel infierno. Se convirtió en la más sumisa de sus amantes. Toleró ser entregada a cuanto hombre solicitaba acostarse con ella. Fue víctima de Gregorio Urquidi por más de un año sin lograr saber su nombre. Se tragó cada lágrima, cada golpe, cada escupitajo, cada violación. Cerraba los ojos y esperaba a su recuperación.

Y cual acertijo, un día le comenzaron a llegar notas en trozos de papel. «Sé lo que estás sufriendo». «Quieres salir, busca la puerta». Si bien aquello parecía una burla, tuvo que sufrir para comprobar si se trataba de una trampa o una tentativa de auxilio. Luego recibió otra nota. Investigó cautelosamente hasta descubrir que aquel desgraciado que la violaba cada vez que se le daba la gana, era un sacerdote llamado Gregorio Urquidi Montero. Carolina cambió de estrategia, comenzó a fingir que le gustaba ser golpeada por aquel monstruo, y cuando logró convencerlo de ello, Urquidi se aburrió de aterrorizarla y un día dejó de buscarla.

Pero el infierno no acababa ahí. El Greñudo Suárez pretendía hundirla en la locura, sin imaginar que Carolina Gaitán ya había puesto su mente en una bóveda. Nada podía estrangular su corazón.

—Te amo —le decía con insistencia—. No sabes cuánto te amo. Te amo. Te amo. Te amo —y le acariciaba el rostro con cursilería.

Suárez cayó en la trampa. Creyó ingenuamente que aquella mujer era una total idiota, decidida a soportar cualquier abuso con tal de estar a su lado. Llegaron al tonto juego en el que ella fingía amarlo y él pretendía creerle, aunque en el fondo deseaba fervientemente tragarse aquella farsa. Le magullaba el rostro a cachetadas siempre que creía ser engañado. La entregaba a sus amigos y conocidos para demostrarle a ella que no sentía una triza de cariño. Carolina aprovechó los hechos y se dio a la fría tarea de contarle cómo la penetraban los hombres. Le embruteció los sesos al hacerle creer que más que un suplicio, era un regodeo acostarse con sus amigos o conocidos. La cabeza hueca de Suárez no pudo soportar tales relatos y un día dejó de ofrecerla como una más de sus putas.

Tras recibir una nota con la dirección de un hotel en Hermosillo, Sonora, Carolina se dio a la tarea de robarle pequeñas cantidades de dinero, con lo cual planeaba darse a la fuga. Por fin un día encontró la oportunidad. El Greñudo Suárez la llevó consigo a un viaje. En el aeropuerto observó cuidadosamente y justo cuando llegó el momento de abordar corrió y abrazó a un oficial.

—Protéjame, se lo ruego.

El oficial preguntó qué le ocurría.

—Un hombre me quiere secuestrar.

—¿Quién?

—No lo puedo señalar.

El oficial sacó su radio, el Greñudo Suárez y sus acompañantes entregaron sus boletos y abordaron el avión.

Carolina Gaitán sonrió.

—¿Quién? —preguntó el oficial.

—Se acaba de ir por allá —señaló Carolina en dirección contraria.

Cualquiera en su lugar habría aprovechado para denunciar al Greñudo Suárez, pero ella tenía preparado otro festín, el cual tomaría tiempo elaborar. Sabía que enviarlo a la cárcel sería programar su propia muerte.

—¿Por dónde?

—Para allá. Viste saco negro —engañó al oficial que pronto caminó en la dirección indicada.

En cuanto Carolina Gaitán se supo libre comenzó a correr como desquiciada hasta la calle. Abordó un taxi.

—Siga derecho, no se detenga.

—¿Le ocurre algo?

—No —respondió; sabía bien que si por algo se distinguen los taxistas, es por metiches y chismosos. Desvió la mirada hacia varias direcciones hasta saberse, o por lo menos sentirse, libre de peligro. Luego de un par de minutos le dio unos cuantos dólares al taxista y bajó corriendo. Recorrió varias calles, se perdió entre la gente; temerosa entró y salió de diversos establecimientos. Caminó asustada, siempre cuidadosa de no ser perseguida, víctima de la paranoia y corrió. Abordó y bajó de varios autobuses, caminó más, corrió, y cuando creyó estar segura tomó otro taxi al que le pagó para que la llevara a Hermosillo, Sonora. Lo que para muchos resulta un desfalco, la cantidad que pagó por viajar de Michoacán a Sonora fue una ganga.

Tardó en recuperar la calma. La libertad aún parecía inalcanzable. Le quedaba poco dinero, con el cual alquiló una habitación en un pequeño hotel en el centro de la ciudad. Organizó sus ideas frente a la ventana —desde donde podía ver a la gente— pensando en el invaluable sabor de la libertad, pues sólo cuando uno carece de ella, la idealiza de manera embrutecida. A media noche, las cadenas del cansancio la arrastraron a la cama. Fue insuficiente lo que logró dormir. Lloró, lloró. Por más que intentó conciliar el sueño, las ánimas de sus tormentos le seguían atiborrando la cabeza con recuerdos. A las tres de la mañana alguien llamó a la puerta. Se levantó atormentada.

—¿Quién? —preguntó.

—Soy ese quien.

Suspiró al escuchar la respuesta esperada y abrió.

El hombre que encontró frente a ella era el mismo que le

había enviado notas secretas con nombres y direcciones para ayudarla a escapar.

—¿Qué quiere de mí? —preguntó tras dejarlo entrar.

—Nada —el hombre observó detenidamente el interior de la habitación—. Sólo quiero ayudarte. Ésta es la persona a la que debes buscar —le extendió una hoja de papel.

Carolina reconoció el nombre.

—Sí, sí, ya me había dado su nombre en una de las notas que me envió —respondió Carolina—. Y por eso investigué. Él es...

—Me da gusto que hayas hecho tu tarea.

—¿Está seguro de que él me va a ayudar?

—No si llegas diciéndole que quieres que te proteja de Suárez. Eso sería como anunciar en radio y televisión el lugar donde te encuentras. Mejor invéntate otra vida. Finge ser una buena amante. No le digas nada de tu pasado. Llega a él como todas. Gánate su confianza. Lo demás será tu decisión —dijo el hombre y se marchó. Por más que intentó soldar los párpados, conciliar el sueño se volvió un suplicio. No esperó a que saliera el sol y se metió a la regadera, se talló el cuerpo con intento de mudar de piel. A las siete en punto salió en busca de su nueva vida. Caminó varias horas por la avenida Niños Héroes y Rosales. Al atardecer, un chirrido en el estómago le avisó que era hora de comer, lo cual no había hecho desde el día anterior.

Se detuvo en un puesto de tacos y devoró como nunca. Mientras saboreaba la última ronda de tacos vio por arriba del hombro a una pareja que se acercaba.

—Me da dos de ésos —dijo una.

—Y a mí me da cuatro de ésos —dijo la otra.

—¡Ay! ¿Piensas comerte todo eso? Te vas a poner como cerda.

Carolina miró su plato y pensó lo mismo.

—No eres de por aquí —aseguró una de ellas.

—Sí —mintió.

—Qué raro. Nunca te había visto. Y mira que yo conozco a casi todos en este pinche pueblo. Y todos me conocen.

—No —admitió bajando la cabeza—. No soy de aquí.

—Hola, me llamo Soraya.

—Yo soy Flor.

—Mucho gusto, me llamo Carolina.

Soraya era un travesti de veintitrés años, que usaba el nombre de su hermana. Había nacido en una familia de cuatro machos y dos hembras. La reina del hogar era su madre, y él desde los seis supo que deseaba ser la princesa del palacio cuando su hermana, la verdadera Soraya, lo invitó a jugar a las princesas.

—Ya sé, tú eres la princesa de un palacio y yo de otro —le dijo Soraya a Sergio.

Y sin dudarlo dejó que su hermana la vistiera y la maquillara. Al terminar, Sergio se miró al espejo y no pudo imaginarse vestido de otra manera por el resto de su vida; luego las dos acordaron que no existía una niña más linda en la familia que la princesa que había nacido esa mañana.

—Qué bonita princesita —dijo la verdadera Soraya—. ¿Cómo le ha ido? Cuénteme. La invito a tomar un té.

—Sí —respondió Sergio.

Y ambas tomaron té hasta que Soraya —la verdadera— cumplió los diez y se aburrió de jugar a las princesas. Sergio también. Entonces ya no anhelaba ser una princesa sino toda una reina. Pasó seis años en la catapulta de sus inclinaciones esperando el día en que su hermana de dieciséis hiciera una invitación para cualquier cosa, pero ella ya no lo dejaba entrar a su recámara y él ya no podía verla cuando se cambiaba de ropa, ni cuando se maquillaba.

Una tarde que la casa estaba a su disposición, Sergio sintió un cosquilleo, o más bien, una necesidad, una urgencia por hurgar entre las prendas de su hermana. Con el ritmo cardiaco a noventa por minuto se quitó las botas que su padre le obligaba a usar y se probó el primer par de tacones que le quedaron a la perfección. Supo entonces que eso era lo suyo, se veía linda, y no pudo más. Siguió buscando en el guardarropa y encontró unas pantaletas con un beso estampado enfrente y un brasier que le hacía juego. Con pedazos de papel de baño se fabricó un par de tetas nacientes que bajo la blusa de su hermana bien podían engañar a cualquiera. Lo que más le gustaba era que su hermana tenía muchas faldas. Todas le quedaban a la medida. Tenía la espalda delgada y las caderas anchas. Se depiló las piernas, se amoldó un par de medias negras, se ajustó una falda tableada y una blusa sin mangas. Se miró al espejo, se deleitó con la imagen que coqueteaba frente a él —o ella— y se desplomó sobre la cama como una tonta enamorada que se deja caer sobre su nube; divagó en sus fantasías y susurró tras un suspiro: «Quiero ser mujer».

A partir de esa noche durmió con las prendas de su hermana. En cuanto todas las luces se apagaban, él se escurría al baño para transformarse y pernoctar como toda una princesa, para despertar antes que cualquiera y llevar a cabo la metamorfosis que lo devolvía a su indeseable estado de varón. Hasta que una de esas tantas noches —tras haber cumplido los diecisiete, y su hermana los diecinueve—, entró a la recámara de su hermana, casi arrastrándose por el piso; abrió suavemente uno de los cajones y Soraya lo descubrió sacando un brasier de su cajón:

—¿Qué haces? —bisbisó desde su cama.

Sergio enmudeció por un instante y luego respondió:

—Quiero ser reina.

Soraya dejó caer la cabeza sobre la almohada, liberó un sollozo y dijo:

—Lo sabía. Perdóname, hermanito, es mi culpa.

Mientras decía esto, Soraya se sentó nuevamente en la cama y miró a Sergio de rodillas a un lado de su cajón de ropa interior.

—¡No! ¡No es tu culpa! Yo soy así. Me gusta mi condición. Ayúdame a ser una linda princesa como cuando éramos niños.

—Niñas —corrigió Soraya, y las dos sonrieron.

—Vete a dormir, mañana hablamos.

—¿Me puedo llevar éste? —preguntó Sergio y le mostró un brasier rojo.

Su hermana hizo un gesto:

—¡Ya qué! —dijo y se dejó caer sobre la almohada.

Al amanecer, no sin antes reclamarle por usar su ropa, Soraya acompañó a su nueva hermana a comprar un poco de ropa y a partir de ese día le enseñó a maquillarse, a caminar, a moverse, a sonreír y a llorar como mujer. Salían a escondidas, pasaban horas en la recámara platicando y riendo como dos grandes amigas. Soraya —la verdadera— disfrutó cantidades de la hermana que jamás, o mejor dicho, que siempre tuvo. Hasta que un día su padre entró sin tocar la puerta y encontró a las dos vestidas con faldas. Colérico fue a su recámara por la pistola para matar al travesti que tenía por hijo.

—¡Maricas aquí no quiero! —gritó.

Su madre quiso impedir una tragedia y le movió la mano

al padre, que por accidente mató a Soraya. Esa noche Sergio salió de la casa para nunca más volver.

—Lo que pasa es que su padre también era puto —dijo Flor—. Así son. Antes de admitirlo se tapan el culo con un corcho. Porque hasta para ser puto se necesitan güevos. Florencia en verdad era una mujer que desde los catorce años medía un metro ochenta. Era una hembra de facciones toscas y gruesas con la nariz ancha, la mirada de acero, y la tabla de la espalda de luchador, las manos anchas con los dedos largos y regordetes. Sólo parecía mujer de la cintura para abajo: los troncos de sus piernas eran un modelo de belleza, las nalgas dos rocas perfectamente cinceladas.

El tormento de llegar virgen a los veinte, sin ni siquiera haber tenido un solo pretendiente, y no tener tampoco la noción de qué era eso llamado beso, la llevó a la decisión de hacerse pasar por travesti. Ya desde los doce se había acostumbrado a ese apodo.

—Al principio me dolía que me dijeran así —le contó Flor a Carolina esa noche que las tres tomaban unas cervezas en un bar de la zona—. Luego un tipo en la calle se me acercó y me dijo: «Así me gustan los putos, grandotes y nalgones».

Y le acarició el culo a Florencia. Por fin, en veinticinco años, un hombre la había tocado; un disoluto deseaba manosearle las nalgas vírgenes. El interfecto siguió su camino y ella lo detuvo al instante:

—No te vayas: tócame.

El cerdo se dio la vuelta y se la llevó a un motel, luego, pensando que Florencia le cobraría, quiso golpearla para no pagarle, ella salió aterrada hasta el pasillo; él la persiguió, la jaló del cabello para llevarla de vuelta a la habitación, pero un travesti de tacones rojos que caminaba por ahí la defendió. El rufián quedó en el suelo sin dignidad y sin cartera.

—Hola —dijo el travesti—. Me llamo Soraya.

—Y desde entonces somos inseparables —le dijo Flor a Carolina, mientras se empinaba una cerveza.

—¿Y tú qué haces por estos rumbos? —le preguntó Soraya.

—Estoy buscando una casa —respondió.

—No, amiga, eso no te conviene; ahí se gana muy poco —dijo Flor.

—¡Déjala! Tú qué sabes si ella quiere a alguien que la proteja —interrumpió Soraya.

—Pero… —intentó explicar Carolina.

—¿Así piensas trabajar?

—¡Florencia, déjala en paz! Tú no sabes sus necesidades.

—Bueno, eso sí.

Entonces Carolina las interrumpió:

—Estoy buscando a un hombre.

—Maldito desgraciado, él fue el que te hizo eso —dijo Soraya señalando los moretones en el rostro de Carolina.

—No —respondió Carolina—. Se llama Norberto.

—¿Norberto qué?

—Norberto Heredia Cisneros.

—¡Ay, madre mía! —dijo Soraya.

XI

Un clac clac clac interrumpió las palabras de Diego Daza.

—¿Qué ocurre? —preguntó el paciente.

—Allí viene esa mujer.

—¿Quién?

—La que me hace preguntas de ti todo el tiempo.

—Pues responde a todo lo que te pregunte.

—¿Seguro?

—Sí, todos deben conocer la grandeza del dios Portentoso.

—Diego —dijo la doctora Baamonde al abrir la puerta—, ven conmigo.

Daza observó a Huitzilopochtli, quien asintió con la mirada.

En el camino por los pasillos del hospital, Diego miró en todas direcciones. Al llegar al consultorio, la psiquiatra le pidió que se sentara en el sofá.

—¿Cómo estás? —preguntó la psiquiatra.

Daza no respondió.

—¿Quieres contarme algo? —insistió la doctora Baamonde.

El arqueólogo forense seguía en silencio.

—¿Cómo te llamas?

—Diego Daza —respondió y permaneció en silencio.

La psiquiatra bajó la mirada. Él continuó sumergido en su silencio por una hora con cuarenta y tres minutos. Nada de lo que la psiquiatra hiciera sirvió para que él respondiera. Respiraba con normalidad, incluso movía las pupilas. De cuando en cuando se acomodaba en el sillón. De repente dirigió la mirada a su mano y tocó con la otra los muñones de sus dedos mutilados quince años atrás. Cuando la doctora se puso de pie para llevar al paciente de vuelta a su habitación éste respondió:

—¿No la recuerdas?

—¿Qué cosa?

—A Coatlicue...

—¿Qué ocurrió con ella...?

Llegados a la sierra de Coatepec, en las cercanías de Tollan, había una mujer llamada Coatlicue, que tenía muchos hijos, llamados Centzonhuitznahua, o cuatrocientos surianos, entre ellos la que llamaban Coyolxauhqui. Coatlicue barría su casa todos los días, es decir que limpiaba su alma, cuidaba de su pueblo, hacía el bien. Y por ello, un día aceptó en su pueblo la llegada del dios Portentoso. Es decir que permitía a los mexicas que se asentaran en Coatepec. Pero Coyolxauhqui no estaba dispuesta a perder el poder que tenía en estos rumbos, así que acusó a su madre de haber engañado a su pueblo. Esto se juntaba con el nacimiento de su futuro hijo, el cual se decía era la reencarnación de Huitzilopochtli. Y así los Centzonhuitznahua, o cuatrocientos surianos, la acusaron bravamente diciendo:

—¿Quién la empreñó que nos infamó y avergonzó?

—Hermanos, matemos a nuestra madre porque nos infamó, habiéndose a hurto empreñado —dijo Coyolxauhqui con deseos de hacerse ella del poder de Coatepec.

Pronto se enteró de esto la madre de este pueblo, siendo tanta su desdicha que comenzó a perder el ánimo.

—No tengas miedo, porque yo sé lo que tengo que hacer —le dijo Huitzilopochtli.

Coatlicue, que había ya entregado su corazón al amor por Huitzilopochtli, no hizo más que esperar la desgracia que estaba por venir. Las tropas lideradas por los sacerdotes mexicas llegarían a dar muerte a los Centzonhuitznahua, o cuatrocientos surianos, y a la hija llamada Coyolxauhqui.

Había uno de ellos que se llamaba Cuauitlicac que decidió no obedecer las órdenes de Coyolxauhqui y fue con prontitud a uno de los montes, donde los mexicas habían ya construido el cu de Huitzilopochtli. Y ahí, en medio de la noche, Cuauitlicac se arrodilló frente al dios Portentoso y le rogó le perdonara su falta, le pidió no lo castigara con el mismo rigor con que lo haría a los Centzonhuitznahua, o cuatrocientos surianos.

—Oh, gran dios Portentoso —le imploró—, ¿dime qué debo hacer?

—Anda —dijo la voz sagrada del dios del Sol— y ve donde se encuentran aquellos que quieren dar muerte a mi madre Coatlicue.

—Así lo haré —respondió Cuauitlicac y salió corriendo.

Se subió a la punta de los árboles para ver, y fue a otros

cerros más altos y fijó su mirada en la lejanía y encontró a los Centzonhuitznahua en el camino, con todas sus armas, papeles, cascabeles y dardos, liderados por Coyolxauhqui. Cuauitlicac volvió al cerro donde se hallaba el cu para dar noticias al dios Portentoso.

—Mira bien a dónde llegan.

—Llegaron a Tzompantitlan.

Cuauitlicac dio noticia y volvió corriendo a los montes para ver dónde se hallaban las tropas de Coyolxauhqui, y en cuanto los encontraba volvía al pie del altar de Huitzilopochtli a dar informes.

—¿Dónde están los Centzonhuitznahua?

Esto se repitió los días que continuaron y de la misma manera le informó Cuauitlicac:

Han llegado a Coaxalpa / Mi dios ya se encuentran en Apetlac / Gran dios Portentoso, los cuatrocientos surianos se hallan en el centro de la sierra / Ya están muy cerca.

Apenas si llegaron los Centzonhuitznahua nació Huitzilopochtli como gran deidad de los mexicas y de toda la tierra. Esto es que en aquellos tiempos fue cuando se hizo grande la veneración a este Dios. Hubo en el camino más gente dispuesta a dar la vida en nombre del dios Portentoso, que venía con su rodela y su lanza azul. Tenochtli, que venía liderando las tropas, dio inicio a la guerra en nombre de Huitzilopochtli. Llevaba su penacho con plumas finas, y su cuerpo pintado de azul. Huitzilopochtli dijo a Tenochtli que encendiese una culebra hecha de teas que se llamaba xiuhcoatl, y que con ella matara a Coyolxauhqui. Pronto llegaron los demás guerreros y entre todos despedazaron a la mujer. Su cabeza fue cortada y abandonada en la sierra de Coatepec mientras que el cuerpo fue lanzado por el barranco, hecho pedazos.

Los cuatrocientos surianos fueron perseguidos por las tropas de Huitzilopochtli, que iban peleando contra ellos y cercando la sierra de Coatepec. Muy poco fue lo que pudieron hacer para defenderse de la ira de Huitzilopochtli. La gran mayoría murió en manos de las tropas del dios Portentoso; otros, muy pocos, lograron escapar, no sin antes ser heridos ferozmente. Los que no alcanzaron a huir rogaron con llantos por su vida, pero Huitzilopochtli no los perdonó.

A la mañana siguiente vieron los mexicanos que todos los Centzonhuitznahua, o cuatrocientos surianos, tenían los cuerpos agujerados, y que no tenían corazones, pues se los había comido Huitzilopochtli, quien se convirtió en gran brujo. Entonces les dijo:

—Ya por esto entenderán que en este lugar de Coatepec ha de ser Mexico.

Huitzilopochtli quebró el río por el cual se alimentaba el agua que guardaba el significado y misterio del Tlachtli, juego de pelota, y se volvió al lago grande. Consecutivamente se salió el agua del río, y las aves y peces, comenzaron a morir de hambre; árboles y plantas se secaron prontamente. Los que ahí estuvieron decían con estas palabras:

—Y se pasó como en humo, que parece que todo se desapareció, o que se convirtió en otro mundo.

Allí fue el fin de los años que llamaban «Inxiuh molpilli in mexica», como año bisiesto. Poco después de que comenzó el año nuevo les habló una vez más Huitzilopochtli:

—Alcen el zarzo y caminemos, que cerca de aquí descansaremos otra vez.

Ya había desaparecido el lago, pues según los que ahí andaban se había secado quedando solamente algunos árboles y el cu que habían hecho a su dios.

Llegaron a Tula; permanecieron y señorearon con ellos veintidós años. Y de allí salieron y llegaron a las faldas del cerro de Chapultepec, en el lugar que dicen Techcatepec o Techcatitlan.

Se cuenta que los mexicas fueron los que le pusieron nombre al cerro de Chapultepec, donde cumplieron otro año llamado Ome Tochtli. Y allí les habló Huitzilopochtli a los sacerdotes llamados Teomamoque, cargadores del dios, que eran Cuauhtlequetzqui, Axoloa, Tlamacazqui y Aococaltzin. A estos cargadores de este ídolo llamados sacerdotes, les dijo:

—Padres míos, miren lo que viene en camino. Aguarden y lo verán. Yo sé lo que les digo. Ya no habrá temor. Miren que no tendremos que estar más aquí, pues más adelante iremos adonde hemos de aguardar, asistir y hacer asiento, cantemos que dos géneros de gentes vendrán sobre nosotros muy pronto. Volvieron al primer asiento en Temazcaltitlan Teopantlan, entonces les dijo el sacerdote Cuauhtlequetzqui:

—Hijos y hermanos míos, comenzamos a sacar y cortar céspedes de los carrizales, y debajo del agua, hagamos nuestra ciudad que algún día querrá venir aquí nuestro dios el Tlamacazqui Huitzilopochtli.

XII

Entre las frecuentes y nada humildes reunio-nes que solía tener Gastón Peralta Moya, si alguno de los ilustres invitados se aventuraba a decir que la casa presumía ostentación, se retractaba al conocer el irreverente esplendor de la biblioteca y corregía: «Esto es la soberbia en carne viva». Acompañadas de ocho columnas de mármol de cinco metros de alto, de estilo jónico, adosadas al muro con capiteles de bronce dorado, yacían las estanterías estilo palafoxiano, con más de veintiocho mil volúmenes. A mano derecha había una fina escalera de caracol fabricada en madera que daba a un tapanco de metro y medio de ancho con un barandal, también de madera, que rodeaba las cuatro paredes. En el centro se encontraba una mesa de juntas con doce sillas, en el fondo el enorme escritorio del historiador y a un lado otro escritorio con una máquina de escribir donde trabajaba el aprendiz.

Un esbelto gato gris que entonaba un coro de maullidos recorrió el tapanco que rodeaba el interior de la biblioteca, y bajó por la escalera de caracol hasta llegar al escritorio de Gastón Peralta Moya, que se encontraba dictándole a Saddam la más reciente de sus obras literarias. El felino se detuvo frente a la silla y liberó otro maullido.

—Ven, sube —dijo el historiador y le dio un par de palmadas en su regazo. El gato dio un brinco y se acurrucó sobre las piernas de Peralta Moya, que continuó dictando.

El joven escriba lo interrumpió con una pregunta inesperada:

—¿Por qué nunca habla de usted? —le preguntó Saddam.

—¿Qué quieres saber?

—Me interesa conocer un poco sobre su infancia y su adolescencia.

El historiador se recargó en su asiento y respiró profundo.

—Mi padre era funcionario en el gobierno de Emilio Portes Gil, ese que llegó a la presidencia sin desgastarse en campañas. Yo nací en medio de la guerra cristera, justo dos semanas antes de que iniciara su administración en 1928, la cual terminó en 1930, año en que le robaron las elecciones a José Vasconcelos para poner a Pascual Ortiz Rubio, alias el Nopalito, por baboso, el ninguneado por el jefe máximo Plutarco Elías Calles, y el cual lo hizo renunciar dos años más tarde para que tomara su puesto el tercer títere: Abelardo L. Rodríguez, quien tampoco hizo gran cosa por el país más que inaugurar el Palacio de Bellas Artes, ese que se demoró veintisiete años en ser construido. Por cierto, también le fabricó un monumento al difunto Álvaro Obregón justo donde había sido acribillado. Yo apenas si había cumplido seis años de edad y ya habían ocurrido cuatro cambios presidenciales, incluyendo a Lázaro Cárdenas, quien tomó el poder y se deshizo del jefe máximo enviándolo al exilio.

Pero no era necesario tener veinte o cuarenta años para enterarme. Al final del gobierno del Tata Cárdenas, yo ya tenía uso de razón. A mis doce años ya había escuchado mucho más de lo que cualquier ciudadano común hubiera logrado en toda su vida. La casa siempre estuvo llena de políticos, diputados, senadores, gobernadores y aspirantes a cualquier puesto público. Mi padre nunca me mandó a mi recámara ni me tapó los oídos. Por el contrario, me sentaba en su regazo mientras charlaba con todos esos visitantes. Me había educado con la regla de no interrumpir las conversaciones de mis mayores, pero jamás me negó una explicación a solas. Él sabía perfectamente que la mayoría de los niños de mi edad ignoraban el nombre del presidente en turno. No había televisor, pero había mucho menos ignorancia que hoy. O quizás una ignorancia distinta. La revolución y la guerra cristera acababan de terminar. Los acontecimientos políticos corrían de boca en boca, aun así se ignoraban muchos detalles. Hoy en día la gente ignora porque quiere, o porque prefiere ver la televisión. Pero mi padre no quería que yo formara parte de esa cifra. Sin darme cuenta me hice historiador con información de primera fuente, muchas veces inédita. De todo me enteraba en casa. Los desayunos, las comidas y las cenas eran siempre inundados con discursos de los acontecimientos políticos del momento.

—¿Y qué me dice de su adolescencia?

—Pues qué te puedo decir —Gastón Peralta suspiró—, era un chamaco como todos. Claro que la vida política de mi padre me hacía un tanto diferente a los demás, pero en lo otro era igual: era adicto al cine, el mejor de todos los tiempos. No en balde le llamaron la época de oro. Tin Tan, Cantinflas, Clavillazo, Pedro Infante, que llegó a estrenar hasta

ocho películas en un año. Ya desde entonces era un ávido
lector y amante de la historia. Por aquellos años goberna-
ron Manuel Ávila Camacho y Miguel Alemán Valdés. El primero se ganó el título de «Presidente caballero». Mientras
Europa sufría la catástrofe de la Segunda Guerra Mundial,
en México se comenzaron a fabricar los bienes de consumo
que antes se importaban. Ávila Camacho aprovechó esto
para sacar adelante al país. Se crearon muchas institucio-
nes, como el Seguro Social, y obviamente la sumisión de los
trabajadores. Se dio inicio a una intensa campaña de alfabe-
tización. Pero el mayor logro fue sacar al ejército de la vida
política nacional. No suelo alabar a los gobernantes de este
país, pero él simplemente no me parece tan corrupto como
los que le siguieron. Porque con Alemán Valdés todo cambió. Claro que con él llegó la modernización del país, o por
lo menos de la ciudad de México, que llamaron «el milagro
mexicano»: llegó la televisión, el teléfono; se construyeron
carreteras, el primer rascacielos —la Torre Latinoameri-
cana—; se abrió el turismo; inició la industrialización; se
construyeron multifamiliares y grandes avenidas como el
Viaducto, División del Norte y, por supuesto, nació el auto-
ritarismo, el orden público por medio de la fuerza, la corrupción y el robo a manos llenas. Ya luego llegarían Adolfo Ruiz
Cortines y Adolfo López Mateos, ese que por no trabajar le
dio el mando a Díaz Ordaz.

—¿Díaz Ordaz?

—Si no le hubiera tocado ser presidente en el genocidio del 68 estaría entronizado. Sus peores enemigos fueron
su imagen pública y física. México se convirtió en un país
elitista. Se enfocó —y lo sigue haciendo— en la belleza. Y
Díaz Ordaz no gozaba de tal virtud. Le tocó pagar los platos

rotos del desastre nacional. Era feo, bien feo. Cargó con la imagen del malvado, pero lo cierto es que mucho antes de ser presidente trabajó bastante por el país, pues lo que muy pocos saben es que quien llevó las riendas del gobierno de Adolfo López Mateos, fue Díaz Ordaz. Mientras Mateos se emborrachaba para menguar ciertos dolores de cabeza que sufría debido a una enfermedad, y se paseaba por el mundo presumiendo el milagro mexicano, Díaz Ordaz se ocupaba de levantar la economía, y de hecho la dejó estable. Fue muy ordenado, tenía una gran memoria, casi no hubo cambios en su gabinete —con lo cual compruebas la estabilidad de un gobierno—, puso gente muy calificada en cada puesto, en cada Secretaría aun sin conocerlos, casi siempre de acuerdo a las necesidades de la nación y no a conveniencia. Bueno, exageré: sí hubo unos cuantos que recibieron puestos por ser amigos o conocidos, pero no tantos, como el resto de los gobernantes. La peor elección fue la de nombrar a Luis Echeverría como su sucesor. Se dice que fue en venganza por lo mal que lo trató el pueblo mexicano por aceptar la responsabilidad del 68. Algo que ningún otro presidente habría tenido los pantalones de hacer al decir: «Asumo íntegramente la responsabilidad personal, ética, social, jurídica, política e histórica por las decisiones del gobierno federal del año pasado». Cualquier otro demagogo o cobarde se habría lavado las manos culpando al secretario de Gobierno, Echeverría. Hay quienes aseguran que el autor intelectual del genocidio del 68 fue Echeverría, otros seguirán culpando eternamente a Díaz Ordaz. Y lo puedes comprobar en la mayoría de los libros: todos queman sus hojas lanzándole tomates, y dedican dos líneas para mencionar sus logros. De cualquier manera, comprobarlo tomará algunas décadas

· más. Lo que sí es cierto es que hizo lo que un capitán honorable debe hacer: aceptar los halagos cuando se gana la guerra y la responsabilidad cuando hay fracaso, aunque el hundimiento del barco no sea su culpa. Claro que le puso el pie a la prensa y les quitó la tinta. Pero en cuestiones económicas dejó una deuda externa de 3800 millones de dólares, una suma a pagar con una mano en la cintura, comparándola con la extravagante deuda que dejó Luis Echeverría de ochenta mil millones de dólares, mientras que con José López Portillo —otro que por capricho decidió nacionalizar la banca sin tener dinero para indemnizar a los bancos— la deuda externa quedó en seteinta y seis mil millones de dólares. Con Miguel de la Madrid la deuda externa volvería a los ochenta mil millones de dólares.

—¿Por qué siempre evade hablar de su vida? —preguntó Saddam—. Me estaba contando de su adolescencia.

Peralta Moya sonrió y le acarició el lomo a su gato.

—En mi adolescencia tuve sólo una novia, con la cual me casé y llegué a Papantla. Más nos tardamos en llegar al matrimonio que en separarnos. Ella volvió a México y yo me quedé a trabajar como asistente del arqueólogo José García Payón.

—¿Qué hacía?

—Lo mismo que tú: transcribía los escritos del arqueólogo a máquina. Sin una sola falta de ortografía.

Saddam dejó escapar una sonrisa.

—Yo creí que siempre había llevado una vida de rico.

—Así fue hasta que me casé. Mis padres nunca estuvieron de acuerdo con mi decisión, y me desheredaron.

—¿En serio?

—Claro. Pero ni falta que me hizo. Te voy a ser sincero.

Me desheredaron de labios para afuera, porque treinta años más tarde todo quedó en el olvido. Así es esto de las familias. Nos odiamos, nos distanciamos, pero tarde o temprano buscamos las reconciliaciones.

Saddam cambió el semblante. Llegó a su mente el rostro de su madre. «¿Qué habrá sido de aquella vieja borracha?», se preguntó y en ese mismo instante pensó en su hija.

—Deberías ir a ver a esa niña —dijo el historiador.

—Sígame contando de su vida —fingió no haber escuchado lo último.

—Eso es todo lo que puedo contar de mi vida.

—¿Todo? ¿Por qué?

—Porque la vida de un historiador está en la historia. Lo demás son trivialidades.

—¿No cree que su vida sea importante?

—¡Claro que lo es! Tengo un objetivo en la vida: divulgar lo que encuentro en la historia. ¿Cuándo has visto que un historiador publique su biografía?

—No digo que lo publique, sino que me lo cuente a mí.

—Ya habrá tiempo, muchacho.

Justo en ese momento la puerta se abrió y entró Sigrid.

—Te busca Delfino Endoque.

—Dile que pase —respondió Peralta Moya.

Minutos más tarde entraron Endoque y Ramos.

—Yo te conozco —dijo el historiador a Ramos, arrugando la mirada.

A pesar de que el detective ya le había dado una larga explicación sobre los acontecimientos en los últimos años, Israel Ramos experimentó un conflicto emocional al hallarse frente al hombre que años atrás había sido su enemigo. Ahora una ligera duda le picoteaba como un pájaro carpintero en la cabeza: ¿De qué se trataba todo eso, una artimaña, una tregua, un verdadero encuentro amistoso?

—No me mires así —dijo Peralta Moya.

—¿Recuerdas a Saddam? —interrumpió Delfino.

—¿Saddam? —el asombro le borró de la cabeza a Ramos el manojo de incertidumbres.

Saddam no lo reconoció, pese a tener bien claro de quién se trataba. En tiempos no muy lejanos podía presumir de una retentiva distinguida, pero tras los vapuleos del duelo parecía haber desechado todo tipo de evocaciones estorbosas en su magullada memoria.

—No lo puedo creer —dijo Ramos acercándose a él y acariciándole el cabello—. Eres todo un hombre. Cuéntame cómo has estado —el entusiasmo de verlo le suprimió de la memoria por un breve instante todo lo que le había contado el detective mientras viajaban en el avión.

Delfino le dio una ligera patada en el tobillo y agregó:

—Acabamos de llegar de Francia.

—¿Y Danitza? —preguntó Saddam.

—Se quedó allá —sonrió Ramos—. Alguien tiene que pagar la renta y todas esas deudas que lo atosigan a uno.

—A Diego lo intentó matar Urquidi, pero mató a su novia en Francia —espetó Delfino—. Por eso comenzó a perder la cordura.

Saddam arrugó la cara y caminó hacia la puerta.

—¿A dónde vas? —preguntó Gastón.

—Voy a la cocina. Necesito beber agua.

—Aquí hay una jarra llena de té.

—No. Quiero agua.

—¿Piensas que con eludir la realidad vas a lograr ser feliz con la memoria de tu novia? A Diego le debes la vida.

Saddam frunció el entrecejo.

—¿Ya se te olvidó que hace años yo era el enemigo? —dijo el historiador—. Él te sacó del Tajín en medio del huracán. Delfino te lo está diciendo: no fue su culpa.

—No me importa —respondió el aprendiz.

—¿Quieres venganza? Adelante, púdrete en tu propia mierda, pendejo.

Saddam se detuvo frente a la puerta, escuchando lo que Peralta Moya decía a su espalda.

—Es más —continuó el historiador desde su escritorio—, creo que seguiré tus pasos: haré un berrinche porque mataron a Chimalpopoca. De nada sirve investigar quién y por qué lo asesinaron. Intégrate a esta sociedad que se tapa los oídos y los ojos para no escuchar o ver la realidad. Qué más da. Mataron a tu vieja. Sí, claro, era la única en el mundo. ¡Pobrecita! ¡Qué dolor!

—No me obligue a responderle como se merece —Saddam giró la cabeza.

—¿Qué? ¿Me vas a golpear? —Peralta Moya se puso de pie y caminó hasta él—. ¡Anda! ¡Dame un buen golpe por agredir a tu novia muerta! ¿Qué esperas? ¡Imagínate que soy Gregorio Urquidi! ¡Aprieta el puño! ¡Pega! ¡Él fue quien planeó todo esto! ¡A él es a quien debes buscar! No a Diego. Él es una víctima más.

Saddam abrió la puerta y salió.

—Gregorio Urquidi contrató a un sicario para que matara a Diego —dijo Delfino—. El mismo que acabó con la vida de don Segoviano.

—Ahora debemos entrar al juego de Urquidi —dijo Peralta Moya y volvió a su escritorio.

—¿Por qué no sacamos a Diego del hospital? —preguntó Ramos.

—No —respondió Peralta Moya—. Lo que debemos hacer es descubrir la estrategia de Urquidi y voltearle la tortilla.

—¿Cómo? —preguntó Ramos.

—Por eso hay que leer historia, muchacho —respondió Peralta y sonrió—. Busca el talón de Aquiles. ¿Cuáles son sus debilidades?

—Las mujeres —respondió Endoque.

—Ésa es una.

—El dinero —dijo Ramos.

—También.

—El poder —insistió Delfino.

—Ya lo tiene.

—Matar —agregó Israel.

—Caliente, caliente —rio Peralta Moya.

—El acoso —insistió Delfino.

—¡Exacto! Urquidi no es un sicario común —respondió el historiador—. A él le enloquecen los juegos maquiavélicos. Goza con atormentar a sus víctimas. Si él hubiera querido ya nos habría exterminado a todos. Disfruta del acoso. Por eso mantuvo a su padre veinte años en la mazmorra. Si sacamos a Diego, entramos en otro juego, el cual no conoceremos dentro de mucho tiempo. Pueden pasar años. Yo ya estoy viejo. Me puedo morir en cualquier momento, pero ustedes todavía tienen cuerda, y para Urquidi eso es más que suficiente. Los perseguirá hasta el último día de sus existencias. La tortura lo enaltece.

—¿Tortura? —preguntó Ramos.

—Yo tuve un espía que me informó por muchos años sobre los vicios de ese cabrón. Luego me traicionó y se fue de su lado, pero eso ya no importa. Lo que nos interesa es que

Urquidi goza despiadadamente al ver sufrir a las personas. Y en particular a las mujeres. Es el sacerdote de la misoginia.

—¿Debemos enviar a una mujer? —preguntó Ramos.

—No. Hay una fórmula más simple.

En ese momento entró Saddam. Peralta Moya sonrió.

—¿Ya se te quitó el enojo?

—Vengo a renunciar —dijo el aprendiz.

—Ajá. ¿Y luego? ¿Qué piensas hacer? —preguntó Peralta Moya con sarcasmo.

—Yo te propongo algo —intervino Endoque—. Quédate aquí. Sigue trabajando para Gastón. Ambos se necesitan.

—Yo no necesito de un cobarde —espetó el historiador.

—No te pido que nos ayudes —continuó el detective—, sólo que no te vayas. Y si quieres, en cuanto logremos sacar a Diego del hospital puedes arreglar cuentas con él.

—¿Cómo? —preguntó el joven.

—¿Qué tienes en la cabeza? —atacó Peralta desde su silla—. Te está proponiendo que cobres venganza cuando lo saquen del loquero, que le rompas su madre.

—No precisamente —intentó explicar Delfino.

—Ya responde y no nos hagas perder el tiempo, ¿sí o no? —insistió el historiador.

Saddam asintió con la cabeza, caminó al escritorio y se sentó frente a Peralta Moya.

—¿Entonces cuál es su plan? —preguntó Ramos.

—Buscar a dos personas, el primero es el Greñudo Suárez, y la otra es...

—¿El Greñudo Suárez? —interrumpió Delfino—. ¿Qué tiene que ver él con todo esto?

—También leo periódicos. Sé perfectamente que se escapó de la cárcel hace tres días.

—¿Cómo sabe que escapó? Los medios no han informado eso, sino que murió calcinado en su celda.

—¿Y tú crees eso?

Endoque negó con la cabeza.

—¿Recuerdas a Mauro?

—Sí.

—Pues ese traidor me contó hace muchos años que fue el Greñudo Suárez quien llevó a cabo el asesinato de la familia de Salomón Urquidi.

—¿Usted lo supo todo este tiempo? —el rostro de Delfino mostró un enojo incontenible—. ¿Por qué no me lo dijo antes?

—Nunca me lo preguntaste —Peralta Moya alzó los hombros—. Y hasta el momento no habíamos hablado del tema. Pero eso no es lo que debe interesarte en este momento. Ya sabes que fue Urquidi el autor intelectual. Lo que nos compete en este momento es saber cuál es la posición del tal Suárez con respecto a Urquidi justo ahora. Y también hay que investigar si en efecto su hermano se suicidó o lo mataron.

—¿Cuál hermano? —preguntó Ramos.

—Eulalio Valladares Lasso, el excandidato presidencial que, por cierto, no era su verdadero nombre, sino Eulalio Suárez. Todos sus hermanos se cambiaron los nombres cuando el Greñudo se hizo de poder. Luego los fue posicionando en puestos del gobierno.

—¿Y cuál es precisamente su plan? —insistió Endoque.

—Les diré...

Aquella tarde la ocuparon en acomodar las barajas del juego, en el cual Gregorio Urquidi debía ser el inapelable perdedor. La estrategia del historiador tenía pinceladas de locura y jugarretas aparentemente imposibles. La noche apareció y todos seguían armando y desechando ideas. Gastón Peralta Moya los bombardeaba con preguntas, los acorralaba, los obligaba a imaginar y analizar en segundos todos los posibles escenarios que encontrarían en su camino. Conocía perfectamente la manera en que funcionaba el cerebro maquiavélico de Gregorio Urquidi, y por ello no debían dejar cabos sueltos, ni podían cantar victoria al creer que su estrategia era perfecta. Aquello requería de una fuerte inversión de tiempo y dinero, el cual el historiador no dudó en facilitar para que el detective Endoque comprara un arsenal de aparatos electrónicos: micrófonos, cámaras camufladas y dos camionetas. El operativo requirió de la contratación de cinco personas. Cuatro de ellos se encargarían de monitorear desde el interior de las dos camionetas las cámaras y micrófonos en el hospital y la mansión de Gregorio Urquidi. La quinta persona llevaría a cabo una tarea más compleja y peligrosa.

Los meses siguientes se ocuparon en cumplir al pie de la letra todas las instrucciones de Gastón Peralta Moya. Las personas infiltradas en el hospital y la mansión de Urquidi instalaron exitosamente las cámaras y micrófonos. El detective Delfino Endoque pasaba largas horas en el interior de las camionetas camufladas de unidades de obras públicas que fingían hacer trabajos de limpieza en las coladeras afuera de ambos lugares, escuchando con enormes audífonos las conversaciones en el interior del hospital y la casa de Urquidi.

XIII

Gregorio Urquidi apenas había logrado conciliar el sueño, cuando uno de los sirvientes tocó a la puerta. Dados los acontecimientos anteriores, Urquidi no se podía dar el lujo de refunfuñar a esas horas. Cualquier asunto podía ser de suma importancia. Le permitió la entrada al sirviente, quien pronto le informó que en la sala lo esperaban dos hombres llamados Ernesto Bañuelos y Felipe Osuna. Sin hacer alguno de sus insoportables gestos, le indicó que les sirviera algo de beber mientras él bajaba.

—¿Qué les ofrezco, patrón?

—Lo que sea: vino, tequila o leche, pero apúrate.

El empleado salió y Urquidi se apresuró a vestirse.

—No me tardo, amor —le dijo a Azucena, que se encontraba acostada en la misma cama.

Antes de bajar entró a su oficina privada (tenía dos: una junto a su recámara y otra en la planta baja, donde atendía asuntos sin importancia), y se dirigió a la caja fuerte, la cual medía un metro de ancho por dos de alto, y estaba fabricada en lámina contrafuego calibre dieciocho, en paredes y puerta antipalanca, la cual se hallaba embutida. Presumía además de una manija de lujo y cerradura de importación, con mecánica montada en placa de acero. Para llegar a ella había que cruzar su cava particular, de seis metros de largo por dos de alto, luego mover una pared de tablarroca pintada de negro, que simulaba ser el fondo de la cava. Insertó la llave única, pulsó la clave secreta y jaló lentamente la manija. En el interior había repisas que rodeaban las tres paredes llenas de documentos y dinero. Sacó una fuerte cantidad de billetes y los acomodó en un portafolio. Se detuvo por un instante antes de cerrarlo. ¿Será suficiente? Hizo un gesto descarado, alzó los hombros y cerró el maletín. Cerró la bóveda cautelosamente, caminó a la puerta y una vez más se detuvo, y siendo una obsesión tan rutinaria como comer, volvió para cerciorarse de que estuviese bien cerrada. Caminó silencioso por el pasillo, mirando ocasionalmente en el interior de las habitaciones vacías, siempre vacías. Llegó al elevador y se detuvo para pensar en el argumento que daría a continuación. Mientras el aparato descendía, se miró al espejo y sonrió al descubrir una vez más lo horrible que le había quedado el rostro.

Bañuelos y Osuna quedaron atónitos al verlo salir del elevador. Aquel hombre había quedado patéticamente irreconocible. Bañuelitos estaba boquiabierto, comenzó a sudar incontenidamente, secó las palmas en el pantalón y tragó saliva. Osuna, por su parte, estuvo a un paso de carcajearse, pero apretó los dientes para no evidenciar lo que le provocaba el rostro del antiguo arzobispo primado de México, ahora conocido como el obispo Benjamín.

—No saben cuánto me alegra verlos de nuevo —dijo Urquidi y les extendió la mano.

El primero al que saludó fue a Bañuelos, quien le empapó la mano con sudor. Jamás lo había hecho y esa primera vez quedaría como recuerdo indeleble para no volver a intentarlo. Sin secarse la mano, saludó a Osuna, quien supo que el sudor pertenecía a Bañuelos, pero de igual manera fingió no incomodarse.

De pronto hubo un silencio.

—¿Ya les ofrecieron algo de beber? —preguntó Urquidi.

Osuna levantó su copa de vino:

—Pues brindemos por su libertad —respondió Gregorio fingiendo, como era su mayor virtud, una gran sonrisa—. Tomen asiento.

—Dijiste que nos sacaría pronto —dijo Osuna.

—Sí, lo sé —movió la cabeza de izquierda a derecha—, pero las cosas no salieron como lo planeé. Ya sabes cómo está la política hoy en día. Además, Néstor Lavat está poniéndose rejego. No quiere meter las manos por ustedes.

—Tú nos metiste en esto —reclamó Osuna.

—Pero ya pasó. Para qué nos complicamos la vida. Ya están afuera, están a salvo, y bajo mi protección.

—¿Y qué se supone que vamos a hacer ahora? —preguntó Bañuelitos.

—Seguir conmigo —alzó las manos cual si les ofreciese un abrazo—. Aquí nada les faltará —se apuntó al pecho con los dedos índices.

Se rascó detrás de la oreja, sonrió y dirigió la mirada al portafolio, lo puso sobre la mesa del centro de la sala y lo abrió.

—¿Qué tal, eh? —dijo—. No se preocupen.

Bañuelos y Osuna taladraron con la mirada el interior del maletín tratando de calcular cuánto había.

—Es suyo —lo empujó hacia ellos—. Ahora, cuéntenme cómo salieron.

Le contaron a su manera cómo había sido la fuga del penal, y si bien supieron dar santo y seña, fue precisamente porque tenían información de primera mano; mas no toda. Ignoraban más de lo que imaginaban, pues cierto era que tras la fuga había ocurrido un motín sin precedentes, el cual no habían presenciado.

Todo estaba planeado desde esa tarde en que se escuchó una voz que gritó: «¡Rancho!», anunciando que la comida había llegado. Los prisioneros se aglutinaron en espera de lo que ellos mismos nombraban migajas, mientras los presos con cadena perpetua, llamados los 6-20 (aludiendo a la frase célebre de una radiodifusora: «6-20, la estación que llegó para quedarse»), y los presos con más dinero, conocidos como «las Jefas», acaparaban todo el rancho. Cuando por fin las Jefas y los 6-20 se retiraron para comer, los demás internos se abalanzaron para recibir su porción. Entre empujones y mentadas, cada uno fue recibiendo su plato mal servido:

—Esta sopa no está sazonada —remilgó un joven.

—¡Los huevos no son al gusto! —le gritaron—: Estás en la *cana* —y las carcajadas de los demás reos no se hicieron esperar.

Condenado a dos años, tres meses y cuatro días por robo a mano armada, el joven que había renegado de la comida, había llegado al reclusorio la noche anterior. Sobraron los gritos al verlo caminar con su cobija por los pasillos y escoltado por un custodio.

—¡Carne nueva! —gritaron desde sus estancias.

—¡Te vamos a violar!

—¡Hoy cena Pancho!

—¡Te toca ser *chocho*!

En cuanto entró a la celda, conocida internamente como «estancia» o «cantón», se le acercó uno de los internos y sin esperar le preguntó:

—¿Con cuánto vas a convivir, mi chavo? Tu boca es la medida —le dijo para pedirle dinero—. En este cantón hay que pagar la renta de la tele, el baño y el papel.

El joven se quedó pasmado intentando calcular. No tenía idea de cuánto sería lo menos, pero sí sabía perfectamente la cantidad que su madre podría proporcionarle al día siguiente, sin que el presupuesto familiar se viera azotado.

—Sólo te puedo dar cincuenta pesos —respondió rogando que eso fuese suficiente.

—Lo quiero para mañana. Tu boca puso el precio. Y si no me lo das, te voy a poner en tu madre.

—Pues más vale que le entres —dijo uno desde una esquina—. Lo morado se quita en un par de días, lo puto nunca.

—¿Por qué te trajeron? —preguntaron.

—Por robo.

—A ver cómo le haces para conseguir *luz* —dijo otro haciendo referencia al dinero.

—Tuviste suerte —dijo alguien más—, porque aquí a los violadores y a los policías les damos *café cargado*.

Esa noche le dieron la golpiza de recibimiento al nuevo interno. Al día siguiente apenas si podía caminar. No había dormido ni comido. Y justo en cuanto se quejó de la sopa insípida, uno de los reos se puso de pie y le arrebató el plato. El joven volvió con el encargado de servir la comida y pidió otra porción.

—Si no es bufet —le dijo el hombre y le hizo señas para que dejara pasar al reo que estaba formado detrás y al cual le entregó un papel justo en el instante en que le dio su porción: la muerte del Greñudo Suárez estaba fechada. El hombre arrugó el pequeño papel y lo enterró con los dedos en un trozo de pan, el cual sacó de la charola y caminó rumbo a una mesa. En cuanto se encontró al lado de otro reo, pasó el pedazo de pan y siguió su camino.

Aquella sentencia de muerte viajó de mano en mano. Todo el que lo recibía lo leía a discreción y lo volvía a meter en el pan para que cada uno de los implicados estuviera informado.

Con lo que no contaban era que uno de ellos era espía. En cuanto terminó la hora de comer, fueron llevados a sus celdas. El soplón le hizo una señal a un guardia, el cual caminó a la celda del Greñudo Suárez, que no se asemejaba siquiera al aspecto de una habitación sino al de una *suite*.

—Ya están preparando tu sepelio —le avisó sin preámbulo.

El Greñudo Suárez apagó el gigantesco televisor, se paró de la cama, se asomó por la entrada (que estaba completamente abierta), observó a la gente que pasaba por ahí, escupió el chicle, caminó hacia un escritorio y marcó su teléfono celular.

—Ya sácame de aquí —dijo Suárez.

—Espera un poco más.

—Me vale madre, cabrón, ya no tengo tiempo.

—No puedo...

—Pues vas a ver que sí puedes. Si esta noche no salgo de aquí, te aseguro que no vas a contarla. Ya basta de pinches jueguitos.

—Las cosas están muy calientes. Espera un poco más.

—Alguien ya dio la orden. ¿O acaso fuiste tú, hijo de la chingada?

—¿Cómo crees?

—Pues no me importa lo que tengas que hacer.

—No nos conviene que te fugues en este momento.

—Este país tiene memoria de cacahuate. Todo se olvida en un par de semanas. ¿Quieres ver que tengo razón? Dame quince días y armo un desmadre por ahí para que los medios pongan sus camaritas en otro lugar. ¿Qué quieres, que queme un congal o que mate a un pendejito famoso?

—Dame dos días.

—Dos días es mucho.

—¿Cómo quieres que le haga? ¿Quieres que te abra las puertas de par en par?

—¡Sí! ¡Sólo da la orden! ¿Cuánto quieres?

—¿De cuánto estamos hablando?

—El doble de lo que habíamos pactado.

—Sí, cabrón, pero habíamos dicho que esperarías un año. Todavía faltan ocho meses.

—El doble y mi apoyo en la siguiente campaña.

—No jodas. Me van a echar la culpa.

—¿Culpa de qué, pendejo? Si tú no duermes aquí. Les dices a los medios que fue el jefe del penal y lo metes al tambo. Yo me encargo de que no hable.

—¿Y los guardias?

—Igual, papacito. Así funciona esto. Les das la orden y luego los encierras en el hoyo, ya sabes, donde no pueden ver ni lo que cagan.

—¿Y el juez?

—Ya veré de a cómo nos arreglamos, pero tú dile que en

unas dos semanas yo le armo un escándalo bien chingón para distraer a los medios. Es más, ya se me ocurrió algo: vamos a quemar una escuelita.

—Está bien. Hoy en la noche. Avísales a tus changos para que lleven unas camionetas.

—¡No mames! ¿Cómo que mis camionetas? Ni madres, manda unas de la policía. Así con las torretas encendidas y todo el pedo para que no se note. Que crean los vecinos que traen más presos.

—Cómo chingas. Está bueno. Nada más cuídate las espaldas, que yo no me hago cargo de lo que te pase ahí adentro.

—¡Qué cuídate las espaldas ni qué ocho cuartos, pendejo! Da la orden de que los guardias no dejen entrar a nadie.

—Eso haré, pero no me puedes culpar de todo.

—¡Para eso eres el mandamás! ¡Para eso te puse ahí! ¿O qué, ya se te olvidó?

—Hoy en la noche.

Esa tarde el sicario caminaba sigiloso por los pasillos del penal con una botella llena de combustible para prenderle fuego al Greñudo Suárez. Sus cómplices rondaban el lugar con las miradas de navaja. Los reos charlaban en el interior de sus celdas. Otros se ejercitaban en el patio con las pesas. Los adictos en los escondrijos saciaban sus deseos con la misma droga que el Greñudo Suárez les proporcionaba, y por ello estaban ciegamente dispuestos a protegerlo.

El nuevo reo yacía de pie, cansado, hambriento y deprimido frente a las rejas de su celda. Los telones en sus ojos bajaban y subían mientras cabeceaba sosteniéndose de los barrotes.

—Te vas a caer —le dijo uno de los custodios tras golpear la reja con la macana.

LA REVELACIÓN DEL ÁGUILA

El joven se enderezó y dirigió la mirada al piso.

—Ven conmigo —le dijo el custodio.

—¿A dónde?

—Te van a hacer unas preguntas —respondió el oficial en voz alta—. Parece que ya te encontraron otros crímenes.

—¡Yo no hice nada!

—¡Que vengas! Aquí no se reniega.

—¡Uy, ahora sí! —dijo uno de los internos con burla—, te van a dar otros diez añitos.

—Mejor ni te pongas difícil —añadió otro—, porque te puede ir *pior*.

—¡Se me hace que te van a cargar un muertito! —agregó alguien y liberó una carcajada—. Ni modo, aquí vas a anidar.

El joven salió de la celda atormentado por los comentarios.

—Ya cállense si no quieren que les comparta la sentencia —respondió el custodio.

Camino a la salida, los demás reos continuaron espetando sarcasmos. Cuando pasaron uno de los filtros, el oficial lo llevó a una celda donde lo dejó sólo un poco más de media hora, mientras se presentaba ante el Greñudo Suárez, quien se hallaba en su celda-suite rodeado de una docena de hombres, entre los cuales se encontraban el padre Felipe Osuna y Ernesto Bañuelos. Pese a haber entrado al mismo penal en el mismo mes, jamás había ocurrido un encuentro entre los dos sacerdotes y el jefe del narco. Esa tarde los mandó llamar para interrogarlos.

—¿Por qué están aquí? —preguntó, aunque bien se le había informado con anticipación.

—Nos acusaron de pederastia y distribución de pornografía infantil —respondió Osuna.

—¿Quién los acusó?

—Gregorio Urquidi.

—¿Y son culpables?

Ernesto Bañuelos secó el sudor de las palmas de las manos tallándose con el pantalón. Se encontraba considerablemente estremecido. Creía que el motivo por el cual el Greñudo Suárez los había mandado llamar era para castigarlos nuevamente por pederastas. Pues claro que eran culpables; principalmente él, que babeaba al ver a las niñas en el catecismo, y cuando Gregorio Urquidi lo descubrió, le ayudó para que liberara al pederasta reprimido que llevaba dentro hasta ese momento. Vio en Bañuelitos el anzuelo perfecto para atraer la atención de Delfino Endoque, quien se había escondido en los últimos años. Se convirtieron en distribuidores de pornografía infantil, el detective hizo la denuncia y Gregorio Urquidi los entregó a las autoridades.

—¿Son culpables? —insistió el Greñudo Suárez.

Ernesto Bañuelos comenzó a sudar. Volvió a su memoria la primera noche en la celda. No bien acababan de cruzar los filtros cuando el custodio gritó con júbilo: «¡Ya llegaron los violadores de niños!».

Ambos fueron puestos en celdas distintas, y ninguno tuvo la suerte de imaginar siquiera que ahí mismo se encontraba el Greñudo Suárez, quien con una mano en la cintura habría pagado por su seguridad.

—¿Así que te gusta violar niños? —le preguntaron a Bañuelitos, quien justo al escuchar aquello se orinó.

—Eso es mentira —respondió temblando de miedo—. Soy inocente. Yo no hice nada de eso que me culpan. Soy un sacerdote. Un humilde servidor de Dios.

—Pues fíjate que aquí les damos café cargado a los humildes sacerdotes que abusan de los niños.

El sacerdote pederasta observó las miradas de los reos, las literas, las paredes pintadas con garabatos y calendarios, sus enseres, ropa e imágenes religiosas, todo en conjunto daba la imagen de un basurero.

—¡No! ¡No! ¡No me hagan nada! —rogó Bañuelos empapado en sudor.

—Ven para acá, preciosa —caminaron hacia él con sonrisas colmadas de lujuria—. Te vamos a hacer feliz —se chuparon los labios y se frotaron el sexo con las manos.

—¡Auxilio! ¡Auxilio! ¡Auxilio! —gritó y corrió a las rejas, buscando a alguno de los custodios, pero una docena de internos lo sujetaron de brazos y piernas, le metieron un pedazo de trapo en la boca, lo arrastraron por el piso, le arrancaron los pantalones y los calzones y sin darle un solo golpe vengaron el agravio de los infantes.

Uno a uno fue saciando su necesidad de sexo y su gusto homosexual reprimido, disfrazado de venganza. «Toma, toma, toma, esto es por los niños», le espetaban con cada empellón. «¿Te gusta? ¿Sí? ¿Así les decías a los niños? Pues toma, pinche cabrón». Y en cuanto el violador en turno eyaculaba, le susurraba su nombre al oído para que supiera quién lo había penetrado. «Mañana nos vemos, mi reina», y lascivamente le acariciaban las nalgas. Y tal cual se lo cumplieron las noches siguientes. Tras un sinfín de acosos, tormentos y penetraciones, Ernesto Bañuelos optó por abandonar cualquier tipo de resistencia y se volvió la puta de todos, incluso llegó a lucrar con su dignidad. Llegó a la conclusión de que si la condena era irrevocable, mejor sería sacarles un poco de dinero a los adictos al sexo homosexual.

Felipe Osuna, por su parte, también sufrió el mismo destino las primeras semanas, hasta que un día, harto del mismo ritual nocturno, mató a uno de los tantos que lo habían asaltado. Se encontraba en la regadera cuando el hombre le llegó por la espalda y le puso una mano en la nalga. Osuna se dio media vuelta y sin darle tiempo lo tomó del cabello y lo azotó contra la llave de la regadera cuantas veces pudo, rompiéndole la nariz, reventándole los ojos y despostillándole la dentadura. Los que se encontraban en las otras regaderas se apuraron a salir sin decir una palabra, pues sabían que en esos casos intervenir les provocaría más cargos a sus sentencias, o peor aún: castigos intolerables en «el hoyo». Osuna no tenía idea de lo que le ocurriría, así que siguió azotando al hombre contra la pared hasta arrancarle la vida.

Minutos más tarde entraron los custodios y lo llevaron al mentado hoyo, donde pasó dos meses. Cuando por fin salió, se lo llevaron ante el juez para que se le dictara una pronta sentencia por homicidio. Nadie más intentó acosarlo o hacerle algún comentario con respecto a sus cargos. Al enterarse del destino de Bañuelos, decidió alejarse de él para no ser distinguido con la misma etiqueta. Aunque se encontraban en la hora de la comida o en los patios, muy pocas veces le dirigía la palabra, y si acaso lo hacía, era tan sólo para pedirle que se quitara de su camino.

Fue hasta el día en que el Greñudo Suárez los mandó llamar a su celda que hicieron una especie de tregua.

—Pero la verdad —dijo Osuna frente a Suárez—, Gregorio Urquidi nos puso una trampa.

—¿Una trampa?

—Sí —explicó Osuna—, en cuanto se enteró de que a usted lo habían arrestado, nos culpó de pederastia para desviar la atención de los medios. Yo se lo dije, señor Suárez, que Urquidi no era de fiar.

Aquellas palabras no hacían más que taladrar la caja de buenos recuerdos que guardaba el Greñudo Suárez hacia Urquidi. Habían sido cómplices en muchos crímenes y socios en los últimos años. Había creído en sus promesas de que pronto lo ayudaría a salir. Pero con el paso de los meses se fueron desvaneciendo. Ahora tenía la duda que le pellizcaba la cabeza cada segundo: ¿sería él quien habría ordenado su muerte?

—Que no le quede la menor duda, señor Suárez —espetó Osuna—. Mírenos a nosotros. No ha movido un dedo por sacarnos de aquí. Recibimos un juicio exprés. Se nos impidió hablar con los medios. Nuestros abogados parecían nuestros enemigos. Urquidi no es leal a nadie. Y si hay alguien que quiere matarlo, es él.

—Hoy voy a salir de aquí —dijo Suárez—. Si ustedes me prometen su lealtad, los llevo conmigo.

—¡Lo que usted diga! —respondió Bañuelos apurado—. Nada más ordene.

—Volverán con Urquidi —explicó Suárez—. Fingiremos que no hay resentimiento. Incluso deberán actuar como si estuvieran agradecidos con él.

—Prometido —respondieron los dos sacerdotes.

—Ya se imaginarán lo que hago cuando alguien me traiciona…

—Somos sus más fieles servidores —agregó Osuna—. Y créame, señor Suárez, que si alguien quiere venganza en contra de ese cabrón, soy yo.

El Greñudo Suárez dio una señal a uno de sus hombres y caminó hasta una silla. Esperaron un par de minutos sin hablar más. Osuna y Bañuelos aún no comprendían lo que estaba por ocurrir. Pronto llegó un custodio con el joven que había entrado la noche anterior al penal.

—¿Cómo te llamas? —preguntó el Greñudo Suárez.

—Juan Macario Sánchez —respondió el joven.

—Sé muy bien que llegaste ayer. Y también se me ha informado que te golpearon anoche. Te voy a pedir un favor —dijo Suárez sin mirarlo—. Hoy en la noche voy a salir de aquí. Necesito que te quedes en mi lugar. Es decir, que duermas en mi cama. Aquí vas a estar seguro. Puedes ver la tele, comer y descansar —el joven miró asombrado el lujo en el que vivía aquel hombre—. Sólo necesito que te tapes con las cobijas. Que nadie vea tu rostro. Sé que estás aquí por robo. No es tan difícil tu caso. En cuanto salga me encargaré de que mi abogado te pague un amparo. Saldrás en uno o dos días. ¿Qué te parece?

—Sí, señor —respondió Juan Macario entusiasmado con la promesa.

—No se diga más, amigo —le extendió la mano—. Te debo una.

En cuanto dijo esto, sonó la sirena que anunciaba la hora para que todos volvieran a sus celdas. Los custodios se encargaron de llevar a los cómplices del Greñudo Suárez a los separos, donde esperaron la llegada de los encargados de sacarlos. El joven quedó solo en la habitación, comió lo que había en la mesa, se acostó en la cama matrimonial, se tapó con las cobijas y vio el televisor cual si se encontrara en la recámara de su casa.

Una hora más tarde, en medio de una tenue luz, pasó por el pasillo uno de los internos encargados de limpieza. Trapeaba de izquierda a derecha con pereza. De pronto, miró por arriba del hombro, se aseguró que no hubiera nadie en ninguno de los extremos del pasillo y sacó una botella de vidrio llena de combustible con una tapa de plástico. Metió el trapeador en el contenedor de ruedas, sacó un encendedor, le prendió fuego a la tapa de plástico y rápidamente la lanzó entre las rejas. La botella se reventó y en segundos provocó una fuerte flama sobre el piso. Las cobijas en la cama se encendieron y el joven se puso de pie al saberse acorralado por el fuego. El interno encargado de la limpieza caminó apurado por el pasillo y se perdió en la primera esquina. La celda del Greñudo Suárez ardió en llamas y el joven gritó enloquecido.

—¡Auxilio! ¡Auxilio! ¡Auxilio!

Pronto los reos en las demás celdas gritaron: «¡Guardias! ¡Guardias! ¡Un incendio!». Pero nadie llegó para apagar el fuego. Por lo menos no en ese momento, en el que el joven murió calcinado; nadie llegó en su auxilio porque, mientras tanto, las puertas del penal se abrían de par en par para que cinco camionetas de la policía entraran con toda tranquilidad. El Greñudo Suárez y su gente salieron sin apuro ni temor hasta el estacionamiento. Abordaron los vehículos y se fueron. Mientras tanto, un trío de guardias que custodiaban la entrada del penal se metió en una de las celdas para fingir que habían sido encarcelados por los fugitivos. Ya luego, otro grupo de custodios se encargó de abrir las rejas de todas las celdas, con lo cual se dio inicio al motín, mientras la suite de Suárez ardía en fuego. Aquello no estaba incluido en el plan, pero les funcionó bien para alegar que el Greñudo Suárez había muerto en el incendio.

XIV

No tenía ni una semana de que Delfino Endoque había iniciado con el espionaje en el interior del hospital, cuando la doctora Baamonde le dio una noticia que le congeló los huesos:

—Diego ahora cree que su compañero de celda es el dios Huitzilopochtli.

La doctora Baamonde abrió uno de los cajones de su archivero, sacó un microcasete y lo puso sobre el escritorio.

—Escúchelo usted mismo.

El detective lo observó sin decir una palabra, inhaló profundamente y exhaló con lentitud, luego lo guardó en su chamarra y salió sin despedirse. Lamentó haber puesto micrófonos en las oficinas y no en la celda de Diego Daza. Comenzó a dudar. ¿Sería cierto que ahora el arqueólogo forense había entrado en otra de esas personalidades múltiples, o simplemente estaba tratando de recordar datos históricos? Sólo había una forma de corroborarlo: fue directamente a la casa de Gastón Peralta Moya, quien lo recibió en su biblioteca.

Cada vez que Delfino Endoque entraba a ese recinto, volvía a su memoria el estudio de Salomón Urquidi. Quizá no tenían comparación, pero al detective le resultaba inevitable regresar en el tiempo.

—¿La vas a encender? —preguntó Peralta Moya.

Delfino Endoque se había perdido mentalmente por unos segundos observando la majestuosidad de la biblioteca. Había llegado minutos antes con el objetivo de mostrarle las grabaciones que la psiquiatra había hecho de las pláticas que tenía con Diego Daza.

—Disculpe —dijo el detective y encendió la grabadora que yacía sobre la mesa de juntas.

Luego de escuchar las grabaciones el historiador sonrió.

—¿Qué le parece? —preguntó Delfino.

—Pues que no está nada loco. O por lo menos lo que dice sobre el mito de Huitzilopochtli no está nada lejos de los códices. Todo esto está —Gastón Peralta Moya hizo una pausa—... dicho a su modo, pero hasta cierto punto descifrado. Es decir que lo explica a su entender. Lo cual no es una deformación. Lo que dice Diego —explicó el historiador—, es que Coatlicue no era su madre en sí, sino que la reina de aquel pueblo llamado Coatepec aceptó la religión de Huitzilopochtli, y que la hija de Coatlicue se reveló en contra de su propia madre. Lo cual parece más cuerdo que la leyenda del hijo que aún no nace, pero que ya le habla a su madre desde el vientre, algo muy parecido a la fábula de la virgen María. Hay que tomar en cuenta que los informantes de Sahagún eran ya de tiempo tardío y que lo que podían saber era la versión mal copiada, y si tomamos en cuenta que hablaban poco castellano, o que Sahagún apenas estaba aprendiendo el náhuatl, pues resulta comprensible que falten muchos datos. Esto no quiere decir que Diego esté diciendo la verdad. Es sólo su interpretación. Gastón Peralta Moya se dirigió a Saddam y le pidió que leyera las siguientes páginas de la *Historia general de las cosas de Nueva España*:

—«Huitzilopochtli también se llamaba Tetzáuitl, razón por la que decían que Coatlicue se empreñó de una pelotilla de pluma, y no se sabía quién fue su padre... Asimismo dicen que el día que lo celebraban»...

—Años después, como ritual —acotó el viejo historiador—, para rendir homenaje al cuerpo de Huitzilopochtli.

—«... para hacer la fiesta que se llamaba *Panquetzaliztli*, tomaban semillas de bledos y las limpiaban muy bien, quitando las pajas y apartando otras semillas que se llamaban *petzícatl* y *tezcahuauhtli*, y las molían delicadamente y después, estando la harina muy sutil, la amasaban para hacer el cuerpo de Huitzilopochtli. Al día siguiente un hombre tiraba el cuerpo de Huitzilopochtli con un dardo que tenía un casquillo de piedra, y se lo metía por el corazón. El rey, un sacerdote de Huitzilopochtli que se llamaba Teohua, cuatro sacerdotes y cuatro principales que tenían cargo de criar a los mancebos, los cuales se llamaban *telpochtlatoque*, se hallaban presentes cuando fingían matar el cuerpo de Huitzilopochtli. Luego desbarataban el cuerpo de masa hecha de semilla de bledos, y repartían el corazón de Huitzilopochtli. Todos los pedazos, que eran como huesos del dicho Huitzilopochtli, se repartían en dos partes: uno era para los naturales de México y el otro para los de Tlatelolco... Cada uno comía un pedazo del cuerpo, y los que comían eran mancebos, y decían que era el cuerpo del dios que se llamaba Teoqualo»...

—Recibían al dios comiéndose su cuerpo —interrumpió Gastón Peralta Moya—. Esto me hace pensar que fray

Bernardino de Sahagún bien pudo incluir esta versión en sus
escritos para engañar a los mexicas, y pastorearlos hasta la
creencia cristiana en la que el sacerdote invita a los fieles a
comer y beber del cuerpo de Cristo. No se crean todo lo que
leen en los libros de historia. Pero sigue leyendo, muchacho.

—«Los mancebos que recibían y comían el cuerpo de
Huitzilopochtli, se obligaban a servir un año, y cada noche
encendían y gastaban mucha cantidad de leña, que eran más
de dos mil palos y teas, las cuales les costaban diez mantas
grandes que se llamaban *quachtli*, de que recibían gran agravio y molestia. Cada uno era obligado a pagar cinco mantas pequeñas, un cesto de maíz y cien mazorcas. Los que no
podían pagar, que se sentían muy agravados del tributo, se
ausentaban y algunos se determinaban a morir en la guerra
en poder de sus enemigos, como los mancebos sabían que ya
acababan y cumplían el servicio y penitencia a que estaban
obligados entre ellos, otra vez recogían otro tributo. Cada
uno pagaba seis mantas pequeñas, con que compraban teas y
leñas y todo lo que era necesario para lavar a Huitzilopochtli
al fin del año. El día que lavaban el ídolo era a media noche.
Antes que lo lavasen, primero hacían una procesión que se
llamaba *necololo*, donde uno se vestía con el vestido de Huitzilopochtli, el cual se llamaba *yiópoch*, e iba bailando en
persona de su dios. Delante iba uno que se llamaba Huitz-
náhuactiachcauh y en pos de él iban todos los principales de
los mancebos, que se llaman *tiachcauhtlatoque*, y hombres
valientes y otra gente detrás con candelas de teas, hasta el
lugar donde se lavaba su dios que se llamaba Ayauhcalco. Le
tañían flautas y luego asentaban a Huitzilopochtli, y el privado del dios que se llamaba Teohua tomaba el agua con
una jícara de calabaza pintada de azul, cuatro veces, y le

ponía delante con cuatro cañas verdes y le lavaba la cara y todo el cuerpo a Huitzilopochtli. Luego tomaba otra vez la estatua de Huitzilopochtli tañendo las flautas, y la llevaba hasta poner y asentar en el cu y así, después de haber puesto la estatua de Huitzilopochtli, salían todos y se iban a sus casas, y de esta manera se acababa el servicio y penitencia de los que comían el cuerpo, que se llamaba *teoquaque*, de aquel año. Acabando el año, comenzaban otros mancebos a servir por obligación y hacer penitencia, según la orden y costumbre que tenían de comer y recibir el cuerpo de Huitzilopochtli y juntamente los ministros de los ídolos, que se llamaban *calpules*, hacían gran servicio».

—Con respecto a lo de Aztlán, con o sin acento, te puedo decir que era el sitio donde vivían los aztecas, nombre que se ha confundido mucho. Hoy en día se cree que aztecas eran sólo los mexicas, pero lo cierto es que eran todas esas tribus que vinieron de aquel lugar. Es decir, los tepanecas, xochimilcas, chalcas, tlahucas, tlatelolcas, mexicas y tlaxcaltecas eran aztecas. Lo que dice Diego Daza sobre la destrucción de Aztlán es un poco de sus divagaciones. No hay evidencia de lo que realmente ocurrió en dicho lugar. Bien pudo ser una sequía, una inundación, o un gran incendio. En el Códice Aubin, Aztlán se presenta en medio de una laguna situada en el norte. Los aztecas eran tributarios de algún señorío de aquellos rumbos. Algunos textos en náhuatl dan a entender que los mexicas y otros pueblos nahuas «regresaron de las grandes llanuras del septentrión». Lo que quiere decir que tuvieron algún tipo de trato directo con los teotihuacanos, que no eran chichimecas y que habían participado en la civilización de los antepasados en Mesoamérica, según el Códice Florentino. De acuerdo con los códices, el sacerdote llamado Huitzitzilin obedecía las órdenes del dios Portentoso Tetzauhtéotl, que al ver el sufrimiento de los aztecas, les indicó el camino para llegar a la tierra prometida.

»Dice la crónica en náhuatl del indígena Cristóbal del Castillo sobre las promesas de Huitzilopochtli: "Así es, ya he ido a ver el lugar bueno, conveniente. Se extiende allí un muy grande espejo de agua. Allí se produce lo que ustedes necesitan, nada se echa allí a perder. No quiero que aquí los hagan perecer. Así les haré regalo de esa tierra. Allí les haré famosos en verdad entre toda la gente. Ciertamente no habrá lugar habitado donde ustedes no alcancen fama".

»Bernardino de Sahagún lo explica en el Códice Matritense así: "Los mexicas, según la tradición, vinieron hacia acá los últimos, desde la tierra de los chichimecas, desde las grandes llanuras... Cuánto tiempo anduvieron en las llanuras, ya nadie lo sabe... Los mexicanos comenzaron a venir hacia acá. Existían, están pintados, se nombran en lengua náhuatl, los lugares por donde pasaron. Al venir, cuando fueron siguiendo su camino, no se les recibía en parte alguna. Por todas partes eran repudiados, nadie conocía su rostro. Por todas partes les decían: ¿Quiénes son ustedes? ¿De dónde vienen?".

»Uno de los temas que más ha creado controversia es la ruta de la peregrinación de los mexicas, pues algunos dan ciertos lugares y otros los ignoran. Entre éstos se encuentran la Tira de la Peregrinación (cuyo original se conserva en la biblioteca del Museo Nacional de Antropología de México), Azcatitlan, Mexicano, Vaticano A, Telleriano-Remensis, Sigüenza, Códice Ramírez, los Anales de Tlatelolco, Anales de Cuauhtitlán, y la *Crónica mexicana* de Alvarado Tezozómoc.

»Chimalpain dice en su quinta relación: "Tras la muerte del sacerdote Huitzitzilin en el poblado llamado Huehueh Culhuacan, el dios Portentoso decidió vivir en los huesos del cadáver y les dijo: 'Ahora ya no se llamarán aztecas. Ustedes son ya mexicas'. Luego, cuando tomaron el nombre de mexicas, les embadurnó de color rojo las orejas y les dio flechas y arcos".

»Pero continuando con la peregrinación de los aztecas, que ya entonces debían llamarse mexicas, te puedo asegurar que en Michoacán tuvieron un conflicto de poderes, lo que provocó que un grupo decidiera no seguir el camino y permanecer en lo que hoy en día conocemos como Pátzcuaro. Por ello algunos historiadores aseguran que surgió la cultura purépecha, aunque eso no sea del todo cierto. Es decir que sí hubo ahí un poco de influencia mexica y que allí se quedaron unos cuantos de los que marchaban rumbo al Anáhuac, pero se ha comprobado que los purépechas vivían en Michoacán mucho antes de que los mexicas llegaran.

»La peregrinación pasó por Toluca hasta llegar a Malinalco, donde vivía una hechicera llamada Malinalxóchitl, o por lo menos así la han querido mostrar en sus libros pintados. Es muy probable que la razón del conflicto haya sido por el poder de la tribu. Lo cierto es que los sacerdotes mexicas justificaron su proceder con invenciones. Así dieron la orden de abandonarla un día mientras dormía, lo cual provocó con el tiempo un mayor enojo a tales dimensiones, que su hijo heredó el deseo de venganza.

»Los mexicas pasaron por Coatepec (donde ocurriría otro enfrentamiento entre los seguidores de Huitzilopochtli y Coyolxauhqui), Atlilalaquían, Tlemaco, Apazco, Zumpango, Xaltocan, Ecatepec, Pantitlan y, por fin, en

Chapultepec. Esto debió ocurrir por el año 1280, tiempo en que el hijo de Malinalxóchitl los encontraría para hacerles la guerra. Los sacerdotes mexicas Tenochtli y Cuauhtlequetzqui estuvieron al frente de la batalla hasta dar muerte a este enemigo. Cuenta la leyenda que Tenochtli le sacó el corazón y lo lanzó al lago. Razón suficiente para inventar un nuevo fraude: decirle a su gente que había tenido una visión profética, que del corazón de Copil brotaba un tunal y encima de él se erguía un águila.

»Aunque las crónicas aseguran que los mexicas le ganaron esta guerra a Copil, queda claro que la violencia continuó a tal grado que poco después tuvieron que abandonar Chapultepec, debido a otras guerras en contra de los tepanecas que los obligaron a salir. Hasta que, según la versión oficial, llegaron en el año 2-Casa, 1325, donde encontraron la señal del Tetzahuitl Huitzilopochtli, en voz del sacerdote Tenochtli: el águila sobre el tunal desangrando una serpiente en el islote de México-Tenochtitlan.

»Pero tenían los sacerdotes mexicas suficientes razones para engañar a la plebe: habían caminado mucho, todos los pueblos les hacían la guerra, ya no había muchos sitios donde poblar, y había un islote deshabitado. No era casualidad que dicho lugar estuviese despoblado. Los que vivían alrededor comprendían la necesidad de tener aguas limpias y sitios para sus desechos. El islote no les brindaba ni uno ni lo otro. Si usaban las orillas del islote para deshacerse de la suciedad, no lograrían tener aguas limpias y viceversa. Pero los mexicas urgidos de un lugar para habitar, inventaron el mito del águila sobre un nopal al rey de Azcapotzalco para que les cediera el islote.

XV

«DIEGO... ¿ME ESCUCHAS? NO FUE UN ACCIDENTE. A
Maëly no la atropellaron por accidente. El hombre
que manejaba el Mercedes Benz azul trabajaba para Gregorio Urquidi».

Un par de lágrimas humedeció los párpados del arqueólogo forense.

—No fue tu culpa. No fue tu culpa.

Aquella voz lejana insistía y Diego se rehusaba a abrir los
ojos. Su estado parecía ser, más que una cárcel, un cuartel
que lo protegía de la terrible realidad a la que se vería obligado a confrontar si abría los ojos.

Volvió a su mente la tarde en que junto a Maëly caminó
por las calles, pero en cuanto intentaba recordar más, su
memoria se llenaba de nubes blancas. Todo su entorno desaparecía, y danzaba con ella un vals en medio de aquel espacio
totalmente blanco, donde luego le hacía el amor a la mujer de
huesos de cartón.

La psiquiatra supo que el paciente no volvería a decir
una sola palabra. Dirigió la mirada a su reloj de pulso y notó

que había pasado su hora de salida. De aquella sesión psiquiátrica, Delfino Endoque salió nuevamente con los ánimos por los suelos por no haber logrado escuchar una sola
palabra del arqueólogo forense.

Camino a la salida la psiquiatra se detuvo en su oficina.
Delfino no supo qué hacer y permaneció en la puerta viendo
a la doctora que en ese momento cerraba con llave todos los
cajones y archiveros. Apagó la computadora, tomó las llaves
de su auto y dirigió la mirada al detective, que seguía frente
a ella:

—Mi turno ha terminado —dijo y disparó la mirada a la
puerta.

Endoque recorrió el lugar con los ojos y caminó hacia la
salida. La psiquiatra cerró su oficina con llave y se despidió de
los enfermeros, que se aburrían en la recepción sin dirigirse la
palabra entre sí. El recorrido al estacionamiento fue en silencio. Sonó el teléfono celular de la doctora Baamonde y ella respondió con breves afirmaciones, mientras Delfino Endoque se
encogía pegando los brazos a su cuerpo y frotando las manos
para eludir el frío de octubre. Levantó la mirada e intentó buscar en la mansión de la demencia la ventana donde esa noche
dormiría Diego Daza, con la esperanza de que al día siguiente
amaneciera vivo. La doctora Baamonde guardó el teléfono en
su bolso y se encaminó a su auto.

—Lo siento —dijo al abrir la puerta—. La recuperación
de los pacientes toma tiempo. Mucho. En ocasiones años.

No era la primera vez que escuchaba aquella respuesta.
Aquellas entrevistas habían llegado a tal grado de repetición
que ya no era necesario hablar más. Ya conocía los síntomas,
el diagnóstico, el tratamiento y los efectos. El cuadro del
arqueólogo era curable, pero requería mucha terapia y mayor

paciencia aún. Pero en el caso de Delfino Endoque no había tiempo para la paciencia. Él mismo corría el riesgo de perder la cordura. Se sabía observado, perseguido, acorralado, pese a que Urquidi no hacía evidente su presencia.

—¿Tiene carro? —preguntó la doctora Baamonde con la puerta del auto abierta.

—No —mintió Endoque, y sin evitarlo dirigió la mirada a las pantorrillas desnudas de aquella mujer que se quitó la pinza que le mantenía anudado el cabello.

—Lo llevo —invitó mientras su larga y sensual melena se desplomaba como avalancha sobre su espalda.

El detective no pudo negarse a tan sicalíptica invitación y rodeó el auto para abordarlo.

—Me encanta el frío —dijo la doctora Baamonde mientras echaba el auto en reversa.

—Yo lo detesto —respondió Endoque.

—¿Cómo? Tan rico que es acurrucarse en los brazos de alguien cuando hace frío.

—Eso lo dirá usted que tiene marido.

—Clementina.

—¿Perdón?

—Ya nos hemos tratado lo suficiente como para que me dejes de hablar de usted. Quizás en la clínica debemos mantener las formalidades, pero aquí es mi carro, y aquí mando yo. Me llamo Clementina. Y no. No tengo marido.

—En cualquier caso, supongo que tienes alguna pareja.

—No, para nada —dijo Clementina al llegar al límite del estacionamiento y la calle. El vigilante que abría y cerraba la reja se despidió con afecto. Clementina sonrió y sin cederle paso al auto que circulaba, aceleró para incorporarse al tránsito.

—¿No tienes novio? —preguntó Delfino sin quitar la mirada a la calle.

—¿Me estás cortejando?

—No —Endoque negó con la cabeza.

La doctora Baamonde manejaba con osadía: intercambiaba de carril sin utilizar las direccionales, aceleraba cuando los semáforos se encontraban en amarillo y les ganaba el paso a otros conductores, lo cual comenzó a inquietar al pasajero.

—¿No usas las direccionales?

—¿En esta ciudad? ¡Imposible! Es como poner una gigantesca pancarta que diga: «No me dejen pasar».

—Entonces deberías pegarle una etiqueta en la cajuela que diga: «Mujer al volante».

—Machista.

—¿Crees?

—No. Si fueras mi paciente, escribiría en mi diagnóstico todo lo contrario. Se nota que amas a las mujeres. Y puedo deducir que hace mucho tiempo que no tienes una relación amorosa, pero que de tenerla serías un amante genial.

—Deberías ser detective.

—No es necesario serlo, tú eres transparente. Sé cómo me miras. Lo haces con mucha discreción. Eludes evidenciarte. En todo este tiempo que llevamos de conocernos jamás has intentado seducirme, y te diré que casi todos los pacientes, familiares de mis pacientes y colegas lo han intentado de todas las maneras posibles. Hay cada imbécil que cree que la seducción se logra con galantería, y eso no es precisamente la manera.

—¿Entonces cuál?

—La ingenuidad funciona. Mientras no roce la estupidez, claro está. Tú eres muy bueno en eso. Puedo llegar a pensar que lo haces muy bien. Pero también tengo que dudar. Eres detective y eso te da muchas más herramientas.

—Los detectives somos muy malos para el cortejo.

—Sí, lo creo —rio Clementina.

—Hace años que no me enamoro.

La doctora Baamonde aceleró en ese instante y se pasó una luz amarilla. De pronto una patrulla les marcó el alto. Delfino no mostró preocupación. Sabía que con mostrar sus credenciales el oficial desertaría de sus intenciones de soborno.

—Buenas noches, señorita —dijo el oficial al pararse frente a la ventana del auto.

—Buenas noches —respondió y sacó unas identificaciones de su cartera—, soy la doctora Clementina Baamonde Rovira. Trabajo en el Hospital Psiquiátrico La Casa Solariega. Tengo una urgencia. Debo llevar a este paciente a mi clínica.

—Sí, señorita, pero el hospital está en aquella dirección —respondió el oficial, señalando en la dirección opuesta.

—Pero esta calle es de un solo sentido.

—Sí, ¿verdad? —sonrió el policía.

—Oficial, soy el detective… —dijo Endoque.

—¿Lo ve? —interrumpió la psiquiatra—. ¡Se siente detective! ¡Es más, le ruego que nos escolte! ¡Necesito de su ayuda antes de que tenga un ataque de psicosis!

El oficial dirigió la mirada a su compañero que lo observaba desde la patrulla, y caviló en el tiempo que le tomaría ir y volver.

—Vaya con mucho cuidado. Si alguien la detiene dele esto —el oficial le entregó un papel con una clave que les indicaba a los demás que dicho conductor ya había sido extorsionado con la rigurosa rutina.

La doctora Baamonde cerró la ventana y siguió su camino.

—¿A dónde vamos? —preguntó Delfino.

—Yo a mi casa. Tú no me has dicho en dónde quieres que te deje.

—Aquí está bien.

—Aquí, ¿dónde?

—En la esquina.

—¿Dónde vives? Te llevo.

Delfino no respondió. Sintió deseos de desatornillarse los recuerdos, culpas y obligaciones que acarreaba en hombros con tal de confesarle dónde radicaba, para invitarla a entrar, tomar unas cuantas copas de vino, desgarrarse las ropas y empujarla hasta su cama para comérsela a besos. ¿Cuánto tiempo, Delfino? ¿Cuánto tiempo sin amar? ¡No! ¡No! ¡No! ¡No era posible que se estuviese enamorando de ella! ¿Cuarenta y cinco años? Tenía la apariencia de treinta y cinco. Y él, que estaba por cumplir cincuenta, se creía acabado, incompatible en los andares del amor. No, Delfino, aún hay vida. ¿Sí? ¿Cuánta? La que tú quieras. ¿Aún hay tiempo para eso? ¡Sí! ¡Anda, dile dónde vives! ¡Acorrálala entre tus brazos! ¡No! ¡No! ¡No! Diego Daza está solo. No lo puedo abandonar. Fue mi culpa. Yo lo llevé al manicomio. Yo lo empujé a esa demencia. Debo sacarlo. No le puedo fallar. ¿Ahora qué hago? Pero, ¡cómo me enloquece esta mujer!

—Dime, ¿a dónde te llevo?

Sonó el teléfono celular de la doctora Baamonde.

—Te llevo —exhortó. El celular insistió.

—Te llaman.

—No importa.

Delfino desvió la mirada hacia la calle. El semáforo estaba en rojo. Un hombre yacía de pie en la esquina.

—Contesta.

—Ya es tarde. No es horario laboral. Los pacientes me llaman a todas horas.

—¿Pacientes?

—Sí —Clementina arqueó las cejas—: pacientes.

El semáforo marcó el siga. El hombre en la esquina no había cruzado la calle. Se mantuvo de pie con las manos en los bolsillos de su gabardina.

—¡Sigue! —gritó Delfino.

—¿Qué?

El conductor detrás de ellos reclamó insistente con el claxon.

—Sigue. ¡Avanza!

La doctora Baamonde aceleró.

—¿A dónde vamos?

—¡Acelera! —gritó Endoque mirando hacia atrás. Observó los autos que transitaban detrás y a los lados.

—¡Acelera!

Había perdido la confianza. Imposible creer en ella. Cualquier movimiento extraño le obligaba a correr, esconderse y sacar su arma. Al llegar al siguiente semáforo el detective se bajó sin despedirse y corrió hasta perderse entre la gente. Luego abordó un taxi que lo llevó a su casa. Su casa. Tormentoso llamarla así. Sintió una incontenible tristeza al abrir la puerta y encontrar el lugar en la más profunda soledad.

XVI

La sala de la demencia tenía un televisor al que prácticamente todos los pacientes ignoraban, excepto Huitzilopochtli. Hacía todo lo posible por escuchar las noticias pese al escándalo de sus compañeros. Observaba con detenimiento las imágenes. De pronto algo llamó tremendamente su atención: Juanito estaba en el noticiero. Caminó al aparato y se detuvo a un metro. Sí, era Juanito. Se cuestionó por qué lo estaban entrevistando tantos reporteros si apenas había salido la tarde anterior del hospital psiquiátrico.

Giró la mirada para solicitarle a sus compañeros que bajaran la voz, y al volver la mirada al televisor lo encontró apagado. El enfermero caminaba con tranquilidad a la oficina. Lo siguió:

—Enciéndelo. ¡Está Juanito en las noticias! ¡Juanito! ¿Qué hace en las noticias?

—No es Juanito.

—Sí es Juanito. Prende la televisión.

—¿Qué Juanito? —preguntó Lorenza.

Lorenza tenía apenas una semana de haber ingresado a la mansión de la demencia, y no dejaba de hacer preguntas y más preguntas sin realmente interesarse en la respuesta.

—¿Qué Juanito? —insistió Lorenza.

—El señor que estaba aquí ayer en la tarde —respondió el paciente—. ¿No lo recuerdas? Ayer se lo llevaron unos señores de saco y corbata.

Lorenza se dio la media vuelta y Huitzilopochtli se quedó con la palabra en la boca.

—Todos a sus habitaciones —dijo uno de los enfermeros.

Como todos los días, pastorearlos tomó tiempo.

—Vamos, no se detengan.

—Pero no ha llegado mi camión —dijo uno de los pacientes.

—Yo te aviso —respondió el enfermero. Cerró la puerta y miró a Diego Daza que seguía frente a la puerta de su celda.

—Apúrate Kukulcán, que no tengo tu tiempo —le dijo y cerró.

El cristal de la puerta se empañó con el aliento de Diego Daza que trataba de ver hasta el final de los pasillos. Giraba la mirada de derecha a izquierda. Resultaba imposible ver más allá de cuatro metros. De pronto escuchó el clac clac clac de los tacones de la doctora Baamonde.

—Escóndete, Huitzilopochtli, ahí viene esa mujer.

—¿Quién? —dijo el paciente mientras acariciaba al gato gris.

—La que hace muchas preguntas.

En ese momento entró la doctora y les pidió que se acercaran para tomar sus medicamentos. El gato gris salió de la habitación. Una vez más, Diego Daza se rehusó y los enfermeros tuvieron que obligarlo. En cuanto salieron de la habitación, el arqueólogo forense se paró frente a la ventana y permaneció en silencio.

—Diego, ¿me escuchas? —preguntó la doctora.

Daza no respondió. La psiquiatra le habló un largo rato sin obtener respuesta. El otro paciente volvió a su cama, se acostó, sacó un libro y comenzó a leer en voz alta, esperanzado de que su compañero de habitación lo escuchara. Si acaso había alguna reacción era para preguntar lo mismo.

—¿Dónde estoy?

—En el psiquiátrico —respondía el paciente y Diego no se inmutaba.

Tanto se repetían aquellos cambios de personalidad, que el paciente comenzó a aburrirse de responder de la misma forma. Algunas veces optó por ignorarlo y en otras, cuando Daza preguntaba dónde estaba, le respondía con indiferencia: «Estás en el loquero, cabrón».

Al llegar la noche, por lo regular, Diego comenzaba a hablar sin que el otro paciente le hiciera alguna pregunta. Y esa noche Diego contó frente a la doctora Baamonde...

Los mexicas estuvieron en Chapultepec hasta que los tepanecas les hicieron la guerra. Y fueron a pedir permiso a Calquiyautzin, señor de Colhuacan, quien aprovechando que los mexicas se hallaban en tales desgracias, los obligó a que le pagaran tributo y que fueran a las guerras en nombre de ellos cuando fuese necesario.

Es por todos sabido que los pobres mexicas vivían en la peor de las miserias, alimentándose de insectos, raíces, o lo que pescaban y cazaban; vistiéndose de las más pobres prendas que se podían tener: unas hojas de una planta llamada amoxtli, de la que hay mucha abundancia en la laguna.

El lugar donde habitaban no era el mejor que se pudiese encontrar, pero para aquellos hombres era sin duda el lugar en el que pensaban hacer su ciudad, libre de acosos. Entonces fabricaron el cu para el dios Portentoso y unas cuantas chozas con carrizos y espadaña.

Pronto murió Calquiyautzin y le sucedió en el reino su hijo llamado Coxcox, quien pronto entró en conflicto con los xochimilcas, pues ambos bien aseguraban ser dueños de cierto territorio. Fue tan breve el tiempo que se dieron para discutir, que a los pocos días los xochimilcas llegaron con sus tropas para hacerles la guerra a los colhuas. Luego de aquel ataque, las tropas llegaron frente al rey Coxcox para darle informe del fracaso. La ira en sus ojos fue sin más la única respuesta que dio a partir de esa noche. Anduvo por todo su reino, ordenando que se fabricaran más flechas, macuahuitles, escudos con caparazones de tortuga y lanzas hechas de las maderas más resistentes.

Luego mandó llamar a sus consejeros y ministros, quienes, como es sabido, debían orientar al tecuhtli. Les expresó su malestar y les ordenó que buscaran mejores guerreros para que fuesen al frente de la siguiente batalla.

—¿Por qué no envía a los mexicas? —dijo uno de los ministros.

Coxcox se mantuvo en silencio. Pensó en los inconvenientes. Si les permitía ejercitarse en las armas, pronto ellos se levantarían en su contra, y así se lo expresó a sus ministros y consejeros.

—Aquellos bárbaros están dispuestos a obedecerle con tal de que les permita vivir en sus territorios —respondió uno de los ministros.

—Lo que yo recomiendo —dijo otro de los ministros más ancianos—, es que los envíe al frente.

—¿Cómo? —preguntó Coxcox y dirigió la mirada al anciano.

—Sí, que marchen ellos primero, para que mueran en la batalla y los soldados enemigos se cansen. Así cuando los guerreros colhuas lleguen, ya sólo tendrán que acabar con los xochimilcas.

—Me parece una idea muy astuta —dijo Coxcox con una sonrisa—. Manden llamar a su sacerdote, ¿cómo es que se llama?

—Tenochtli —respondió uno de los consejeros.

—Pues que venga.

Esa misma tarde salió del reino de Colhuacan una embajada al rumbo donde vivían los mexicas. Hallaron a unos fabricando sus casas y a otros pescando el alimento del día.

—Venimos de parte del señor de Colhuacan —dijo el embajador—. ¿Dónde se encuentra su sacerdote Tenochtli?

La gente que por allí se encontraba respondió apuntando al cu. Los embajadores caminaron sin espera alguna. Tenochtli se hallaba solo, de frente a la imagen del dios Portentoso.

—Tenochtli —dijo el embajador.

—Digan al señor de Colhuacan que mañana me presentaré ante él —respondió Tenochtli sin quitar la mirada de la imagen de Huitzilopochtli.

Los embajadores se sorprendieron al escuchar la respuesta. Incluso se preguntaron cómo era posible que Tenochtli estuviese enterado del motivo de su visita.

—Mi dios Portentoso me ha dado las instrucciones. Él me ha hecho saber que los xochimilcas han atacado las tierras de Colhuacan. Huitzilopochtli sabe que nosotros, por ser esclavos de los colhuas, debemos asistir a la guerra que se ha desatado entre xochimilcas y colhuas. Asimismo, el dios del Sol nos protegerá. Mañana iré a decir esto mismo a su señor Coxcox.

Los embajadores salieron del cu sin decir una palabra y se dirigieron a Colhuacan. Tenochtli permaneció frente a la imagen de Huitzilopochtli.

—Hijo mío —dijo el dios Portentoso—, sé muy bien que los colhuas les harán ir a la guerra. Y esto es por salvar sus vidas y arriesgar las de ustedes, mis amados mexicas.

—Gran dios Portentoso —dijo Tenochtli bajando la cabeza—. Nuestro pueblo es muy pobre. No tenemos armas para acudir a aquella guerra.

—Deberán hacer lo que se les pide —respondió Huitzilopochtli—. No teman, ¿acaso no soy yo el dios de la Guerra? Yo los iré guiando, yo los cuidaré. Y para salvar sus vidas esto es lo que harán: marcharán al frente del campo de batalla, cargados únicamente con sus cuchillos de ixtli. Cuando los enemigos lleguen, ustedes se irán directo a sus orejas. Se las cortarán y las guardarán en sus tanatlis. Dile a mi pueblo que no busque mayor enfrentamiento. Esto es lo que harán por el momento. Cuando termine el combate vendrán ante mí y me mostrarán las orejas que hayan obtenido.

De esta manera Tenochtli explicó a los mexicas los designios del dios Portentoso y salió rumbo a Colhuacan, donde prontamente fue recibido por Coxcox.

—Mi señor —dijo Tenochtli y se arrodilló frente al señor de aquel pueblo—. He venido ante usted obedeciendo su llamado.

—Sé muy bien —dijo Coxcox sentado en su asiento real—, que ustedes se han mostrado como grandes guerreros en otras batallas. Supe de las guerras que llevaron en contra de Copil, de Coyolxauhqui y el señor de Azcapotzalco —sonrió, pues bien sabía que los mexicas habían perdido frente a los tepanecas—. Por eso los he mandado llamar, para que con tus tropas marches en representación de mi gobierno y castigues a los xochimilcas que no dejan de invadir mis territorios.

—Así lo haré —respondió Tenochtli.

—Pero esto debe ser en estos días —insistió Coxcox.

Tenochtli sabía ya que el señor de Colhuacan no tenía intenciones de protegerlos, y mucho menos de brindarles las armas que eran necesarias para dicho combate. Aun así respondió con sumisión y se retiró. Pronto volvió con su gente y la hizo marchar toda la noche hasta los rumbos de Xochimilco, donde esperaron al amanecer. Apenas si se había alumbrado el horizonte, los mexicas salieron del lago listos para obedecer las órdenes de Coxcox, pero bajo las instrucciones del Tetzahuitl Huitzilopochtli.

Una lluvia de flechas los recibió en la entrada de aquella ciudad, con lo cual muchos mexicas cayeron heridos. Corrieron en todas las direcciones. Se escondieron en las copas de los árboles, entre los matorrales, detrás de los troncos y esperaron. Hubo un largo silencio. Los xochimilcas los buscaban en todas direcciones con sus flechas, escudos, macuahuitles y lanzas, dispuestos a darles muerte. Pero no los hallaban. Sólo se escuchaban los ruidos de las aves y animales que habitaban el lugar.

De pronto, los mexicas comenzaron a caer de los árboles y sin temor se les fueron encima, cortándoles las orejas. Fue tanto el miedo que esto provocó en los xochimilcas que, heridos, salieron corriendo pues creían que estos mexicas les iban a cortar luego las manos y los pies.

Cuando llegaron los colhuas, ya había muy pocos

guerreros xochimilcas. Los que ahí permanecieron ya no tenían fuerzas para el combate, pues el miedo y las heridas les habían limitado.

Tenochtli volvió frente al altar de Huitzilopochtli, ordenó que los mexicas vaciaran frente a él las orejas que llevaban en sus tanatlis y le dijo:

—Oh, gran dios Portentoso, hemos obedecido tus órdenes. Aquí están las orejas que nos has pedido.

—Vean ustedes cuánto los he cuidado, que fueron a la batalla y han vuelto sanos. ¿No soy yo el dios de la Guerra? ¿No estoy para cuidar de ustedes? Ahora ve con el señor de Colhuacan, muéstrale las orejas y dile que ésa es la evidencia de que mis guerreros han logrado defender su reino más que los suyos.

Tenochtli volvió con sus tropas al palacio de Coxcox, quien se hallaba frente a sus capitanes. El recibimiento fue de muy poco aplauso para los mexicas. Los guerreros colhuas presumían haber sido ellos los héroes de aquella batalla. Le habían llevado muchos esclavos a Coxcox, mientras que Tenochtli sólo llevaba cuatro xochimilcas.

—¿Qué es esto? —preguntó el señor de Colhuacan con enfado—, los he enviado a la guerra, ¿y vienes con cuatro esclavos?

—Mi señor —respondió Tenochtli arrodillado frente al asiento real—, hemos obedecido tus órdenes. Pero también sabíamos que tus guerreros querían recibir los premios que tanto habías prometido, por lo cual nos ocupamos de desarmar a los xochimilcas y cortarles una oreja a cada uno.

En ese momento los mexicas arrojaron al suelo cientos de orejas podridas, llenas de sangre y lodo.

—Revisa los esclavos que te han traído tus soldados

—dijo Tenochtli lleno de orgullo— y verás que a todos les falta una oreja.

Coxcox quedó muy admirado al comprobar que a los prisioneros que llevaban las tropas colhuas les faltaba una oreja. De esta batalla se recodaría por siempre la furia de los mexicas, y con ello lograrían recibir mejores tratos por parte del señor de Colhuacan, quien concluyó que para su pueblo sería mejor tenerlos de amigos que como enemigos.

Luego de un tiempo, llegó el día de la celebración en honor del dios Portentoso. Para ello, creyendo Tenochtli que ya había una amistad entre colhuas y mexicas, fue ante el señor Coxcox.

—Mi señor —dijo Tenochtli arrodillado—, he venido humildemente para mencionarle que pronto llevaremos a cabo la celebración del dios de la Guerra.

Coxcox sonrió desde su asiento real, pues aunque les había hecho creer a los mexicas que los tenía por amigos, en el fondo seguía sintiendo el mismo repudio, así que mintió a Tenochtli: le hizo creer que gustoso enviaría ofrendas para el dios Portentoso. Tenochtli volvió confiado, sin imaginar que esa noche el señor de Colhuacan les mandaría unos maleantes para que deshonraran la estatua que representaba la imagen de Huitzilopochtli: llevaron un lienzo y lo colocaron en el altar de los mexicanos y se retiraron prontamente sin hablar con una sola persona. Los mexicanos, deseosos de ver la ofrenda, desenvolvieron el lienzo y se hallaron con estiércol, una maraña de cabellos y un pájaro muerto. Fue éste uno de los peores agravios que recibieron los mexicas. Juntaron sus armas y se prepararon para salir rumbo al señorío de Colhuacan, pero Tenochtli habló con el dios Portentoso:

—Mi dios, dinos tú que eres el más grande, el que todo lo puede, qué es lo que debemos hacer.

—Ya el pueblo de los colhuas pagará sus agravios. Por el momento no desgasten sus energías en ellos, pues muy pronto toda la tierra será de ustedes. Lleven a cabo sus fiestas que yo así me sentiré complacido.

Tenochtli salió a calmar al pueblo con las mismas palabras que había escuchado del dios Portentoso. Aunque muchos estuvieron en desacuerdo, se calmaron sus enojos al escuchar que la promesa de Huitzilopochtli pronto se haría realidad: encontrarían la tierra prometida y serían ellos los gobernantes de todo el Anahuac. Dejando la venganza para otros tiempos, se apuraron a limpiar el ídolo: quitaron el lienzo y le pusieron una navaja en significado de que siempre estarían listos para la guerra y unas hierbas odoríferas.

Pocos días más tarde se llevó a cabo la fiesta en honor al dios Portentoso, y ahí acudió el señor de Colhuacan, acompañado de sus ministros y consejeros, mas no iban con intenciones de honrar las fiestas a Huitzilopochtli, sino para mofarse de los mexicas.

—Mi señor —dijo Tenochtli al recibirlo de rodillas y con la cara dirigida al piso—, nos honra mucho tenerlo en esta gran celebración.

Y así salieron los mexicas, adornados con sus mejores vestiduras, sus plumas finas y sus cuerpos bien pintados para la danza de la serpiente frente al dios Huitzilopochtli. Luego sacaron a los cuatro prisioneros xochimilcas que tenían desde la batalla en que les cortaron las orejas. Estos hombres habían sido encarcelados y destinados por mandato del dios de la Guerra, para el sacrificio en su honor.

Entonces Coxcox quedó muy atormentado al ver cómo

los sacerdotes sacrificadores enterraban el cuchillo de ixtli en los pechos de estos xochimilcas acostados sobre una piedra redonda, para sacarles luego los corazones que fueron entregados al dios Huitzilopochtli.

Los colhuas volvieron a su ciudad, y después de dialogar muy poco entre los ministros y consejeros, llegaron a la conclusión que debían sacar a los mexicas de sus tierras. Y así lo llevaron a cabo.

—¿Quiere mi señor que mandemos llamar a Tenochtli para que le diga usted mismo su deseo? —preguntó uno de los ministros.

—¡No! —respondió sin titubear Coxcox—. Envíen una embajada. No los quiero ver en mis tierras.

Dicha embajada salió a la mañana siguiente a aquel rumbo donde estaban los mexicas y les dijeron sin mucho discurso que por órdenes del señor de Colhuacan debían salir en esos días de sus terrenos. Tenochtli no pidió explicaciones ni se negó. Esa noche habló con el dios Portentoso.

—Oh, mi dios —dijo arrodillado frente al cu—, ¿qué debemos hacer tus hijos ahora que nuevamente estamos sin tierra?

—No teman, hijos míos —respondió el dios Portentoso—, que yo tengo designado ya el lugar donde habitarán ustedes.

Muy reconfortado salió Tenochtli a dar informes de lo que el dios de la Guerra había dicho. Y como los mexicas tenían mucha confianza en su dios, salieron de aquellos rumbos llenos de alegría por dos razones: una porque ya no tenían que dar vasallaje al señor de Colhuacan, y otra porque según lo que Tenochtli les había dicho, ya faltaba poco para encontrar el sitio en donde se construiría el gran imperio mexica.

Y si ellos debían fundar el gran imperio, también debían

conquistar los territorios alrededor. Era, según Tenochtli, el designio del dios de la Guerra. También fue por mandato de Huitzilopochtli que tiempo después se buscara venganza por los agravios recibidos por parte de los colhuas, cuando murió Coxcox y tomó el gobierno su hijo Achitometl. Tenochtli pidió una audiencia ante él poco después de que fuera jurado y reconocido como señor de Colhuacan. En dicho encuentro, Tenochtli le ofreció una tregua entre ambos pueblos, pues decía que si había un nuevo señor de aquel altepetl, también debía haber un nuevo trato con mejores relaciones. Así lo pensó el nuevo señor de Colhuacan y le ofreció su amistad, pero no imaginaba lo que estaba por venir: Huitzilopochtli le había dado ya la orden a Tenochtli de que cobrara venganza, pero no con una guerra sino con la vida de su hija llamada Teteoinan.

Tenochtli fue tiempo después ante el nuevo señor de Colhuacan y así le dijo:

—Mi señor, nuestro dios Portentoso nos ha pedido una hija suya para hacerla diosa de los mexicas.

Achitometl quedó impresionado con aquel discurso y creído que la adorarían en vida, se las entregó esa misma tarde. Grande fue la celebración que se hizo entre los mexicas. La adoraron tal cual se lo prometieron al señor de Colhuacan, y la trataron con mucho respeto hasta el día designado en que se llevó a cabo una fiesta en su honor. Se repitió el sacrificio de cuatro hombres y se le dio muerte a la joven. La desollaron y colgaron su piel en los hombros de un mancebo que estuvo danzando frente a Huitzilopochtli por varios días.

Tenochtli fue personalmente al palacio del señor de los colhuas y le dijo que era importante que él también acudiera a adorar a la nueva diosa de los mexicas. Achitometl no imaginó lo que estaba por ver en cuanto llegara ante el altar que le habían fabricado los mexicas a su hija. Lloró, lloró de pena, lloró de ira, lloró de miedo, pues no supo qué hacer ante esto. Su hija había sido sacrificada y quiso morir ese mismo día. Pero también sabía que dicha ofensa no podía quedar impune. Se desató allí mismo una batalla. Muchos murieron esa tarde. Pero quien no murió fue la memoria de Teteoinan, que luego fue llamada Tonantzin, y años después Guadalupe...

XVII

CON LA YEMA DEL DEDO ÍNDICE TAMBORILEÓ LA ORI-
lla del escritorio al son del péndulo del reloj, mientras
veía sin observar la máquina de escribir. Se recargó en el
respaldo de la silla, inhaló el aroma que emanaban aquellos
libros arcaicos, levantó la mirada y —ahora sí— observó la
majestuosidad de la biblioteca de Peralta Moya. Se puso de
pie, subió pausadamente por las escaleras de caracol, recorrió el tapanco sin intenciones de avanzar mucho, y leyó
un par de títulos. Como todas las mañanas, el joven aprendiz había llegado puntual. La sorpresa de aquel amanecer
fue que por primera vez Gastón Peralta Moya no estaba
ahí esperándolo impaciente para dar inicio a su rutina.
Saddam sintió un poco de gloria por haberle ganado en la
carrera matutina y, a su vez, un tanto de preocupación al no
hallarlo sentado frente a su escritorio. Algo tenía que estar
ocurriendo. Apuntó la mirada en varias direcciones, todo
en la biblioteca estaba tal cual lo habían dejado la noche
anterior. Decidió salir a investigar por qué no había llegado.

Para su sorpresa, al llegar a la puerta encontró a Gastón Peralta Moya.

—No creas que porque llegaste primero tienes derecho a sentarte en mi escritorio —dijo el historiador y caminó al interior de la enorme biblioteca.

—Me llamó la atención no encontrarlo aquí —dijo el aprendiz caminando detrás de Peralta Moya.

—Estaba hablando por teléfono con Delfino. Viene más tarde.

Saddam se dirigió a uno de los libreros y sacó la más reciente edición de los *Anales de Tlatelolco*; luego se sentó frente al escritorio y continuó con la lectura del día anterior.

—¿No te interesa saber más? —preguntó el historiador.

—Ya sé a lo que viene —las pupilas del aprendiz evadieron el encuentro de miradas.

—¿Tan pronto perdiste el interés por ser detective? —Gastón lo acorraló con la voz.

—Ya no me puedo dedicar a eso —respondió Saddam—. Aquí estoy bien.

—¿Y si yo muero?

—Buscaré otro empleo.

—Deberías acompañarlo.

—¿Y el libro en el que estamos trabajando?

—Puede esperar.

—¿Qué quiere? —Saddam lo confrontó con la mirada.

—¡Que saltes! —el historiador lo retó a un duelo de palabras.

—¿Saltar qué?

—Ese obstáculo que te mantiene idiotizado. Así no me sirves. Te has vuelto un robot. Llegas puntual todas las mañanas, obedeces, lees, escribes, borras, corriges... pero no juzgas, no me das tu opinión. Creí que te habías recuperado, pero me equivoqué. No eres el joven que contraté. Te has transformado en un sirviente, una máquina de escribir.

—Eso quería —alzó los hombros y mostró las palmas—. Eso fue lo que exigió cuando me contrató.

—Jamás te pedí que actuaras como zombi.

El aprendiz bajó la cabeza.

—¿Lo ves?

Saddam se puso de pie y salió de la biblioteca. En esa segunda ocasión Gastón Peralta Moya no intentó detenerlo. El joven se dirigió a su habitación y se acostó sobre la cama. Volvió a su memoria la imagen de Wendolyne. Se asomó por la ventana y notó que comenzaba a llover fuertemente. Encendió la radio y Juan Salvador cantaba: *Con estas ganas de tenerte, de mirarte, de besarte, de poderte entre mis brazos con ternura contemplar...* Evocó el instante en que Wendolyne se había marchado en busca de su padre, dispuesta a dejar sin el suyo a la hija que llevaba en el vientre. Saddam sintió una urgencia por salir corriendo, dejar que la tormenta que acontecía en ese momento lo abrazara. No se reconocía, no encontraba palabras ni gestos ni excusas ni argumentos que lo liberaran. Quería correr, huir, empaparse de llanto y de lluvia, caer en el asfalto, en uno de esos inmensos charcos que se hacen en esta ciudad... *En ese mar quisiera estar, con tu presencia opacar esa belleza y esa luz que nace libre al contemplar...*

Permaneció un par de minutos sin moverse. Recordó una frase que Wendolyne le dijo en alguna ocasión: «Hay dos formas de perder el tiempo: una, disfrutando ver cómo se lo lleva el viento, como deshojando margaritas; y otra, dando vueltas a lo tonto, perdidos en la nada, sin saber qué hacer». De pronto y sin pensarlo dos veces, abrió un cajón del ropero y sacó el dinero que tenía ahorrado, en realidad todo su patrimonio, lo suficiente para sobrevivir unos cuantos meses, y sin avisar a dónde se dirigía, salió de la casa de Gastón Peralta Moya.

Caminó varias cuadras debajo de la lluvia y abordó un taxi. Luego de quince minutos de trayecto ocurrió la transformación de la ciudad. Dos polos opuestos entre el lujoso fraccionamiento donde vivía el historiador, y los tantos inconvenientes que puede tener el Distrito Federal, tan grande como un hormiguero invicto y tan chico como un putero convicto. Al bajar del taxi había dejado de llover y se encontró la deliciosa cotidianidad urbana del chilango: el sabor de la urgencia por llegar impuntualmente, el olor a quesadillas en las esquinas, la música gratuita venidera del puesto de discos piratas, vecino de las *quecas*. La Marimba Cuquita cantaba: *Yo tengo una cotorra... que le gusta la gorra... y cuando no hay manera se le para la cola...* Tumultos de individuos iban y venían en descontrol. Un policía haciendo guardia en la puerta de un banco miraba de reojo cómo las quecas ardían su apetito en el comal. Saddam vio a un hombre gordo con barbas esponjadas que bajó de un carro viejo con placas de Texas. Era el viene-viene que, con su franela en la mano izquierda y un cigarrillo en la derecha, acababa de comer. Corrió en cuanto vio a una mujer que intentaba estacionar una lujosa camioneta:

—Viene, viene —dijo para ayudarle a estacionarse y así ganarse una moneda en aquella ocupación fácil, sin jefe ni horario, que lo hacía dueño impune de la calle y de su tiempo.

Una cuadrilla de vendedores invadía la esquina cada vez que el semáforo se ponía en rojo para los automovilistas, dando luz verde a los ambulantes para continuar con su insistencia de sobrevivir en tan laberíntica ciudad.

El aprendiz tomó valor y volvió al cementerio.

—Amanece —dijo Saddam con un hilo de lágrimas en la mejilla—. La luz entra por la ventana. ¿Te has disfrazado de viento? Te pienso. Te siento. Te escucho en la ceguera del olvido. Mujer de luto. Mujer ausente. Viento postergado. Tus manos mudas. Esos dedos flacos: piernas de tus palmas caminando sobre mi pecho desnudo, ahora, un desierto. Perdono, olvido. Perdono ausencia. Pienso. Estás. Jamás te irás. Has vuelto —dijo frente a la tumba—. Ya no será un día más. Hola, quise olvidarte. Por eso no había venido a verte. Perdona el olvido. Se nota que te han visitado. Me da gusto. Han sido días muy largos. Había permanecido encerrado. Y cuando salía era tan sólo para encontrarme con tu imagen en todas partes. Has vuelto. ¿De dónde has vuelto? ¿Por qué has vuelto? No lo sé, no importa. Perdono, olvido. Perdono ausencia. Estás. Jamás te irás.

Y esa misma mañana fue a ver a su hija.

—Saluda a papá —dijo la madre de Wendolyne y se la puso enfrente.

«¿Papá?», se preguntó derrumbándosele el mundo en ese instante. «¿Cómo fui capaz de abandonarla?». Por primera vez sintió en todo este tiempo ganas de vivir. Sonrió. Sintió temor de preguntar, de pedir permiso, pero la niña estiró los brazos y él cuestionó:

—¿Puedo?

—¡Claro muchacho, es tu hija!

Sonrió. «Mi niña. Mi Bibiana. Mi Bibianita. ¿Cómo estás?». Percibió un aroma proveniente de las manos de la niña.

—¿Gardenias? —preguntó Saddam.

—Así es, tu hija huele a gardenias. Y hay algo más que debes saber: a tu hija la sigue un colibrí. Cuando ella duerme, éste entra por la ventana, da vueltas por encima de la cuna, revisa el lugar, juega, baila, hace de ese instante un concierto de sueños fantásticos. Tu hija espera que un día llegues y la lleves contigo. Muchacho, no hagas algo de lo que luego te puedas arrepentir. Vive con ella, disfrútala, goza de todas esos pequeños instantes que harán grande tu vida. No le des una doble orfandad. Bibiana no tiene la culpa. Y tú tampoco. No fue tu culpa.

—No es mi culpa, no es mi culpa —se repitió—. Amanece —dijo—, la luz entra por la ventana.

Y un colibrí en la ventana le anunció que la mejor parte de su vida estaba por comenzar. Revoloteaba por encima de un florero sin inquilino. Observó a Bibiana y supo que había tomado la mejor decisión de su existencia. Por un momento sintió unos deseos indomables de llorar, llorar por Carmela, Carmelita, su madre ahogada en alcohol, que jamás supo ser madre, la que él hubiese querido tener. Bibiana lo observaba con cuidado, reía y él encontraba en eso un abono a su interminable deuda con la vida. Luego, la chiquilla cerró los ojos y se quedó dormida. Él la contempló mientras dormía. Acarició su piel e inhaló su aroma a gardenias.

—Lo siento —dijo con la cabeza agachada a la madre de Wendolyne—, sé que mi actitud no tiene justificación. Asimismo quiero pedirle un favor.

—Anda muchacho, vayan a hacer lo que tienen pendiente.

Saddam levantó la cara.

—Ya tu amigo Delfino vino a hablar conmigo. Me explicó

que por el momento no pueden tener a la niña. Yo la cuido. Y ven a verla cuando quieras. Es tu hija.

Saddam suspiró, sonrió y sacó el dinero que llevaba en la cartera.

—Tome, para lo que necesite —le entregó la mitad del dinero.

Agradeció y se marchó. Caminó sin pausa ni pena. Lo difícil no fue dar con el lugar al que se dirigía sino decidir cuál de los quince perros que le ofrecía el vendedor comprar. Tras la muerte de Maclovio, Delfino había decidido no adquirir otro perro, pero Saddam intentó persuadirlo. Para complacer al joven, Delfino le dio un maratónico recorrido por la ciudad en busca de un perro que se adecuara a sus actividades, y por lo cual habían rechazado rotundamente la compra de un cachorro.

«No tengo tiempo para educarlo», le había dicho el detective. Tiempo después apareció el Bonito y fue evidente que en su corazón aún había muchos rincones para abrigar a otro canino.

Ahora Saddam estaba completamente decidido a llevarse uno de esos animales. Caminó emocionado a un lado de las jaulas. Algunos ladraban eufóricos y otros defensivos. El vendedor le mostró un pastor alemán y un labrador. Saddam caviló que el primero no haría más que revivir la memoria de Maclovio, así que eligió el segundo. De pronto vio un canino de cara chata acostado en una de las jaulas al fondo del pasillo.

—¿Cuánto quieres por ése? —señaló al pitbull café oscuro y pecho blanco, y caminó hacia él.

—No creo que este perro te interese —respondió evadiendo la pregunta—. Es más diablo que el mismo Diablo.

—¿Por qué?

—Es muy obediente, pero dominante y huraño. No es un perro para tener en casa. Ya van dos veces que nos lo devuelven. Mordió a los vecinos de unos y a una visita de los otros. Tengo un año educándolo. ¿Por qué no te llevas el labrador?

—Porque es muy juguetón y no necesito eso, sino a éste —lo señaló y se detuvo frente a la jaula del pitbull.

—¿Estás seguro?

—Sí —dijo Saddam—. ¿Cómo se llama?

—Diablo.

Saddam abrió la jaula y permaneció un instante sin entrar y sin dirigir la mirada al interior. Luego se introdujo muy lentamente, dándole la espalda. El canino lo miró detenidamente y al saberse impotente frente a la indiferencia del joven, se puso de pie y caminó al otro extremo de la jaula.

—Me lo llevo —finalizó Saddam tras arrodillarse y tocarle las orejas al canino.

El vendedor se quedó boquiabierto al notar que el joven no demostraba temor al acercarse al perro. Jamás había realizado una venta tan rápida y tan fácil: Saddam llevaba en el criadero poco más de cinco minutos cuando ya estaba pagando. El perro no dejaba de lamerle las manos. Tras recibir la documentación del canino, salió apurado y abordó un taxi.

Cuarenta minutos más tarde llegó a la casa de Delfino Endoque. Abrió con su juego de llaves. No encontró al detective. Deambuló por la casa un rato. Halló en una de las habitaciones monitores, computadoras y aparatos que Delfino no solía utilizar. Saddam conocía el propósito y prefirió esperar a que el detective le explicara con calma. Entró a la cocina y abrió el refrigerador; halló comida del día anterior. Hizo un gesto de desaprobación y optó por sacar jamón, mayonesa, mostaza, jitomate, lechuga, cebolla y aguacate.

—Frijoles —dijo—, faltan los frijoles.

Sabía perfectamente que en la panera habría bolillos. Sonrió al corroborar cuánto conocía a Delfino Endoque. Buscó los chiles chipotles y sin más se preparó una torta de jamón, como tantas veces lo había hecho en compañía de su mejor amigo y mentor.

El pitbull lo observaba desde la puerta de la cocina.

—¿Quieres? —le preguntó.

El perro agitó el diminuto rabo y Saddam le dio una rebanada de jamón. De pronto se escuchó la llegada de Delfino Endoque. El perro respondió con un par de ladridos y se dirigió a la entrada. El detective se detuvo en la puerta, cerró los ojos y sonrió. El pitbull se detuvo frente al intruso mostrando los colmillos, pero al notar que sus tácticas no surtían efecto se volvió a la cocina.

—Cuidado, está entrenado para matar —dijo Saddam desde la cocina.

—¿Cómo se llama tu perro? —Delfino atravesó la sala sin preocuparse por el animal y se detuvo en el comedor.

—¿Mi perro? —preguntó Saddam con la torta de jamón en la mano—. Aquí estaba cuando yo llegué.

—Sí, claro, y traía una torta bajo el brazo.

—Hasta pedigrí —señaló los papeles en la mesa—. Se llama Diablo.

—Pues que perro tan pinche que no me trajo una torta —dijo Delfino y le quitó la torta a Saddam—. Con esos ojos sí parece endemoniado —le dio una mordida a la torta y luego preguntó—. ¿Y Bibiana?

—La cambié por este pitbull.

Endoque se dio la vuelta y le hizo una seña obscena con la mano, acompañada de una mirada mordaz. Saddam se dirigió a la cocina y se ocupó en preparar otra torta de jamón.

—Nada más que ahora ya no le pongas tanto aguacate —dijo Delfino.

—¿En qué andas? —preguntó Saddam mientras comía.

—Qué... ¿me vas a ayudar?

—Claro, en eso quedamos.

—¿En qué?

—Que íbamos a ser socios, ¿o ya se te olvidó?

—¡Pues qué esperamos! —Delfino Endoque se encaminó torta en mano a una de las habitaciones donde tenía su nuevo arsenal de micrófonos y cámaras camufladas.

Saddam conocía perfectamente el plan, ya que había estado presente en la elaboración del mismo con Gastón Peralta Moya, Israel Ramos y Delfino Endoque, en el cual una de las estrategias era introducir al hospital uno de los gatos del historiador con un micrófono en el collar. Afuera del hospital tenía dos empleados monitoreando las imágenes desde una camioneta disfrazada de unidad de obras públicas de la ciudad, desde donde le enviaban los videos vía wifi a la computadora de Delfino.

—Y ahora mira ésta —Delfino encendió otro monitor donde se podía ver todo lo que ocurría en la habitación de Gregorio Urquidi—, es un despertador camuflado.

—¿Y cómo lograste entrar ahí?

—Una mujer que se hace pasar por sirvienta. Primero le pedí que fotografiara todos los objetos eléctricos de la habitación y de su oficina. Luego busqué un despertador de la misma marca y lo modifiqué. Ella se encargó de hacer el cambio. En su oficina sólo tengo un micrófono introducido en el respaldo de la silla del escritorio. La señal la recibe la computadora de la camioneta que está estacionada a una cuadra de la casa de Urquidi y es enviada hasta aquí.

—¿Cómo lograste convencerla? ¿Cómo sabes que no te traicionará?

—Porque yo no la contraté. Urquidi tiene enemigos, y muchos. ¿Te acuerdas de la Güija? —Delfino sacó un expediente de uno de los cajones y le mostró las fotos.

—Sí. Ella mandó al Greñudo Suárez a la cárcel.

—Fue ella quien introdujo a esta espía. Yo sólo le ayudé a instalar las cámaras.

—¿Qué necesitas que haga? —preguntó Saddam.

—Primero, que uses esto todo el tiempo —Delfino le entregó un equipo de audífonos, micrófonos y cámaras diminutos—. Tenemos que cambiar de disfraz —el detective sacó una sotana y se la entregó a Saddam.

—¿Voy a salir vestido de sacerdote?

—Así es. Hace muchos años, cuando Urquidi me tenía engañado, me ayudó a pasar a Estados Unidos como sacerdote y comprobé que funcionó bastante bien. Ahora lo que menos espera es verte vestido de cura. Él cree que estás enclaustrado con Gastón, así que no debes preocuparte mucho.

—¿Cómo lo sabes?

Delfino dirigió la mirada a los monitores y Saddam sonrió con un gesto de complicidad.

—Ahora, el paso a seguir es sacar a una joven que Urquidi tiene encerrada.

—¿Y cómo la voy a sacar?

—Cada semana llega una camioneta a la mansión de

Urquidi. Es un sacerdote que trabaja como mensajero entre éste y el arzobispo de México. En realidad él no tiene contacto con Urquidi. Sólo llega, le abren la puerta, entra, estaciona la camioneta, se baja, entrega o espera a recibir algún paquete. En ocasiones lo hacen esperar hasta una hora.

—¿Y la seguridad?

—Hay dos personas en la entrada. Ellos no ponen atención ya que tienen órdenes de abrir y cerrar la puerta. La camioneta sólo la maneja el sacerdote, y se sigue derecho hasta las cocheras. Hay cuatro cámaras que graban la parte exterior. Dentro de la cochera hay otra, pero ya tengo instalado un aparato como éste —Delfino le mostró un pequeño artefacto del tamaño de un celular—, que congela las imágenes. Por medio de este control remoto congelarás la imagen en cuanto entre el personal a la mansión. Es decir, quienes revisan los monitores verán la camioneta estacionada y tú tendrás cinco minutos: dos en lo que enciendes este aparato y tres para que la persona que se hace pasar por sirvienta y la muchacha entren a la camioneta. No sé cuánto tengas que esperar para que salgan a entregarte lo que supuestamente llevarás al arzobispo. Puede ser dinero o papeles.

—Pero, ¿qué acaso no conocen al mensajero?

—No siempre es el mismo.

—¿Y si me descubren?

—¿Tienes miedo?

—No.

—Entonces no te van a descubrir.

—¿Y a dónde debo llevar a las dos mujeres?

—Yo te voy a esperar afuera.

—¿Cómo se supone que debemos evitar que el verdadero sacerdote no llegue antes o cuando yo esté ahí?

—Lo vamos a interceptar en el camino. Le quitaremos la camioneta y tú tomarás su lugar.

—¿Nada más nosotros dos?

—No. Tenemos gente de ella —señaló el expediente sobre el escritorio.

—¿Cuándo haremos esto?

—En cuatro días. Mientras tanto, es preciso que vuelvas con Gastón.

Saddam sonrió.

—Pues vamos, que tengo cosas que hacer —dijo Delfino, llamó al perro y lo llevó al patio trasero—. Por el momento no nos puedes acompañar —le dijo al Diablo.

En cuanto cerró la puerta, el pitbull comenzó a ladrar. Delfino le dio un radio a Saddam y se dirigió a la salida. El aprendiz lo siguió y pronto subieron a la camioneta del detective para dirigirse a la casa de Gastón Peralta Moya. En el camino Saddam empezó a hablar de su hija y de lo mucho que se parecía a Wendolyne. Delfino lo escuchó sin interrupción hasta llegar a su destino.

—¿Y ahora? —dijo Peralta Moya al verlos entrar a la biblioteca.

—Fui a dar el salto que me dijo —respondió Saddam.

—¿Y qué haces aquí? —insistió el historiador, quien evadió, como siempre, mostrarse eufórico, pese a que en el fondo le agradó saber que el joven por fin estaba de vuelta en el carril.

—Saddam me va a ayudar —añadió el detective.

—¿Y ahora quién me va a ayudar con lo que estoy escribiendo? —preguntó Peralta Moya, y el joven aprendiz abrió los ojos con asombro—. ¡Ja! —el historiador liberó una risa—. No te preocupes muchacho, ya sabes que no debes tomarte las cosas tan en serio. Despreocúpate.

—Por el momento será necesario que Saddam permanezca con usted —agregó Delfino—. Todavía debo hacer algunas investigaciones.

—¿Ya te pusiste en contacto con la Güija? —preguntó Peralta Moya mientras un gato brincaba sobre el escritorio.

—Ya está todo listo —respondió Delfino—. Mientras tanto le dejo esto para que le eche un vistazo —el detective le entregó un disco compacto—. Son grabaciones de la habitación de Gregorio Urquidi.

—Ni me digas —interrumpió Gastón.

Delfino alzó los hombros y salió. Al llegar a su coche sacó su teléfono celular y lo miró por un largo rato. En la pantalla se veía el número telefónico de Clementina Baamonde. Una hora más tarde seguía sentado dentro del auto sin marcarle a la mujer. Encendió el coche y se dirigió al hospital psiquiátrico. Cuando llegó se encontró a la doctora camino a la salida.

—Ya me iba.

—Lo sé.

Se miraron en silencio por unos segundos.

—Quiero llevarte a...

Volvió el silencio.

—¿A dónde me vas a llevar? —preguntó Clementina.

—A tomar una copa —respondió Endoque.

—Vaya —sonrió y caminó al elevador—, te gusta llevar las cosas despacito.

Sonrió pomposo al entrar al *lobby*. El clac clac clac de los tacones de Clementina hacía eco, él pidió una botella de vino y dirigió la mirada al centro del hotel.

—¿Y qué más haces? —preguntó Delfino.

—Doy terapia de grupo.

—¿Sobre qué?

—Sexualidad y fetichismos.

—¿De verdad?

—Sí. Es un proyecto que inicié con una amiga que es sexóloga.

—¿Y la gente va a hablar sobre sus fetichismos?

—Aunque no lo creas —Clementina sonrió y se inclinó hacia él para hacerle una pregunta—: ¿Cuál es tu fetichismo?

—Observarte. Mi fetichismo eres tú. Eres mi síntoma.

La doctora volteó la mirada en dirección contraria. Delfino la observó como lo había hecho en los últimos meses, con idolatría enloquecida, pero con la diferencia de que por fin podría mirarla sin tener que desviar las pupilas al sentirse descubierto. Finalmente tendría el privilegio de observarle aquellas piernas torneadas con cincel, esa cabellera abultadamente sensual y esos ojos luminosos. Cuando Clementina volvió a verlo, ninguno pudo decir una sola palabra, sino que el vendaval de besos que le siguió a ese instante los arrastró como un papel que se lleva el aire hasta una de las habitaciones del sexto piso de un hotel.

—La bañera —dijo Clementina—. Hazme el amor en la bañera.

Delfino pretendió quitarse la ropa pero Clementina lo detuvo.

—No, con ropa.

—Dame un momento…

El detective tuvo que interrumpir vergonzosamente aquel evento para quitarse el micrófono que llevaba puesto y dejar el celular, radio y audífonos sobre la cama. Llevaba un revólver en un cinturón de cuero bajo la axila, al cual le quitó las balas. Clementina sonrió. Luego de aquella incómoda interrupción Delfino se introdujo en la bañera.

Al amanecer el detective fue el primero en despertar. Aún no los interrumpía la luz del día. Observó por un breve instante a la mujer que yacía en la cama. Sintió un impulso por acariciar su espalda desnuda, enterrar los dedos en aquella cabellera despeinada, pero el temor de despertarla lo contuvo. Prefirió mantenerse al margen deleitándose con su presencia. Hacía tantos años que no experimentaba tantas sensaciones reunidas frente a una mujer. En alguna otra ocasión se habría levantado muy temprano y marchado sin decir adiós. Pocas veces se había dado tiempo para que algo floreciera entre él y sus amantes pasajeras. Ahora, aquella psiquiatra parecía haberle solucionado todas sus patologías en una sola sesión. Había rebasado los cincuenta y aún conservaba el alocado sentimiento del enamoramiento. De pronto se preguntó si Clementina era aliada de Urquidi. Se puso de pie y se dirigió al baño. Se lavó la cara, se miró al espejo y encontró un rostro nuevo. Al salir encontró a Clementina despierta.

—La ropa sigue empapada —dijo Delfino.

Clementina se hallaba acurrucada entre las sábanas abrazando una almohada. Sonrió y le hizo una seña con el dedo índice para que volviera junto a ella.

—Pídele a la mucama que la lleve a la lavandería mientras desayunamos.

Justo cuando Delfino entregó la ropa a la empleada del hotel, Clementina se le fue encima con un beso arrollador que dio inicio a una batalla matutina. Una vez más el tiempo se les esfumó como un estornudo. Desayunaron, se vistieron y salieron del hotel poco después de las diez de la mañana.

Delfino llevó a Clementina al hospital psiquiátrico y se marchó rumbo a su casa.

Recordó que su nueva mascota seguía en el patio sin haber comido, así que en cuanto llegó le sirvió al Diablo un banquete, quien sin remilgos devoró el pollo rostizado que Delfino tenía en el refrigerador. Entonces sonó su teléfono celular.

—Delfino —dijo Clementina exaltada—. Humberto Rubén Fortanel me acaba de despedir del hospital sin razón alguna.

XVIII

La entrada de Juanito causó risas entre los pacientes al verlo alzar los brazos en forma de triunfo.

—¡Ganamos! ¡Ganamos! ¡Ganamos! —gritó.

Pronto la atención de los demás pacientes desapareció. No comprendían su locura. Huitzilopochtli lo observó con atención y se preguntó por qué lo dejaban salir del hospital con tanta frecuencia, y peor aún, por qué salía en televisión. Llevaba ya más de dos meses en aquel estado de fama. Era la noticia del momento, y siempre que aparecía en la pantalla los enfermeros se encargaban de apagar el televisor.

Huitzilopochtli intentó más de una vez acercarse a él para preguntarle qué hacía al salir de la mansión de la demencia, pero los enfermeros y los médicos se lo impedían. Gozaba de privilegios inalcanzables para los demás, como tener su propia celda con televisor. Las paredes estaban decoradas con múltiples fotografías de él con personajes cuyos rostros eran irreconocibles desde la ventana de la puerta. Lo cierto era que el tal Juanito salía y entraba del hospital cada vez con mayor frecuencia.

—Juanito —dijo Huitzilopochtli al encontrarse con él en la sala de descanso—, ¿cómo estás?

—¡Muy contento! —respondió Juanito.

—¿Por qué?

—¿Cómo que por qué? ¡Por el movimiento! Ganamos. No permitimos que vendieran el petróleo.

—¿Cuál petróleo?

—¡El del país!

—No entiendo.

—Después de trescientas ochenta y cuatro horas, dieciséis días, por fin terminó lo que el movimiento tituló «resistencia pacífica».

—¡Ah, ya entendí! —dijo Huitzilopochtli—. Vaya pacifismo el de congregar a mujeres y llamarlas Adelitas para que hagan marchas, cierren calles, obstruyan el tránsito que ya de por sí es patético, y darles vía libre para que hagan el ridículo mientras bailan cumbias en las calles que ellas mismas cerraron.

—Están ejerciendo su libertad de expresión.

El gato gris caminó frente a ellos y se enroscó entre las piernas de Juanito, quien sacó una libreta diminuta y apuntó en una hoja que tenía por título *Para cuando sea presidente*: «Me ocuparé de que los mexicanos no le teman a la inestabilidad». En ese momento caminó José Arcadio Buendía frente a ellos e intervino:

—En Macondo la gente no le teme a la inestabilidad, porque no la conoce —volvió la mirada al televisor y se alejó.

En ese momento llegaron unos enfermeros e interrumpieron la conversación:

—Ya, todos a sus celdas —dijo el hombre.

Juanito sonrió y caminó hasta su habitación. Huitzilopochtli hizo lo mismo y encontró a Daza en el camino.

—¿Cómo te fue con la doctora?

—¿Cuál doctora?

—La mujer que te hace preguntas.

—Hoy no hablé con ella —respondió Daza.

Huitzilopochtli abrió los ojos con asombro.

—¿Con quién estabas?

—Con un hombre que fuma cigarros apagados.

—¿Y qué te dijo?

—Me hizo muchas preguntas.

—¿Te dio algún medicamento?

—Sí —respondió Daza mostrando el puño, y al abrirlo
aparecieron un par de pastillas—, pero no me las tomé
—sonrió—. Como tú lo ordenaste, portentoso Huitzilopochtli, no he recibido nada que no venga de las manos de la
mujer.

—Sí, así debe ser.

—Si ése es tu designio, así lo haré.

—¿Y qué le contaste al doctor?

—Le dije que...

Apenas si habían salido los mexicas de los territorios de los colhuas, cuando Tenochtli tuvo una visión profética: un águila
parada sobre un tunal devorando una serpiente. Entonces fue
con gran prontitud ante el cu de Huitzilopochtli.

—Oh, gran dios de la Guerra —le dijo arrodillado—, he
tenido una visión.

—Así es, hijo mío —le respondió Huitzilopochtli—: yo te he iluminado, ése es mi designio. Debes buscar en el islote que se haya abandonado en medio del lago de Texcoco un águila sobre un nopal devorando una serpiente. Si eso ocurre deberás ir ante el señor de Azcapotzalco para decirle que yo, el dios Portentoso, el dios de la Guerra, el dios del Sol, Huitzilopochtli, he decidido edificar mi ciudad en ese lugar.

Tenochtli se dirigió entonces a su pueblo y les informó lo que el dios de la Guerra le había ordenado.

—¡El día ha llegado! —dijo Tenochtli con gritos frente a los mexicas—. ¡Nuestro dios me ha señalado el sitio donde habremos de levantar nuestra ciudad!

La gente dio gritos de alegría.

—Iremos al islote que se encuentra abandonado en medio del lago de Texcoco.

Hubo un gran silencio. Todos comprendían las complicaciones de habitar un lugar tan solitario y pequeño. Murmuraron entre sí. La pregunta era ¿cómo lograrían ensanchar su ciudad con el paso del tiempo? Era un lugar muy pequeño.

—No teman, que ya Huitzilopochtli ha prometido que allí será el lugar más grande y poblado de toda la tierra. Y que de allí se manejará el imperio, y todos aquellos que nos han deshonrado pagarán con sus vidas muy pronto.

Así abordaron sus canoas y se dirigieron en busca del símbolo de Huitzilopochtli, *la revelación del águila*. Anduvieron varios días caminando por todo el islote, cortando matorrales para aclarar la visión. Otros se subieron a las pintas de los árboles y esperaron la llegada de aquella ave. Águilas, tunales y serpientes abundaban por aquellos rumbos, sólo faltaba encontrarlos juntos. En cuanto veían alguna serpiente, la perseguían sigilosamente. Si algún águila volaba sobre sus cabezas, les anunciaban a los demás para que corrieran a ver el acontecimiento. También se sentaron cerca de los tunales. Al tercer día llovió fuertemente. Los mexicas comenzaban a perder la esperanza, y aún más el gusto por aquel lugar inhóspito. Cuando el hambre los comenzó a atormentar buscaron algo para comer y descubrieron lo complicado que sería llevar una vida allí. No había venados, ni conejos, ni siembra. El agua del lago era pantanosa y no era posible beberla, y ya cuando estaban decididos a decirle al sacerdote caudillo que preferían seguir buscando en otros lugares, llegó éste con gran entusiasmo:

—¡Lo he encontrado! —gritó Tenochtli—. ¡He visto el águila parado sobre un tunal, devorando una serpiente!

—¿Dónde? —preguntaron todos.

—Allá —señaló Tenochtli.

Todos corrieron al sitio y encontraron un nopal sobre una piedra.

—¿Y el águila?

—¡Se ha marchado! —dijo Tenochtli—. ¡Pero yo lo vi hermanos! ¡Yo fui testigo de la revelación del águila! ¡Éste es el lugar donde habremos de edificar nuestra ciudad!

Hubo entonces alegría por un lado y enojo por otro. Algunos de ellos no le creyeron a Tenochtli, y desde entonces comenzaron a separarse de ellos. Aun así obedecieron al sacerdote y comenzaron a cortar las hierbas para ensanchar el sitio del águila, junto a la quebrada y el ojo grande de agua. Debido a que el islote se encontraba en medio del lago y carecía de adobes, madera o tablazón, tuvieron que utilizar el carrizo y el tule, que allí había en abundancia, para fabricar un pequeño santuario junto al tunal del águila y el ojo de agua.

Como el islote se encontraba entre los territorios de los

tepanecas, colhuas y texcocanos, los mexicas padecían extrema necesidad, por lo cual tuvieron que ofrecer vasallaje a los reinos de Azcapotzalco y Texcoco. Muchos de los pobladores del pequeño pueblo mexica se negaron, alegando que con ello tendrían que permanecer callados y aguantar cuanto les hicieran. Para lograr convencer a la gente los sacerdotes sugirieron:

—Hermanos mexicanos, hagamos otra cosa, compremos a los tepanecas y texcocanos su piedra y madera, démosle en trueque todo género de pescado blanco, ranas, camarones, ajolotes, patos y lo que en el agua se cría.

A los pocos días Tenochtli se dirigió al reino de Azcapotzalco y habló con el señor Acolnahuacatzin, que era el padre de Tezozomoctli, futuro rey del mismo reino.

—Mi señor —dijo Tenochtli luego de arrodillarse—, vengo ante usted para hacerle saber que nuestro dios Portentoso, el dios de la Guerra, Huitzilopochtli, el dios del Sol, nos ha dado una revelación.

—¿Cuál es ésa?

—Por medio de un águila.

—¿Cómo?

—Nos pidió que buscáramos un águila comiendo una serpiente sobre un tunal.

—¿Y qué ocurrió?

—Lo hemos hallado en el islote que se encuentra en medio del lago.

—Pero esos territorios me pertenecen —respondió Acolnahuacatzin.

—Es por ello que he venido a solicitar su permiso para que mi pueblo habite aquel lugar abandonado.

—¿Y yo que recibiré a cambio?

—Seremos sus humildes vasallos.

—Me parece bien. Espero de ustedes el mayor de los ejemplos de lealtad —dijo Acolnahuacatzin y se puso de pie—. Vayan pues y aprovechen aquel lugar.

El sacerdote caudillo volvió al islote y dio la buena noticia a su pueblo, que sin esperar comenzó a dar gritos de alegría. Los mexicas comenzaron a pescar y a cazar aves y otros animales para llevar a Azcapotzalco y Texcoco, con lo cual recibían por pago madera menuda y piedra, con la cual estacaron la boca del ojo de agua que salía de la peña, y construyeron la casa del ídolo Huitzilopochtli.

Al anochecer el sacerdote Cuauhtlequetzqui mandó llamar a todo el pueblo a una junta y les dijo:

—Hermanos, ha llegado el momento de dividir nuestra ciudad en cuatro partes, teniendo como punto central el cu de nuestro dios Huitzilopochtli.

Y dicen que justo cuando habían llegado a un acuerdo les habló Huitzilopochtli.

A la mañana siguiente tenían puesto el altar para el dios Portentoso en el camellón, y echaron mazorca de maíz florido, sazonada, chile, tomate, calabaza, frijol, una culebra viva y un pato real sobre los huevos, al que llevaron arrastrando los mexicas.

Pero cuando todo parecía motivo para una gran celebración, se dio entre ellos la última de las separaciones de las tribus nahuatlacas. Los que hasta el momento no estaban de acuerdo con las órdenes de Tenochtli se declararon independientes. Hubo entre ellos grande descontento. Los seguidores de Tenochtli querían que se marcharan del islote. Si bien era cierto que no deseaban continuar con ellos, los otros aseguraron que también tenían el mismo derecho, pues a todos se les había otorgado el islote. Fue así que tuvieron que dividir el territorio en dos: Mexico-Tenochtitlan y Mexico-Tlatelolco.

XIX

FINALMENTE HUMBERTO RUBÉN FORTANEL HABÍA logrado descubrir cuál de sus empleados era el infiltrado que tanto buscaba Gregorio Urquidi. Por algunos días llegó a pensar, mejor dicho, quiso creer que el infiltrado era Melesio Méndez; pero tras cavilar en los estancamientos de su coeficiente intelectual, descartó cualquier posibilidad. Luego especuló sobre Omar Frías, y de igual manera remató que las ambiciones sexuales de éste eran mucho mayores a las financieras, y que por ello jamás sacrificaría los beneficios secretos que él mismo se había otorgado en el psiquiátrico. Y si no le quedaba duda a Fortanel era porque una noche decidió dar un último recorrido por la clínica, cuando todos los empleados pensaban que el director se había retirado, y al pasar por el cuarto de almohadas escuchó un palmoteo que atrajo su atención. Se detuvo silenciosamente y se asomó por la pequeña ventanilla de la puerta. Pese a que el interior se encontraba oscuro, alcanzó a distinguir la cama vacía en el centro. Disparó las pupilas a las orillas del cuarto y vislumbró una sombría silueta. Sólo se escuchaba el gemido de un hombre.

Concluyó inmediatamente que se trataba de alguno de los enfermeros atropellando sexualmente a una de las pacientes. Jamás se deslizó por su mente la intención de abrir la puerta, desenmascarar al delincuente, darle un par de patadas, acusarlo, llamar a las autoridades correspondientes y enviarlo a prisión. Nada, ni mucho menos hacerle saber que estaba enterado. Entró a la habitación que se encontraba enfrente, de igual manera con las luces apagadas, y esperó paciente a que el acto brutal se consumara para comprobar de quién se trataba: era Omar Frías que salió con la paciente lánguida en una camilla de ruedas. Fortanel se hizo el desentendido hasta que llegó el momento preciso para utilizar aquella carta. Lo mandó llamar a su oficina y lo acorraló estrangulándolo con acusaciones, las cuales Omar Frías negó haciendo honor a su apellido: fríamente.

—Sé que has estado abusando sexualmente de las pacientes —lo acusó de pie mientras el enfermero permanecía sentado.

—No, señor —puso las manos en los brazos de la silla—. Yo sería incapaz —evitó un desafío de miradas.

—También sé que has estado robando medicamentos del almacén —Fortanel se inclinó para verlo directo a los ojos.

—No, señor —Frías se embarró al respaldo de la silla eludiendo el acercamiento—, ¿cómo cree?

—Y me han informado —se incorporó dándole la espalda y caminó hacia su asiento— que has estado cambiándole los medicamentos al paciente Diego Daza.

—¿A quién? —recuperó la comodidad en la silla y por fin dirigió la mirada a su jefe.

—Sí, a Daza —Fortanel sacó una hoja de papel y comenzó a fabricar un cenicero.

—Pensé que otro medicamento funcionaría mejor.

Si algo distinguía a Humberto Rubén Fortanel era una capacidad dotada de avispas para detectar mentiras. Su tesis universitaria la había titulado *Los cinco detonadores de la mentira: sexo, poder, miedo, amor y odio.* Y precisamente Omar Frías había respondido lo que no debía. De haber sido él quien estaba suministrando el medicamento correcto al paciente, se habría hecho el desentendido como lo había hecho con las otras acusaciones, pero caviló que al admitir la culpa de algo que aparentaría una ingenua y sana intención de mejorar el estado del paciente, quizá sería perdonado.

—Por esta ocasión —dijo el psiquiatra, sacando un cigarrillo que fingió encender y comenzó a fumar mentalmente—, no voy a castigarte. Comprendo que lo hiciste por el bien del paciente.

Humberto Rubén Fortanel había redactado en su tesis que para tratar con los mentirosos, desenmascararlos era aún más inconveniente que hacerles creer que seguían triunfantes con su mentira:

La mentira tiene tres escalas o fases —se leía en su tesis—: la raíz, el tallo y el fruto. Se podría pensar que arrancar de raíz extermina la hierba mala. ¿Pero cómo saber que en verdad es mala hierba? Y de ser así, ocurre lo que tanto se dice: «hierba mala nunca muere». Por ello talar el árbol tampoco funciona. En cambio con el fruto en la mano se comprueba que no sólo se debe arrancar la raíz, ni talar, sino quemar la cosecha entera. Si desenmascaras, al principio te quedas con la duda y sin armas, y el taimado debe buscar la salida de emergencia. Y si acaso ésta no aparece, se inventan mejores estrategias, lo

cual hace más complicado descubrir la verdad, aunque
sea relativa. En cambio, si esperas el momento preciso,
cuando el mentiroso cree estar seguro, tienes la oportunidad de dar la estocada final.

El refinamiento que le había merecido halagos entre
colegas, se invertía en una suerte de perversión bien disfrazada en aquel claustro de locura. Los únicos encargados del
piso en el que se encontraba Diego Daza eran Melesio Méndez, Omar Frías y Clementina Baamonde. Para hacer jaque
mate, Fortanel se comió a los últimos dos peones que defen-
dían a la reina. Aunque desde el principio bien sabía que ellos
dos no tenían ni idea de lo que estaba ocurriendo, y que tampoco se hallaban ahí para defender a una reina que yacía al
acecho de un rey con poderes de torre, caballo y alfil.

Su error, hasta el momento, había sido danzar al son
de «nadie me engaña», sin detenerse a pensar que la sensual doctora Baamonde había entrado a laborar con la fina
intención de proteger a Diego Daza, y que para ello había
estudiado detenidamente los antecedentes del director,
incluyendo su tesis sobre *Los cinco detonadores de la mentira*. Por lo tanto, cual estudiante de primaria que responde
a un examen con las claves en un acordeón bajo la falda, la
doctora Baamonde se hizo inmune al diario examen psico-
métrico verbal al que el director del hospital la exponía. Y
aunque Humberto Rubén había insistido en su tesis que la
sensualidad era un instrumento infalible para mentir, la psiquiatra no necesitó leer el consejo, el cual bien conocía y uti-
lizó para el engaño: un par de tacones, una falda entallada,
un escote bien colocado, una cabellera finamente peinada
y un manojo de sonrisas.

Todo había ido inusitadamente bien para la doctora Baamonde, hasta el momento en que Gregorio Urquidi le llamó a Fortanel para advertirle que había un infiltrado en el hospital, exigirle que lo descubriera, y condenarlo si no cumplía. Al director del hospital le enloquecía tanto el clac clac clac de los tacones de la psiquiatra que pataleó mentalmente para no admitir que ella era la infiltrada, y por lo mismo —aunque siempre supo que estaba en un error— optó por comprar la idea de que debía enviar al patíbulo a alguno de los enfermeros. Pero a esas alturas, sacrificar inocentes —por lo menos con respecto al espionaje— resultaba inútil, e interrogarla lo condenaría a tragarse todas sus mentiras. Decidió, muy a su pesar, intervenir el teléfono de su oficina, violar chapas y candados, desbarajustar expedientes y revolver todo en los cajones hasta encontrar la evidencia: el medicamento que se le estaba suministrando al paciente Diego Daza.

La orden era retenerla en el hospital psiquiátrico, pero una ingenua estrategia le hizo pensar que si la dejaba ir, quizás en un futuro cercano podría convencerla de que los motivos que según él no eran suyos para despedirla, no debían confundirse con la amistad que había germinado entre ambos, amistad existente sólo para él, la cual esperaba un día no muy lejano escalara al peldaño de la intimidad.

Tampoco estaba dispuesto a lanzarse al cadalso al decirle directamente que estaba despedida, y en un atajo de cobardía, ordenó a los empleados que le impidieran la entrada.

—Y si pregunta por mí, díganle que no he llegado y que las órdenes vienen de arriba.

En ese instante de impotencia, la doctora Clementina Baamonde Rovira no le dio plaza a la credulidad. El experto en descubrir mentiras se ostentaba como un intento flácido de mitómano, incapaz de ingresar en el *ranking* de aficionado.

Acorralada entre el muro de la impotencia y la espada de una cólera incontenible, la doctora Baamonde tuvo un arrebato beligerante frente al vigilante y le gritó:

—¡Imbécil, malnacido, estúpido! ¡Necesito entrar! ¿Qué no te das cuenta que tengo pacientes que me necesitan? Háblale al doctor Fortanel.

—No ha llegado.

—¿Entonces quién te dio la orden?

—Al parecer la orden viene de arriba.

—¿Arriba?, ¡quién ordenó eso, tarado!

—No lo sé, doctora.

Pretender entrar esa mañana al hospital o intentar convencer a Humberto Rubén Fortanel, era como querer desenmarañar una bola de estambre a mentadas. Aun así le marcó a su teléfono celular, el cual la enviaba al buzón de voz. Luego del décimo intento y una hora sentada en su auto, afuera del estacionamiento del hospital psiquiátrico, por fin respondió el director.

—Doctora, buenos días... Sí, recibí sus mensajes, no pude contestar el teléfono... No, no estoy en el hospital... Sí, sé que ahí está mi carro, lo dejé desde anoche... No, cómo cree que yo la esté engañando... Yo también estoy sorprendido, estoy intentando que a mí también me dejen entrar, no sé qué ocurre... Bueno, tengo que colgar, en cuanto tenga una respuesta le llamo, pero seguimos en contacto.

Bastaba menos que eso para detonar la granada de la incertidumbre. Si en alguna ocasión Clementina Baamonde Rovira había sentido más desesperación que aquel día, fue precisamente la noche en que murió su hijo. Y quizá cuando murió la otra Clementina, la infeliz, la incapaz de dialogar, la intolerante. Una más en el disparatado círculo de los psiquiatras urgidos de terapia. En algún momento de su vida Clementina fue quizá la peor de las pacientes. Como muchos más, se había embutido como sardina en la lata de la psiquiatría para acomodar sus propias algarabías.

Las únicas dos promesas que cumplía eran la de no cumplir lo que a otros prometía, y cumplir lo que a sí misma se prometía, cual alcohólico que ofrenda a los suyos no volver a tomar, y se promete a sí mismo no dejar de beber. Cuando garantizaba hacer una llamada, anotaba en su agenda: «no llamar». Si lo hiciere, detonaría un humillante reclamo que la llevaba a compararse con su padre. Y eso, acatar un juramento, equivalía a prostituir sus convicciones, un pasaporte al cadalso. No tanto por llevar a cabo un convenio trivial, sino por clonar las actitudes de su tan aborrecido padre, que bombardeaba cada encuentro con consejos importunos antes de escucharla, o por lo menos oír el argumento que le quemaba la punta de la lengua a Clementina. Tanta perfección en su padre no era más que una perfecta prueba de una irritante perfectibilidad. Tanto silencio era la jaula de un estrepitoso baladro enclaustrado en la monotonía que pedía auxilio. Tanta seriedad era indicio del aburrimiento heredado por años de matrimonio. Tanto respeto fingido era inhumano. Eso. Era eso, inhumano para los ojos de Clementina, la joven de dieciséis años. Su padre no era humano, no era de humanos ser tan perfecto, o peor aún, pretender serlo. Le provocaba náuseas escuchar en las sempiternas reuniones familiares cuando su padre profería: «¿Sabes por qué antes de los cuarenta yo era egoísta, envidioso, celoso y testarudo? Porque ahora soy perfecto, ja ja ja». No acababa de cubrirse

el rostro llena de vergüenza, cuando el ambiente se conta-
minaba con la segunda locución: «La adolescencia es una
enfermedad que se cura con los años». Clementina pensaba
que si eso era cierto, entonces ella estaba enferma.

¿Cuál era la diferencia entre estar enferma y estar loca?
Clementina caviló que podía caminar, aseguraba que no le
faltaba una pierna ni un brazo; no había visitado un hospital desde los doce, cuando se fracturó el tobillo; no padecía
de asma o algo por el estilo. Dedujo que si la adolescencia era
una enfermedad, ella estaba enferma, y que si su enfermedad no era física, por inferencia, era mental. Siendo así, ella
estaba loca. Ya no tenía que preocuparse, su padre lo había
espetado: era una adolescente, estaba enferma, y en conse-
cuencia, loca.

Pero, ¿qué tipo de locura? ¿Una loca decente o indecente? Ser una loca indecente le parecía más excitante. Ser
una loca decente significaba acatar la doctrina de su padre.
O peor aún, ser una puta vestida en trapos finos. A las locas
decentes las encierran en manicomios; las locas indecentes
se encierran en hoteles. Ser un loca indecente habría sido
como exigirle a su padre que la metiera en un internado, o
por lo menos que la encadenara en la azotea.

¿Por qué no ser una loca indecente que pretende ser
decente? Para su insatisfacción, ya era una loca decente. Ser
una loca indecente intensificaría el confinamiento; ser una
loca indecente que pretende ser decente era su única opción,
aunque pretender ser lo que no era la llevaba a un mimetismo
imperdonable. Se decía a sí misma en su soliloquió: «Algún
sacrificio tengo que hacer para acariciar la *libertad*». Sustan-
tivo que tachaba y cambiaba por *libertinaje*, su palabra predilecta por ser inaceptable en el diccionario de su padre.

Para poder ser una loca indecente tenía que fingir ser una loca decente, ocupada, discreta, y muy, pero muy olvidadiza. Ocupada, para nunca tener tiempo para las reuniones familiares u otros compromisos. Discreta —en realidad mustia— para no ser descubierta. Olvidadiza, para así llegar tarde y eludir responsabilidades. Para complacer a los tíos y los abuelos, consiguió un novio decente, al cual ignoraba y engañaba.

La ninfómana en potencia se dejó elevar por el huracán de la infidelidad. Luego, cuando el noviecito le ofreció amor eterno, Clementina sintió una asfixia inenarrable y optó por cortarle las venas al ya aburrido devaneo. ¿O acaso se le podía llamar amor? Con sólo pensar en esa palabra se sentía acorralada y corría al altar de la pedantería y escupía la palabra cursilería.

Había jugueteado dos años con las conjugaciones de la palabra en cuestión frente al noviecito, pero al llegar a los diecinueve años, la mitómana se cansó de cocinar adulterios disfrazados. Estaba hasta el copete de fingir ser lo que no era: una loca decente, de inventarse una docena de amigos, no porque no los tuviera, al contrario, le sobraban amigos ficticios que eran locos decentes, educados, responsables, y un sinfín de ocupaciones que la mantenían fuera de casa para evitar escuchar la frase que caracterizaba a su padre: «Uno no pretende saberlo todo: uno lo sabe todo».

En una ocasión llegó ebria a la universidad y al notar que la profesora aún no llegaba, marchó suntuosa y burlona al frente del salón. Abrió un libro, tomó una regla, la azotó repetidamente en el escritorio y se volvió hacia sus compañeras, a quienes en ese momento trató cual si fueran sus educandas. Alzó la voz y dio inicio a su lección:

—¡Señoritas! —levantó el dedo índice sarcásticamente y fingiendo una duda se lo llevó a la boca, mordiéndose la uña—. Bueno no sé por qué les digo así, pero por favor les voy a pedir que guarden silencio. Sean todas ustedes bienvenidas. Veamos... Para empezar les diré, como dice mi ilustrado padre: «La adolescencia es una enfermedad que se cura con los años». Pero he de aclarar que como todas ustedes gozan de perfecta salud, su enfermedad no es física, sino mental, es decir: todas ustedes están locas. Algunas loquitas, otras locotas, pero a final de cuentas, locas. Es por ello que no las llamaré señoritas, jovencitas, muchachitas, escuinclas, púberas, mocosas, alumnas, ni nada que no tenga que ver con lo que en realidad son: ¡unas locas! Y aquí aprenderán a ser realmente unas locochonas. A ver, dígame loca Íñiguez, ¿tiene usted... novio?

—Sí.

—¿Lo... ama?

—Sí.

—Mmm... Yo... yo estoy peda, pero tengo el defecto virtuoso de generalizar al pensar que todos los hombres son iguales. Les voy a contar una historia: en cierta ocasión una mujer, llamémosle... mmm... Adelina. Sí. Ella le puso el cuerno en dos ocasiones a su novio marinero que la visitaba tres o cuatro veces al año. Llena de remordimiento le escribió a su... ese güey: «Querido Carmelo, me duele mucho decirte esto, pero tengo que serte sincera. En tu ausencia te he sido infiel dos veces, por eso ya no me siento digna de tu amor, olvídame, perdóname y regrésame la foto que te regalé». Dos meses después Adelina recibió la respuesta de Carmelo: un sobre con veintiséis fotografías y una breve nota que decía: «Querida Adelina, la verdad es que no recuerdo quién eres, por favor busca tu fotografía y regrésame el resto».

»No sea usted mensa, todos los hombres son iguales. ¿Usted cree que si a su novio se le encuera una loca como yo, así con este cuerpazo, no se le va parar? ¿Usted cree que se va aguantar las ganas? Todos los hombres son mujeriegos, nada más que unos con menos suerte que otros. Cuando ellos son fieles es por una de dos: nadie los pela o tienen flojera. Las mujeres tenemos sexo cuando queremos, los hombres cuando pueden. O si quiere se lo pongo de otra manera: los hombres son infieles para tener algo de que presumir, para estar a la delantera. Les resulta más placentero presumir que son infieles que el hecho de serlo. Es como una competencia de niños: a ver quién escupe más lejos.

»Dígame: ¿usted goza al cien por ciento sus relaciones sexuales? ¡No! Ya sé lo que me va a decir, que eso no es lo más importante, lo que importa es el amor, la comprensión, la confianza. ¿No es lo más importante? Los tres elementos del amor son el romance, la amistad y la pasión. ¿Usted se ha puesto a pensar qué va a pasar cuando se acabe el amor, lo insoportable que será abrir las piernas cada vez que a él le dé la gana tener sexo? Una relación debe ser balanceada. Debe tener amor, comunicación, romance y sobre todo pasión. El problema de algunas mujeres es que no sabemos que el buen sexo y el amor son el sostén de una buena relación. Si hay estos dos es muy probable que haya comunicación. Pero como todas sabemos, un brasier tiene dos bolsas, una que sostiene el buen sexo y la otra que sostiene el amor. ¿Cómo se ve un brasier con una bolsa vacía? Cagado. Pues así será su relación si sigue el mismo rumbo.

»Por otra parte, ¿por qué esa constante obstinación

por casarse? ¿Dónde quedó eso de la liberación femenina? ¿Dónde queda la autonomía de la mujer? ¿Por qué tenemos que pensar que si una mujer no se casa no puede considerarse realizada, o peor aún, que no puede ni debe tener una vida sexual placentera con quien le plazca? No se casen. No se amarren a noviazgos de largo aliento. ¡Consíganse noviecitos desechables! Dejen de pensar que por cambiar de pareja tres, cuatro, diez veces son una cualquiera. ¡No, son unas locas! No te preocupes porque te comprenda, mejor ocúpate de que te compre una prenda.

»Jacinto Benavente dijo: "Las mujeres aman, frecuentemente, a quien lo merece menos, y es que las mujeres prefieren hacer limosna a dar premios"... ¡Ah, chingá!, ya estoy hablando como mi papá. Pero bueno, me lo perdono porque estoy peda. Sí, sí, sí, soy una loca, una loca bien peda. ¡Qué naca me oí!

»Volviendo al tema: las mujeres nos empeñamos en buscar cabrones, cabrones bien cabrones, de esos que nos tratan como trapeadores y los queremos transformar en caballeros. El sapo que se convierte en príncipe. Por eso no te empeñes en cambiarlo porque cuando lo logres, habrás llegado a tu meta y te aburrirás de él, o viceversa. O lo que es peor, encontrarás lo que tanto buscas: amar, mas no ser amada; buscar y no encontrar; dar para no recibir; creer para mentir; ser el peor juez y premiar a quien no merece. Conquistarlo se hará un ejercicio, una obsesión, una meta para alcanzar.

»Las mujeres somos permisivas con los hombres, pero inclementes con las mujeres. Aprovecha mientras puedas. ¡Consíguete noviecitos desechables! Olvida las relaciones amorosas de largo aliento, porque un día te dejarán sin aliento. Nada mejor que la libertad. Tú no sabes cuántos años te va a durar esa belleza, esa suerte que tienes con los hombres. "La gracia de ser infiel está en no hacer daño". ¿Dónde escuché eso? ¿Quién me lo dijo? Perdonen, estoy peda. Como les decía, la gracia de... ¡Ya me acordé!, fue un tal Víctor Báez. ¿Y quién es ese güey? ¡Pos quién sabe! Por eso... ¡hup! Lo que me faltaba, que me diera hipo. "¿Qué te robaste?", preguntaría mi padre, quien dice que a una le da hipo cuando se ha robado algo. Por eso les digo que no chupen.

»Sigamos. Como dice mi padre: "Ojos que no ven, corazón que no siente". Pero mejor ni nos hagamos pendejas. ¿Para qué quieres tener un novio o un esposo? Sólo perderás tu libertad (¡hup!). Y cuando conozcas a uno de tantos príncipes azules no podrás estar con él libremente porque ya estás casada con el sapo. ¿Y luego? Llegarás a la cansada etapa de tener un amante. Aja, sí, cómo no (¡hup!). Me dirás que también tiene sus privilegios, que no tienes responsabilidades con él, que no le van a ir con el chisme a tu marido. Ya sé que no lo hacen. Una, porque les conviene dejar la puerta abierta; y otra, serían muy estúpidos si lo hicieran. Sería como quitarle la cadena a un perro rabioso. Que ni tan (¡hup!) rabioso. Imagínate al güey diciéndole a tu novio o esposo: "Me acosté con tu vieja, por eso vengo a que me partas el hocico". Y en dado caso que lo hicieran, es tu palabra contra la de él. También sé que nuestra mejor arma es el llanto. Los hombres no tienen armas contra ese poder que nos dio la naturaleza a nosotras las mujeres. Te pones (¡hup!) a chillar, te haces la ofendida y listo, en un par de días no tienes sólo uno, sino a los dos rogándote que los perdones. Los hombres siempre piensan que te están cogiendo, y no se dan cuenta que tú te los estás cogiendo. Todo eso ya lo sé: bla bla bla. ¿Y luego? Vendrán los problemas.

»La gracia de ser infiel sería no hacer daño. Sería, porque no es así, tarde o temprano se sabe, y te chingas. ¿Para qué le buscas? Eso hacen las locas decentes. Andan de putas toda la semana y se persignan los domingos. Las putas indecentes somos libres, porque no tenemos que dar explicaciones a nadie. He dicho.

Aquella filosofía acompañó a Clementina Baamonde hasta que ella misma se tropezó con sus palabras y terminó dando el sí en el registro civil. Los años que le siguieron los ocupó en arrepentirse por haber dejado escapar su tan amada libertad, y sin lograr mantenerse en el cartucho de la fidelidad, se disparó como una bala expansiva hacia los brazos de cuantos hombres le excitaban. Siempre tenía una razón para salir de casa, siempre una excusa para llegar tarde, siempre un drama para cualquier posible reclamo o evidencia. «Si visito a Fulana o a Mengana es por no sentirme sola». Pero Fulana era más bien el fortachón Fulano, y Mengana, el adorable Mengano. Muy pocas veces se le habían deshebrado las mentiras. Hasta que una noche, tras el apuro de encontrar una prenda para el día siguiente, batió la ropa en el armario cual masa para panqueques, y sin percatarse salió sin permiso una tira de condones. Clementina se apoderó de uno de los preservativos sin imaginar que su marido, aparentemente dormido, la observaba desde la cama.

El hombre desconocía la tesis del psiquiatra Humberto Rubén Fortanel, y jamás tendría idea de su existencia; sin embargo, transitaba por la vida con la misma filosofía de no darse por enterado del engaño de su esposa, centrado en que algún día tendría la evidencia en la palma de la mano. Mientras tanto, no había de otra más que callar. Comprendía que al hacer lo contrario sólo lograría que Clementina volara en pedazos la estabilidad de aquel instante con el firme propósito de negar, hacerse la ofendida, negar, reclamar su falta de comprensión, negar, recordarle lo inútil que se sentía con esa vida, negar, acusarlo de una supuesta infidelidad, negar, pedirle que la escuchara, nunca lo haces, hablas y hablas, negar, tú siempre tienes la razón, negar, negar, abrir la llave de las lágrimas, negar, anunciarle que estaba a punto de salirse de la casa, negar, hacer una maleta, eres un estúpido, negar, exigirle el divorcio, abordar el auto, recorrer un par de cuadras, esperar a que él le llamara por teléfono, no lo hacía, jamás lo hizo, finalmente ella lo hacía, ¿podemos hablar?, luego regresaba a casa para volver a negar, y dos horas más tarde seguir negando, y si aún no recibía lo que buscaba era quizás el momento para romper un vaso de vidrio o lo que se interpusiera en el camino y negar. La batalla no estaba ganada hasta que su marido admitiera su culpabilidad, aunque ésta fuera inexistente. ¿Pero qué batalla? La de desviar la atención del conflicto inicial.

Y si hay que aclarar algo, sería equitativo subrayar que su esposo no era una perita en dulce, ni mucho menos la víctima de su historia. También cargaba con un costal de pecados, desperfectos y perversiones.

Tras un lustro de batallas interminables ocurrió lo inesperado: mientras el debate se llevaba a cabo en la sala, el niño de dos años y medio se atragantaba con una tapa de refresco en la habitación. Muy tarde fue cuando se percataron de que el infante —completamente morado— había dejado de llorar. Por más que intentaron taladrarle la garganta con el dedo para sacarle la tapa de refresco, el párvulo que apenas si balbuceaba no tuvo jamás la oportunidad ni la conciencia de decirles cuánto los hubiera amado u odiado de haber logrado vivir más años. Y si acaso hubiesen conseguido salvarle la vida, sería imposible saber si hubieran continuado, primero, juntos; segundo, como pareja, y finalmente, de forma funcional. Tras el proceso luctuoso de enterrar a su hijo, o mejor dicho, incinerar su rol de padre y madre, y el horror de no saber qué hacer con las liendres de la culpa, estuvieron a merced de un pasado resentido, desmemoriado e incapaz de resucitar los motivos por los cuales habían decidido compartir sus vidas.

Poco duraron las cenizas de su matrimonio, pues salieron esparcidas en cuanto abrieron la ventana. Nunca intentaron siquiera conseguir un abogado, ni disputarse las propiedades, ni escarbar en los rescoldos del placentero acto de espetar una vez más —ya qué, si a fin de cuentas esto ya se acabó— un ¡chinga tu madre!

Nada. Él se derritió en el olvido y ella salió un día para nunca más volver siquiera por un par de zapatos. Aunque el apetito de suicidio rondó por su atolondrada cabeza, Clementina en absoluto tuvo el valor de intentar elaborar un plan. Y tal vez, dicho acto suicida nunca fue necesario porque en el fondo estaba muerta en vida. Se podría asegurar que no resucitó ni renació. Enterró a la mujer que había habitado en ese cuerpo escultural y esperó a que germinara otra Clementina, más cuerda y menos estridente. O como decía su padre: a que se curara de aquella enfermedad llamada adolescencia. Y si hay que mencionar otros cambios menos relevantes, se sabe que cambió de ciudad, de empleo, de amigos, de carro y de ropa.

«¿Cuántos años, Clementina, cuántos años?», se dijo sentada en el auto tras haber escuchado la excusa barata de Humberto Rubén Fortanel. «Ya estaría cumpliendo la

mayoría de edad aquel chamaco. ¡Cuántos años, Clementina!».

Y si había decidido permanecer sentada y callada en
el auto, sin mover un dedo, era precisamente para cavilar.
Había adoptado la estrategia de callar, hurgar en su memoria
cada vez que sentía tanta desesperación, retornar al tortuoso
recuerdo de su hijo muerto, amoratado, tieso, para darse
cuenta una vez más que sus insanos arrebatos sólo la arrastraban a un pozo de estiércol mental. Con los pies en la tierra, marcó al teléfono de Delfino Endoque y le comunicó lo
ocurrido. Pero el detective no pudo acudir esa mañana para
acompañarla, pues debía llevar a cabo el operativo para rescatar a las dos mujeres que se encontraban en la mansión de
Gregorio Urquidi.

XX

PADRE DE LOS MEXICAS, DIOS PORTENTOSO, POR TI fue que se crearon las órdenes militares, esa profesión que se volvió la más estimada en Mexico-Tenochtitlan.

Las armas eran parte de la raza, y por ello el dios más adorado entre todos eras tú, Huitzilopochtli, señor de la guerra, protector de la nación. Tan valiosa era tu imagen que para elegir un rey después de Izcoatl, todos debían ser grandes guerreros. No podía ser electo sin antes haber demostrado su valor en el campo de batalla. No podía aspirar a ser tlatoani si no era un maestro en las armas, pues debía ser general del ejército. Y aún después de ser electo como tlatoani debía iniciar una campaña militar en la cual tenía que demostrar sus habilidades como gran jefe de las tropas y volver con los prisioneros que había de llevar a la ciudad isla, para que le aplaudieran y le gritaran halagos antes de su coronación. De igual manera aquella campaña era para que volviera con los cautivos que serían sacrificados en su fiesta.

Oh, gran dios de la Guerra, eras tan exigente que si acaso el tlatoani no ganaba una guerra ordenabas su pronta muerte.

Oh, Huitzilopochtli, es por todos nosotros sabido que mandaste matar a Tizoc por haber fallado en diversas campañas.

Incluso, haciendo honor a ti, dios de la Guerra, a las almas de aquellos que habían muerto en guerra, con las armas en la mano, por la gloria de su nación, se les designaba el mejor sitio en el paraíso de los difuntos. Esto llegaba a ser causa de inspiración entre los niños, para que sus ánimos se nutrieran de valor para que, llegada la adolescencia, se incorporaran a las tropas. En ellos inculcaron a temprana edad el deseo de la gloria de las armas, que con el paso de los años formó miles de héroes, miles de soldados que dieron sus vidas para sacudirse el yugo de los tepanecas. Fue por ese valor que tu pueblo logró salir de tan pobres y humildes inicios, para alcanzar la más ilustre y famosa monarquía.

Guía de las tribus nahuatlacas, tú les designaste los nombres y diste dignidades. En tu honor se crearon los rangos militares más altos: Cuauhpipiltin, «Noble Águila» o «Caballero Águila», para los descendientes de la nobleza; y el de Ocelopipiltin, «Caballero Jaguar», para los macahualtin, que eran plebeyos, mas no por eso menos adiestrados en las armas, ni menos respetados, pues tú, Huitzilopochtli, ordenaste que ambos representaran respectivamente la luz y la oscuridad.

Ellos se diferenciaban por su vestimenta hecha a la forma de la piel de esos animales: águila y jaguar. Y no sólo en las insignias tenían las órdenes de su distinción, sino en las celdas en las que dormían en el real palacio, cuando hacían la guardia al rey. Tenían también privilegios como usar vasos de oro y plata, vestir prendas de fino algodón y usar mejor calzado.

Los jóvenes mexicas eran ejercitados en las armas en el Telpochcalli, pero bien era sabido por todos que los que más destreza tenían recibían el derecho de entrar al Calmecac, donde aprendían administración imperial.

Oh, Huitzilopochtli, qué tiempos aquellos en que los padres y las autoridades del Calpulli supervisaban rigurosamente la educación de sus hijos. Para agradarte, señor del Sol, los jóvenes, alcanzada la edad adulta, salían a las batallas para capturar su primer prisionero de guerra. Sólo así eran merecedores del uniforme de guerra, que consistía en una banda de piel en la pierna y una cabeza de águila o jaguar adornada con finas plumas, y las armas que eran la lanza, el escudo con bellas plumas, el macuahuitl, el arco y la flecha.

Pero ser un Caballero Águila o Caballero Jaguar no era fácil, debían estar mejor ejercitados en las armas que los otros, tenían que saber más estrategias en el campo de batalla, pues por su rango habían de marchar por separados y debían capturar seis guerreros vivos de las tropas enemigas, en dos batallas continuas. Los Caballeros Jaguares marchaban al frente de las campañas, y los Caballeros Águilas exploraban, espiaban y enviaban información a los otros.

Para ti, dios de la Guerra, se reclutaban miles de soldados llamados yauhquizqui, que eran los de menor rango, que se entrenaban desde temprana edad, esperanzados en algún día salir de la plebe. La guerra no era sólo un estado de defensa, sino un estado de vida, una religión, tu religión, Huitzilopochtli, una forma de hacerse de poder, de expansión y de gloria.

Tú, dios Portentoso, fuiste inspiración de la obra de Tlacaelel, quien llevó una reforma en los campos político, social, histórico y religioso. Cumpliendo tus mandatos, gran dios Huitzilopochtli, Tlacaelel hizo nacer entre los mexicas esta visión místico-guerrera y les dio la luz para que comprendieran que eran el pueblo elegido del Sol.

El rey Izcoatl bien supo escuchar a Tlacaelel, jamás dudó de sus palabras, pues bien sabía que tú, gran Dios, le dabas instrucciones. Y así envió mensajeros a Cuitlahuac, para exigir que les entregaran a sus hijas y hermanas doncellas para que fueran a Tenochtitlan a cantar y bailar en sus casas. También les ordenaron que les llevaran flores y jardineros.

Y para que todos conocieran la grandeza de tu imagen, Tlacaelel supo bien la necesidad de crear una nueva versión de nuestra historia. Oh, dios Portentoso, cuántos han intentado cambiar nuestra historia, cuántos han dicho que Tlacaelel inventó mentiras. Lo cierto es que quemó los libros pintados, y los quemó porque estaban mal contados. No relataban nuestra verdad. Esas historias hacían ver a tu pueblo carente de importancia.

Y esto fue lo que dijeron unos informantes: «Se guardaba su historia. Pero entonces fue quemada cuando reinó Izcoatl en Mexico. Se tomó una resolución, los señores mexicas dijeron: No conviene que toda la gente conozca las pinturas. Los que están sujetos, se echarán a perder y andará torcida la tierra, porque ahí se guarda mucha mentira, y muchos en ellas han sido tenidos por dioses».

¿No fue acaso necesario que se supiera que los mexicas provenían de los toltecas? Eso no se sabía, o no se creía cierto. Éramos descendientes de los Soles y habitantes del quinto Sol. Tú instruiste a Tlacaelel para que enseñara a tu pueblo la llegada del fin de la quinta edad, el cataclismo del quinto Sol, para lo cual era necesario evitar la muerte del Sol, tu muerte, dios Portentoso, Sol-Huitzilopochtli. Y para que fueses fortalecido, fue indispensable alimentarte con la energía vital, el líquido más preciado, ese que mantiene vivos a los hombres, el chalchiuhatl: la sangre. Y para ello se hicieron miles de sacrificios, con los cuales se te daba de beber, para alimentarte indefinidamente.

Para complacerte, dios del Sol, fue por ti y para ti que se crearon las Guerras Floridas, en donde se iba a una batalla que no era para conquistar el territorio de las tropas opuestas, sino como un ejercicio. Tlacaelel dijo al pueblo que tú le pediste estas guerras para dar fin a la hambruna que se dio por aquellos años en que gobernaba Moctezuma Ilhuicamina.

Ahora no se entiende, hoy se ha olvidado, o se ha ignorado, pero estas guerras estaban justificadas. Debe entenderse esta suprema misión, esta concepción místico-guerrera de los aztecas que en alianza contigo, dios Portentoso, Sol-Huitzilopochtli, se estaba del lado del bien y se luchaba sin tregua contra los poderes del mal.

Y obedeciendo tus designios «el Tlacatecatl: comandante de hombres, el Tlacochcalcatl: señor de la casa de las flechas, jefe de águilas que habla su lengua. Su oficio es la guerra que hace cautivos, gran águila y gran jaguar. Águila de amarillas garras y poderosas alas, rapaz, operario de la muerte. El genuino Tlacatecatl, el Tlacochcalcatl: señor de la casa de las flechas, instruido, hábil, de ojos vigilantes, dispone las cosas, hace planes, ejecuta la guerra sagrada. Entrega las armas, las rige, dispone y ordena las provisiones, señala el camino, inquiere acerca de él, sigue sus pasos al enemigo. Dispone las chozas de guerra, sus casas de madera, el mercado de guerra. Busca a los que guardarán los cautivos, escoge los mejores. Ordena a los que aprisionarán a los hombres, disciplinados, conscientes de sí mismos. Da órdenes a su gente, les muestra por dónde saldrá nuestro enemigo».

Tlacaelel marchó a los reinos de Tlaxcala, Huexotzingo y Cholula para invitarlos a formar parte de estas Guerras

Floridas, y los convenció con dos argumentos: el primero era que tú así lo habías ordenado, y el segundo era que ambas partes lograrían hacerse de prisioneros para los sacrificios.

Pero cierto era que Tlacaalel obedecía tus órdenes secretas: hacerles ver a todos los pueblos vecinos que Mexico-Tenochtitlan era y sería siempre superior a ellos, y debilitar sus tropas con estas batallas que parecían juego para someterlos lentamente, y ganarles cuando en verdad se diera entre ambos una guerra por territorio.

Tú nos instruiste en la fabricación de las armas. Tú nos diste lecciones de cómo usarlas y cómo nombrarlas: el atlatl, que dijiste sería el arma utilizada para lanzar pequeñas jabalinas llamadas tlacochtli, con mayor fuerza y mayor alcance que simplemente ser lanzadas a mano. El tlahuitolli, el arco, y la mitl, la flecha. También aprendimos a hacerlas de otras maneras, con púas de obsidiana y las llamamos yaomitl. Y para lanzar piedras nos diste el tematlatl, una honda fabricada de fibras de maguey. Así nos iluminaste para hacer un arma con la cual pudiéramos luchar cuerpo a cuerpo y nos diste el macuahuitl, esa macana de madera con trozos de obsidiana incrustados en los lados. Y así también pudimos luchar con esas lanzas y cuchillos que harto trabajo nos tomaba fabricar, pues ésa era una de las mayores industrias de aquellos tiempos. Mucha gente se ganaba la vida fabricando las lanzas de madera con filos de obsidiana en la punta llamados tepoztopilli; los mazos de madera denominados quauhololli; y otros mazos iguales pero con filosas piezas de obsidiana a los lados, que se conocía como huitzauhqui.

Bien sabías, Huitzilopochtli, que la guerra es un gran negocio. Cuántos pueblos se dedicaron a fabricar y vender piezas de defensa y armadura, como los escudos llamados chimallis, pues harto costaba ir al mar en busca de caparazones de tortugas o cortar grandes piezas de madera. Entonces los habitantes de aquellos poblados se ofrecían a hacer la producción por nosotros los mexicas. En otras ocasiones, cuando el huey tlatoani conquistaba sus territorios, ellos debían fabricar las armaduras y escudos como pago de sus tributos.

Como Texcoco, que era un gran productor de algodón y que con éste hacía los ichcahuipilli, que eran armaduras acolchadas, y muy gruesas y resistentes, tanto que soportaban el golpe de un macuahuitl o de un atlatl. Ahí en Chiconcuac se hacían con el algodón las túnicas llamadas ehuatl, con que vestían los nobles sobre su ichcahuipilli. También se hacían las tlahuiztli, que eran los trajes de los guerreros célebres, el pamitl, insignias que los capitanes portaban en sus espaldas.

Tú nos enseñaste, Huitzilopochtli, la cultura de la guerra. Era un ritual religioso y un estado de vida. Y el tlatoani sabía que así debía ser. No podía mantenerse en paz, en su palacio como lo hizo Tizoc. No, tú demandabas que se marchara en busca de nuevas conquistas. Tú, dios Portentoso, le decías al rey mexica:

—Ya está tomada la decisión de ir a la guerra, ve y dile a mi pueblo que se movilice, que salgan con días o semanas de anticipación. Anda y avisa a los altepetl aliados, diles que estén listos para el combate.

Y obedeciendo tus órdenes, Huitzilopochtli, marchaban todos en un orden: primero los sacerdotes que cargaban tu estandarte, luego les seguía la nobleza, el tlacochcalcatl y el tlacatecatl. Finalmente marchaban las tropas mexicas y de los pueblos aliados. Entre cien y doscientos mil soldados salían de madrugada en distintos trozos de tropa, acomodándose por diversos puntos y coordinándose por señas de humo y el sonido de los tambores y los caracoles, llamados tlapitzalli, para entrar todos al mismo tiempo al campo de batalla. Y así con la primera luz del día se iniciaba la lluvia de flechas, luego se continuaba con las hondas y lanzas, para finalizar con los encuentros cuerpo a cuerpo, utilizando los macuahuitles, cuchillos, lancillas, escudos y demás armas. Eran éstas unas batallas tan bárbaras que parecía increíble que lograran sobrevivir a tales embates. La fiereza de los guerreros los hacía luchar largas horas, para llegada la noche volver a sus guaridas, curarse, comer, descansar y volver a la mañana siguiente. La muerte era evidente por todas partes. Sangre, cuerpos mutilados, heridos por doquier. Tú les enseñaste, Huitzilopochtli, tantas maniobras de guerra a los mexicas, que se hizo cada vez más difícil a los pueblos enemigos escapar de sus ataques. Así en cuanto tus tropas lograban entrar victoriosos al pueblo conquistado, incendiaban los templos de sus dioses, y si aun así el pueblo se negaba a rendirse, se hacía la destrucción total, tal y como ocurrió con Azcapotzalco.

Para ti, dios Portentoso, se comenzaron las guerras de conquista. Primero Tepeaca, luego contra los huastecos, más tarde sobre los de Ahuilizapan, los mixtecos de Coaixtlauac, entre otros, hasta llegar a las costas del sur.

Tras las conquistas llegaban los tributos: grandes cantidades de oro en polvo y en joyas, piedras preciosas, cristales, plumas de todos colores, cacao, algodón, mantas, paños labrados con diferentes labores y hechuras, escudos, pájaros vivos de las más preciadas plumas, águilas, gavilanes, garzas, pumas, jaguares vivos y gatos monteses que venían en sus jaulas, conchas de mar, caracoles, tortugas chicas y grandes, plantas medicinales, jícaras, pinturas curiosas, camisas y enaguas de mujer, esteras y sillas, maíz, frijol y chía, madera, carbón y diversas clases de frutos.

Oh, gran Dios, viene a mi mente uno de esos tantos cantares:

Haciendo círculos de jade está tendida la ciudad,
irradiando rayos de luz, cual pluma de quetzal,
                              [está aquí Mexico:
junto a ella son llevados en barcas los príncipes:
sobre ellos se extiende una florida niebla.
¡Es tu casa, Dador de la vida, reinas tú aquí:
sobre los hombres se extienden!
Aquí están en Mexico los sauces blancos,
aquí las blancas espadañas:
tú, cual garza azul, extiendes tus alas volando,
tú las abres y embelleces a tus siervos.
Él revuelve la hoguera,
da su palabra de mando
hacia los cuatro rumbos del universo.
¡Hay aurora de guerra en la ciudad!

Siguiendo tu mandato, Tlacaelel reconstruyó los gobiernos: puso jueces, audiencias, alcaldes, tenientes, alguaciles mayores e inferiores, oficiales, mayordomos, maestresalas, porteros, pajes, lacayos, tesoreros y oficiales de hacienda. Todos tenían cargo de cobrar sus tributos, los cuales les habían de traer por lo menos cada mes. Asimismo con la misma abundancia instauró sacerdotes y ministros para los ídolos.

En tu honor se comenzó a edificar el Templo Mayor. El más rico y suntuoso que se podía tener en Tenochtitlan, donde se llevarían a cabo los sacrificios humanos para darte de beber, Sol-Huitzilopochtli.

Y así fue como habló Tlacaelel al pueblo: «Sacrifíquense esos hijos del Sol, que no faltarán hombres para estrenar el templo cuando esté del todo acabado, porque yo he pensado lo que hoy más se ha de hacer, y lo que se ha de venir a hacer tarde, vale más que se haga desde luego, porque no ha de estar atenido nuestro Dios a que se ofrezca ocasión de algún agravio para ir a la guerra, sino que se busque un mercado donde, como a tal mercado, acuda nuestro Dios con su ejército a comprar víctimas y gente que coma, y que cerca de aquí halle sus tortillas calientes cuando quiera y se le antoje comer, y que nuestras gentes y ejércitos acudan a estas ferias a comprar con su sangre y con la cabeza y con su corazón y vida las piedras preciosas y esmeraldas y rubíes y las plumas anchas y relumbrantes, largas y bien puestas, para el servicio del admirable Huitzilopochtli».

¿Fuiste tú, gran dios Portentoso, quien pidió a Tlacaelel que mandara una expedición en busca del antiguo Aztlan? El tlatoani Moctezuma Ilhuicamina así lo hizo: envió gente para que encontraran esa conexión con nuestro pasado. Muchos dicen que los enviados se confundieron y creyeron encontrar el remoto Aztlan; otros alegan que los emisarios mintieron, que era falso que hubieran encontrado allí las siete cuevas, y el antiguo Culhuacan junto a una grande laguna, donde aún vivía tu madre, Coatlicue. ¿Fue acaso cierto, Sol-Huitzilopochtli, que hablaron con ella? ¿Sería acaso una mentira? ¿Sería por esto que castigaste a tu pueblo con una hambruna, debida a una gran sequía en los años que hoy se cuentan como 1454-1456? ¿Qué provocó tu ira? ¿Por qué castigaste a tu pueblo? ¿Por qué permitiste que los pueblos enemigos lograran finalmente la derrota de Mexico-Tenochtitlan? ¿Qué pasó con el águila real? ¿Por qué ya no vuelan águilas sobre esta tierra?

XXI

COMO UNA CARTA AL AZAR, EL SACERDOTE ENVIADO por el arzobispo primado de México a la mansión de Gregorio Urquidi era elegido sin mayor ni menor consideración. La utilidad de su diligencia implicaba tal compromiso y disimulo, que contrario a lo que cualquiera pensaría, le daban un trato insignificante, el cual ni siquiera alcanzaba el ilustre título de operativo. Para el camuflaje desaparecieron el puesto de mensajero, con la excusa de que el último empleado solía abrir la paquetería antes de entregarla, y que incluso se había robado algunas chucherías. Establecido el escenario, a los sacerdotes novicios —todavía pequeños corderos devotos del credo que los había llevado al seminario— se les daban encomiendas tan simplonas como llevar un paquete a una escuela, o tan diplomáticas como entregar un documento en la Presidencia de la República.

Los encargos a la mansión de Gregorio Urquidi moraban entre los denominados sin importancia, como los donativos en especie de las Damas de la Caridad o de las monjas de algún convento. Según el teatrillo —o por lo menos lo que ellos debían creer— llevaban de todo menos dinero. Y si acaso en alguno de los sacerdotes enviados surgía la intención de indagar quién remitía dichos paquetes, se les destituía inmediatamente del cargo y se les enviaba a cualquier parroquia sin algún llamado de atención. Gregorio Urquidi estaba convencido de que entre menos ruido hicieran, mayor sería la probabilidad de que el dinero enviado al arzobispado llegara a salvo. Si bien era cierto que el pago de la franquicia de la Iglesia de los Hombres de Buena Fe debía ser por medio de depósito bancario, también era cierto que Gregorio Urquidi y Néstor Lavat habían decidido administrar el changarro por debajo de la mesa antes de entregar cuentas al Vaticano. La cuota por reportar un menor número de santuarios protestantes era precisamente lo que Urquidi le enviaba en efectivo cada semana: cuatro cajas de cartón llenas de ropa, y en el fondo una funda de almohada rellena de fajos de billetes.

Sin barajar las cartas, Néstor Lavat eligió a un sacerdote llamado Pedro Luis de la Concordia y Lama, ingenuo no por convicción, sino por un parco recorrido por una vida embrutecida por la simplonería heredada de tenerlo todo a manos llenas sin jamás haber siquiera cuestionado cómo y de dónde llegaban tantos privilegios. Había pasado toda su existencia en colegios católicos, donde aprendió que la vida clerical no era más que un peldaño cerca del paraíso, libre de cansancio y horarios laborales estridentes. Entonces decidió ser sacerdote por dos razones: complacer a su madre y a su abuela, y eludir el cansado trayecto por una universidad (en los seminarios nadie reprueba), para luego verse obligado a buscar un empleo redituable. Por un instante deseó locamente no entrar al seminario y seguir con su vida de parásito, pero volvió a su memoria la tarde escandalosa en que su padre lo amenazó con correrlo de la casa si no encendía el motor de su vida profesional. Era claro que mami no lo permitiría, pero él tampoco estaba dispuesto a llevar la cruz de tantos rapapolvos que prometían perpetuarse hasta el día de su muerte o el momento en que acatara sus exigencias. Cuando por fin dijo a mami que estaba dispuesto a complacerla, no lo hizo sólo para darle la noticia, sino para condicionarle —con unas palabras de súplica dignas de una nominación a algún premio de telenovela barata— que moviera sus influencias para que en cuanto saliera del seminario fuese ubicado en alguna parroquia cerca de su lujoso fraccionamiento, para así poder verla todos los días.

El arzobispo le aseguró a mami que así lo haría, y ella dejó sonriente sobre el escritorio un nada despreciable donativo. Pero a él se le olvidó cumplir con la misma facilidad con que había prometido, y mantuvo a su querubín como mensajero, lo cual no tenía nada contentos al inútil ni a su progenitora.

—Pedrito —dijo el arzobispo—, necesito que vayas a esta dirección.

Recibió la encomienda como quien es enviado a mediodía por las tortillas, y la llevó a cabo con la misma haraganería de siempre. Con una tranquilidad inmaculada encendió la camioneta Pathfinder del año que le asignaron, y manejó sin imaginar que nunca en su vida insípida un amanecer sería tan escabroso como ése en que fue enviado a la mansión de un desconocido para recoger quién sabe qué. Incluso se dio el tiempo de pararse en un Starbucks. Portar la camisa de cuello clerical le daba con frecuencia el privilegio de entrar a los establecimientos, consumir a manos llenas y esperar a que algún empleado, o el mismo gerente, lo exoneraran de cualquier deuda. Si acaso dicha oferta no llegaba, ultimaba con la máxima que lo liberaba de cargos: «Olvidé la cartera, voy al carro y vuelvo». «No se preocupe padrecito, la casa invita».

Con lo que no contaba aquel día era que el gerente era hijo de un judío sobreviviente de la Segunda Guerra Mundial y que cargaba, con la misma devoción que su kipá, una etiqueta en el rostro que divulgaba su ojeriza hacia los católicos, y aún más a sus líderes.

—Creo que olvidé la cartera en la camioneta —dijo con una sonrisa descarada, tras manosearse el pecho y las nalgas.

—Aquí lo esperamos —respondió el gerente y retiró del mostrador el vaso de capuchino y las tres donas en la bolsa de papel.

El cura recorrió la mirada entre la clientela y el personal esperando la tan común respuesta de «yo invito». Los empleados, todos jóvenes estudiantes, conocían claramente la tirria del gerente hacia los sacerdotes católicos y no les quedaba un grano de deseo por contradecirlo. El cliente que se encontraba justo detrás de él era ateo, y la señora que le seguía era católica, pero no lo suficiente para pagar su consumo. El hombre que se encontraba en una de las mesas se hallaba tan entretenido con su computadora portátil, que ni siquiera se percató de lo ocurrido.

—Ya vuelvo —sonrió, y salió con el decreto de jamás poner un pie en ese establecimiento.

Pero no estaba dispuesto a quedarse con el antojo: abordó la camioneta y manejó tranquilamente por la misma avenida, buscando con la mirada algún otro Starbucks, donde seguramente le tratarían mejor. Apenas si había recorrido dos kilómetros cuando un auto del ejército le cerró el paso. Un conductor detrás de la camioneta del sacerdote liberó un bullicioso reclamo presionando el claxon cuando se detuvo, pero al ver bajar a dos hombres vestidos de verde, una cobarde reflexión lo empujó a hacerse el desentendido girando el volante para esquivar el estancamiento vial. El sacerdote caviló que con el simple hecho de acreditarse como representante de la casa de Dios se le ofrecerían las más sumisas disculpas.

—Baje de la camioneta —le ordenó uno de los hombres.

Obedeció las instrucciones y se identificó como enviado del arzobispo primado de México, pero no le dieron tiempo siquiera de defender su destino a corto plazo con el amparo de algún documento o teléfono celular, y se le fueron encima con un par de golpes con el justificante de que tenían órdenes de llevarlo arrestado por tráfico de drogas.

—¡Es un error! —espetó el sacerdote empapado en sus temores—. ¡Permítanme hacer una llamada!

—Ya lo hará cuando lleguemos a los separos.

No bien acababa de decir esto el militar, cuando a los pies del sacerdote se formó un charco de orina.

—¡Qué puto me saliste, cabrón! —dijo el soldado y lo obligó a subirse al auto verde opaco.

Mientras tanto, el otro soldado abordó la camioneta, la manejó quitado de la pena y dio vuelta en el primer cruce donde ya lo esperaban Delfino y Saddam.

—Todo listo —dijo el soldado al bajar de la camioneta.

Con un peinado de raya en medio, una máscara de látex (elaborada y adherida por un profesional contratado por Endoque) que le achataba la nariz y le ensanchaba la barbilla, unos lentes, camisa de cuello clerical, pantalones negros y zapatos bien lustrados, el joven aprendiz no parecía, ni siquiera viéndolo de cerca, el mismo joven que acompañaba al detective para todos lados.

—Toma —dijo Endoque y le entregó una identificación falsa—, trata de no hablar mucho para que no se note el maquillaje.

—Ve con Dios, hijo mío —dijo Saddam sarcásticamente y fabricó una cruz en el aire con los dedos luego de abordar su vehículo.

—Espera —añadió el detective. Corrió a la camioneta, volvió con unas cobijas y las introdujo por la puerta trasera—. Para que se escondan las jóvenes.

El operativo no dependía sólo de la vistosidad de un disfraz, sino también de un plan de contingencia. En el peor de los escenarios, entrarían violentamente a la mansión de Urquidi para rescatar tanto a Saddam como a las dos mujeres que ahí esperaban. Evidentemente el plan emergente no serviría más que para una urgente consumación que desmoronaría el proyecto inicial.

Y aunque había elaborado un plan de contingencia —según Endoque, sólo por el vicio de seguir al pie de la letra las enseñanzas aprendidas en la academia de detectives— decía que no era de los que transitaba con el «por si acaso» en la boca. Afirmaba que desde el instante en que uno titubeaba, estaba condenado al fracaso.

También era cierto que en ocasiones sus palabras contradecían sus actos, pues aunque alardeaba de una seguridad inquebrantable, cargaba con un revólver bajo la axila... por si acaso. Por si acaso, abordó su Suburban —donde ya lo esperaba el Diablo con la lengua empapada— y siguió a cincuenta metros de distancia la camioneta que manejaba su aprendiz. Y por si acaso, también los acompañó un convoy de tres autos con vidrios polarizados con doce sujetos armados. Y también por si acaso, todos llevaban radios para comunicarse entre sí.

Perfectamente coordinados, se estacionaron en distintas posiciones, sin evidenciar su presencia, observando desde lejos con binoculares la entrada de la camioneta a la mansión de Gregorio Urquidi.

—Buenos días —dijo el joven aprendiz tras bajar el vidrio.

Los vigilantes escudriñaron la camioneta por fuera y, sin preocuparse por el interior, apuntaron las placas en una libreta maltratada.

—¿Tiene alguna identificación?

Saddam se identificó como enviado del arzobispo primado de México.

El guardia la recibió, fingió observar la foto por dos segundos, pues bien conocía la rutinaria llegada de los enviados del arzobispo, y sin más le permitió la entrada.

—Todo derecho —dijo el hombre sin dar mayores instrucciones.

Con un suspiro bien camuflado cerró la ventana de la camioneta, manejó entre un camino sombreado por árboles hasta llegar al frente de la mansión; rodeó una fuente estilo gótico, pasando justo frente a la puerta principal custodiada por dos guardias vestidos de traje, corbata y lentes oscuros; se siguió lentamente por el lado izquierdo de la mansión hasta llegar a las cocheras, donde se hallaban tres autos de lujo. Estacionó la camioneta en reversa y, con mucha discreción, por el retrovisor observó la cámara situada en la esquina, sobre la única puerta, que minutos más tarde se

abrió. Salió un hombre vestido de traje y corbata. Saddam
estuvo a un pelo de bajarse de la camioneta, pero el hombre
lo detuvo:

—No se baje —le dijo y caminó a la ventana del conductor—. En un momento le traigo el envío.

En cuanto el hombre cruzó la puerta, Saddam encendió
el cronómetro. Debía esperar dos minutos para presionar el
botón que congelaría la imagen de la cámara en el interior
de la cochera. Las centésimas de segundo se devoraban enlo-
quecidas unas a otras. Inesperadamente un jardinero apareció frente a la cochera con una escoba, o mejor dicho, un
escobón fabricado con ramas secas, y comenzó a barrer las
hojas que se suicidaban amarillentas cada atardecer. El cronómetro marcó un minuto, doce segundos, treinta y cuatro-
cinco-seis-siete-ocho-nueve centésimas. El jardinero parecía
no tener para cuando dar la siguiente barrida. Se tardaba dos
segundos cuarenta y siete centésimas en pasar su escobón de
la derecha a la izquierda, y cinco segundos, ochenta centésimas en dar un paso para el siguiente jalón. En cuanto el cronómetro marcó los dos minutos exactos, Saddam presionó el
botón que congelaría la imagen. Tenía entonces tres minutos
para aprovechar el instante, bajar rápidamente de la camioneta y quitar al jardinero de la escena.

—Señor —le dijo sin salir de la cochera—, ¿le puedo
pedir un favor?

—Dígame, padrecito —el jardinero dejó caer el escobón
y caminó hacia el aprendiz.

—¿Me podría regalar un vaso de agua?

—Sí, claro —el jardinero se dispuso a entrar por la
misma puerta por donde debían salir las mujeres.

—Pero no quiero molestar a los dueños de la casa —lo

detuvo en el instante—. No tiene otro lugar de donde pueda conseguirme agua.

—No es ninguna molesta —dijo el jardinero—, aquí está la cocina —y entró.

Saddam dirigió la mirada al cronómetro que marcó tres minutos dos segundos y ocho, nueve, diez, once centésimas. Le quedaban menos de dos minutos y las dos mujeres no aparecían. Volvió al asiento del conductor y esperó impaciente persiguiendo las centésimas. Observó obsesivamente por el retrovisor hasta que la puerta se abrió. Era el jardinero que caminaba pausadamente con un vaso de cristal lleno de agua.

—Gracias —dijo Saddam, augurando lo peor.

Con la más humilde intención de hacerle compañía al supuesto sacerdote, el jardinero permaneció dentro de la cochera. Saddam se bebió el agua de un trago y se lo entregó al jardinero. «No pasa nada», pensó, recordando las enseñanzas de su mentor.

—¿Quiere que le traiga otro vaso de agua?

—No se moleste.

El cronómetro marcó cuatro minutos con uno, dos, tres, cuatro centésimas. El jardinero no parecía tener intenciones de volver a la cocina ni a sus labores. En ese instante se volvió a abrir la puerta. La mujer que fungía como sirvienta se apresuró a hablar con el jardinero.

—Don Márgaro —sacó dinero y se lo entregó—, dice el patrón que vaya a la tienda por unas pastillas para el dolor de cabeza. ¡Pero que le apure! Dice que es urgente.

El jardinero obedeció y el cronómetro marcó cuatro minutos, treinta ocho segundos con setenta y cinco, seis, siete, ocho, nueve centésimas. La mujer regresó a la cocina y salió con Azucena. Las dos salieron con un carro de lavandería, con bolsas de tela tan llenas que se desbordaban por los lados. Saddam abrió la puerta trasera y echó las pesadas bolsas en la camioneta, mientras ellas entraron con rapidez y cerraron justo cuando el cronómetro marcó cuatro minutos, cincuenta y tres segundos con noventa y seis, siete, ocho, nueve centésimas. La cámara recuperó la imagen, las mujeres se escondieron bajo las cobijas y Saddam se pasó al asiento del conductor, esperanzado en que las cámaras no lograran grabar lo que ocurría dentro del vehículo. Permanecieron en silencio por un par de minutos más, y ahí mismo se reanudó la pesadilla de tener que esperar ya sin cronómetro el momento para salir del lugar.

Justo cuando el segundero mental del aprendiz parecía reventar, vio por el retrovisor que la puerta se abrió, y sin dar tiempo al interfecto bajó de la camioneta y se apresuró a abrir la ventana trasera.

—Yo lo subo —dijo Saddam.

El hombre le entregó la caja de cartón y agregó con indiferencia:

—También aquellas tres que están en el rincón.

Por un breve instante el aprendiz no supo cómo evadir aquello que podría ser una orden. Si obedecía, el hombre tendría tiempo para husmear en el interior de la camioneta. Si le inventaba cualquier excusa barata despertaría sospechas. Optó por salirse por la tangente con una broma.

—Un volado a ver quién las trae —y fingió una sonrisa.

El hombre cayó en la trampa y sonrió.

—Yo se la traigo, padre.

—Dios te lo pague.

El hombre caminó a la esquina y comenzó a cargar las

cajas llenas de ropa. Se las dio sin intrigarse por el interior del vehículo.

En cuanto la entrega se llevó a cabo, Saddam abordó la camioneta, la encendió y manejó a la salida sin mayor conflicto. Al cruzar la calle, el convoy los siguió. Delfino se adelantó y le hizo señas para que continuara manejando detrás de uno de los automóviles. Siguiendo las instrucciones, las mujeres permanecieron escondidas hasta llegar a la carretera libre México-Cuernavaca.

De pronto Delfino Endoque le hizo señas a Saddam para que se detuviera. En cuanto el aprendiz se orilló les indicó a las dos mujeres que ya estaban fuera de peligro.

—¿Cómo te llamas? —preguntó la mujer que se había hecho pasar por sirvienta en la mansión de Gregorio Urquidi.

—Saddam —respondió al verlas por el retrovisor y se quitó la máscara de látex.

—Yo me llamo Sonia.

—Y yo Azucena. Muchas gracias, que Dios te lo pague.

Sonia le disparó una mirada incómoda.

—¿Todavía tienes fe en tu dios después de todo lo que viviste con ese malnacido?

Una lágrima desmenuzó a Azucena.

—Vamos —dijo el detective al caminar a la Pathfinder—, no tenemos tiempo que perder. Suban a mi camioneta.

El grito que dio Azucena alarmó a todos.

—¡Me espantó! —dijo luego de azotar la puerta de la camioneta.

—No hace nada —dijo Delfino—. Diablo, atrás —el perro obedeció.

En cuanto abordaron, siguieron el camino a Cuernavaca, mientras los hombres que manejaban uno de los autos

—utilizando guantes de látex— se ocuparon de limpiar con desinfectante todo el interior de la camioneta para borrar las huellas digitales, quitando con una aspiradora portátil cualquier cabello o residuo que los delatara. Luego abrieron las cajas y sacaron la ropa. En una encontraron la funda de almohada llena de billetes, y en otra, un grueso paquete de documentos, el cual llevaron consigo.

El sacerdote Pedro Luis de la Concordia y Lama se encontraba embrutecido en el auto. Lo habían obligado a beberse dos litros de tequila. Lo bajaron del auto y lo llevaron cargando hasta la camioneta. Le metieron fajos de billetes hasta en los calzones y lo dejaron condenado a un destino incierto, pues para esa hora ya sería posible que el arzobispo se percatara del retraso del sacerdote, le informara a Urquidi y reportara la desaparición de la camioneta, la cual encontrarían por medio del sistema de seguridad por vía satelital.

Y para cuando eso ocurrió el convoy ya se hallaba en una casa afuera de Cuernavaca, cuyas dimensiones no le envidiaban siquiera un centímetro a la mansión de Gregorio Urquidi. Lo que no podía presumir era buen gusto. El adefesio arquitectónico se encontraba en un rancho resguardado por una veintena de guaruras con botas vaqueras, gafas oscuras y metralletas AK-47.

Una transexual que rebasaba los cincuenta y tantos años los recibió a la entrada de la casa.

—Hola, me llamo Soraya. Síganme.

La entrada tenía un lobby enorme con paredes pintadas de un verde fosforescente de seis metros de altura que sostenían un domo de cristal. A los lados se encontraban dos escaleras redondas que se unían en un pasillo del segundo piso. Caminaron por el centro y cruzaron por debajo del pasillo que unía las escaleras, hasta llegar a la sala donde los esperaba una mujer de belleza añeja.

—Finalmente nos conocemos —dijo y dirigió la mirada al Diablo, que se encontraba a un lado del detective.

Delfino Endoque y ella habían tenido contacto sólo por teléfono.

—Me llamo Carolina Gaitán, alias la Güija —saludó a Saddam y a la joven que habían rescatado—. Tú debes ser Azucena.

—Señora, no sabe cuánto se lo agradezco.

Carolina Gaitán sonrió. Saddam tenía la mirada clavada en un tigre de bengala blanco disecado.

—Era de Norberto —comentó Carolina—. Lo tuvo desde que era un cachorro. Lo quería tanto que antes de morir mandó disecarlo.

—¿Y de qué murió? —preguntó Saddam.

—Lo sacrificamos, ¿qué no?

—No entiendo.

—Norberto dejó establecido en su testamento que cuando él muriera sacrificáramos a Coco.

—¿Coco?

—Sí, le decía el Coco, porque era blanco como la coca, ¿qué no? Lo que Norberto jamás imaginó era que un día el Coco se daría cuenta, eso digo yo, de que lo quería sacrificar, entonces a qué ni se imaginan: el pinche tigre se lo quiso cenar. Yo siempre le dije a Norberto que no se metiera a su jaula, que un día el pinche gato lo iba a lastimar. ¿Pero ustedes creen que me hizo caso? ¡No! El viejo a sus ochenta y siete años seguía entrando a la jaula para darle de comer y acariciarlo. Ya una vez lo había lastimado, ¿qué no? Cuando tenía un año de nacido le dio un rasguño en la cara, por lo cual le comenzaron a llamar Norberto «el Rasguñado» Heredia Cisneros, ¿qué no?

—¿Y cuándo murió el señor Heredia Cisneros?

—Oye Delfino, tu muchachito hace muchas preguntas, ¿qué no?

Delfino alzo los hombros. El Diablo se encontraba sentado a su lado.

—Te contaré —respondió Carolina Gaitán, y se sentó en uno de los sillones en dirección a la chimenea y el tigre de bengala—. Sólo porque me caes bien, ¿qué no? Pero primero que nos traigan unos tequilas. ¿O qué, tienen prisa?

El eco emitido por varios pares de botas vaqueras en la entrada anunció la llegada de los hombres que habían limpiado la camioneta, y puesto al sacerdote como presunto culpable del robo.

—Ya quedó listo, patrona —uno de ellos le entregó el grueso paquete de documentos a Carolina Gaitán, quien los recibió con una sonrisa soberbia.

—Ya nos chingamos a este cabrón —dijo tras hojear los documentos. Luego dirigió la mirada a Sonia—. Eres una chingona, *mija*.

Todos seguían de pie, observando la horrible decoración de la casa.

—Pues siéntense.

Delfino y Saddam se sentaron en un sofá que desentonaba con todos los demás y daba a un ventanal monumental, por el cual se podía ver una alberca en medio de un jardín, a la vista de sus ojos, interminable. Azucena y Soraya se sentaron en el otro extremo, desde donde podían observar el pasillo del segundo piso que daba a las habitaciones. Sonia se despidió con la excusa de que requería darse un baño.

—Sí, mija —respondió la Güija—. Nada más pídele a Flor que nos traiga unos tequilitas.

Minutos más tarde entró una mujer cuyas dimensiones llamaron la atención de Saddam, Delfino y Azucena. Flor seguía siendo tan grande y voluptuosa, tan masculina y femenina, tan bella y horrorosa, como la había conocido Carolina Gaitán treinta y tantos años atrás. A simple vista era todo un aprieto inferir si lo que había dentro de tan extraño cuerpo era una mujer muy masculina, o un hombre nada femenino. Pero había que tratarla tan sólo unos minutos para concluir que una de las mujeres más dulces que se podían conocer, habitaba en un cuerpo que seguramente la naturaleza le había entregado por equivocación. Soraya, por su parte, no dejaba suspiro para la duda. Si bien la voluptuosidad de sus senos artificiales, las curvas cinceladas de su cintura, la carnosidad atestada de silicón de sus nalgas y las piernas confeccionadas en horas excesivas de gimnasio engañaban, incluso excitaban a cualquiera, sus rasgos faciales y el timbre de su voz atropelladamente fingido, evidenciaban una masculinidad inconfundible.

—No te vayas, mija —dijo la Güija a Flor, justo cuando ésta se disponía a retirarse—, quédate a platicar. Siéntate ahí junto a Soraya.

Carolina se había convertido en una mujer amante de las tertulias. El aislamiento en que vivía la asfixiaba tanto, que cuando recibía visitas los cautivaba sin más intenciones que las de conservar aquellas amistades que tanto añoraba y que había perdido con el largo y lerdo paso de los años. Mas no por ello era ingenua, se había transformado en la mujer más astuta que se podía conocer por aquellos rumbos. Tenía colmillo para distinguir a distancia quiénes volaban sobre su cabeza como aves de rapiña, y quiénes la miraban con pestañazos de francotirador.

Ya no era la misma desde aquel recóndito instante en que decidió escapar de las garras del Greñudo Suárez. Llegar al peldaño más alto le había costado, quizá no un ojo de la cara, pero sí toda una vida. Tuvo que gastar sus oídos en calcar nombres en la memoria. Cualquiera de ellos le serviría algún día. Y cual auditora implacable, logró fiscalizar mentalmente las nóminas y organigramas del narcotráfico nacional, entre los cuales resaltó —en una hoja de papel que le dio un desconocido— el nombre de un tal Norberto Heredia Cisneros. Lo recordó como el primer beso, como la primera mirada de amor, como los ojos de un dios inalcanzable, por la simple y sencilla razón de que era el peor enemigo del Greñudo Suárez.

Sin siquiera preguntarle qué le había hecho, o qué se habían hecho entre sí, descubrió congelada tras las puertas, o simulando un profundo sueño, que el Curandero, antiguo patrón del Greñudo Suárez, había sido empleado de Norberto y que había quebrantado los códigos de lealtad, creando sus propias rutas de distribución. El discípulo le había dado una cachetada a su maestro sin imaginar que a una vuelta de tuerca su alumno le enterraría una daga por la espalda. Evidentemente sus códigos, quizá por ser mexicanos, eran como las leyes nacionales: hechas para romperse.

Y si ése era el caso, Carolina Gaitán no tenía motivos para sentirse traidora. Primero, porque jamás había pactado con saliva ni con sangre siquiera un gramo de lealtad; y otra, porque quien denigra no puede proclamarse traicionado. Me escupes, te escupo. ¿Es venganza? No. Es un escupitajo en defensa propia. ¿O qué no?

A nada le temía más que a amanecer un día muerta sin haber lanzado el tan ansiado salivazo en defensa propia. Y por ello, decidió salir con el único nombre, tatuado en el recuerdo, que le salvaría la vida, quizá tras hundirla en el fango para corroborar la nada, pero muy mencionada, lealtad. Y por el puro placer de saber que algún día aquel gargajo reservado en la carabina de sus rencores taladraría el corazón del Greñudo Suárez, se entregó a los brazos de Norberto «el Rasguñado» Heredia Cisneros.

Pero antes de eso estuvo a merced del destino, deambulando por las calles, pues llegar a él no fue nada fácil, y lograr entrar en la jauría de sus putas fue aún más complicado. A Carolina se le iluminaron los ojos cuando encontró en su camino a Flor y Soraya caminando hacia ella, y le brotó una sonrisa al escuchar que no lo conocían pero que sí sabían quién la podría llevar. Encontrar a ese alguien tomó lo que tarda un amanecer en resucitar.

Llegaron a una casa de lujo en las afueras de la ciudad. El interior tenía huipiles, sombreros charros, chales, banderas mexicanas y fotografías de Pedro Infante, Jorge Negrete, Miguel Aceves Mejía, Luis Aguilar y muchas otras colgadas en las paredes. Las damiselas que engolosinaban a la clientela llevaban puestas zapatillas de tacón, vestidos bañados de decoraciones, crinolina, chales y sombreros charros.

—*Tás* muy madreada, mija —le dijo la matrona, a quien llamaban «la Coronela», con los labios encogidos y moviendo la cabeza de izquierda a derecha—. ¿Pos quién te estaba cogiendo? Pinches salvajes pendejos que no saben que una nalga se tiene que cuidar como el oro negro. Si lo quemas, ya no sirve. Y a todo esto, ¿por qué quieres que te lleve con Cisneros?

Su corazón aún no estaba especializado en la mentira y comenzó a escupir desatinos. Y siendo la Coronela tan experimentada en el reclutamiento de putas, le sacó la verdad en un dos por tres. Si acaso alguien en alguna ocasión llegó a pensar que aquella zorra vieja le ayudó a Carolina a entrar a la casa de Norberto Heredia Cisneros porque se sintió conmovida por el relato, está equivocado. No lo hizo ni por feminismo, ni por rencores sazonados, ni por humanismo, sino simple y sencillamente por negocio. Encontró en el rasguñado cuerpo de Carolina Gaitán una minita de oro. Caviló que con una buena talacha y una luz tenue nadie se percataría de los escombros del maltrato.

—No quiero ser una más de sus putas —agregó Carolina—. Quiero ser su mujer.

—No, pues sí que estás tirándole a lo grande. Pero no creas que me espanto. Aunque te va a costar más de lo que imaginas —le dijo la Coronela.

—No me importa —respondió Carolina.

—Pero a mí sí. Así que no lo olvides. Y si me traicionas, suelto toda la sopa.

Hecho el contrato, la entrenó en los malabares del sexo fingido, le mostró el catálogo de debilidades del interfecto y la llevó ella misma, como quien carga una alhaja exquisita frente al joyero, pero no se la entregó a la primera ni a la segunda ni a la décima visita. Se la presumió y la hizo inalcanzable. Cuando por fin Norberto Heredia Cisneros la tuvo en su lecho, todo quedó en manos de Carolina Gaitán.

Apenas si había logrado huir del encarcelamiento en que la tenía el Greñudo Suárez, cuando ella sola se enjauló entre los brazos de Norberto «el Rasguñado» Heredia Cisneros. Pero a esta segunda prisión llegó con la elegante y bien calculada intención de gobernar para jamás ser manipulada, y mucho menos denigrada. Y más aún, con el firme propósito de algún día, ahora vislumbrante a la vuelta de la esquina, cobrarles a Gregorio Urquidi y al Greñudo Suárez todas aquellas golpizas y violaciones.

La sed de venganza, aquella tenaz zorrilla que se obsesionara en apestarle tantos y tan solitarios amaneceres, finalmente le aseguraba que todo estaba en su lugar y que pronto comenzaría a cambiarle los aromas. Por el momento, si acaso había que buscar razones para presumir que su vida había mejorado, ya no tenía que soportar sudores ni tufos, ni gemir con las piernas al aire con la actuada efusión que las putas de esquina apenas si resisten. Aquellos húmedos combates habían sido el adiestramiento para la batalla final.

Heredia Cisneros se había idiotizado tanto con sus besos, que para evitar que alguno de sus enemigos intentara arrebatársela, la mantuvo en absoluto anonimato. Nadie supo jamás que Carolina Gaitán era la esposa del Rasguñado y que le heredó el poder total de su territorio. Hubo rumores de que se trataba de una modelo extranjera; especulaciones sobre su nombre; se crearon mitos con respecto a su pasado. Pero como la Coronela ya había muerto, y Soraya y Flor jamás dieron siquiera una pista, la identidad de la esposa de Heredia quedó en total secreto. Ni una sola foto se logró conseguir. Tras la muerte de Norberto, corrió la voz como torbellino por todos los rincones del país. Se aseguró de que era mentira la existencia de dicha viuda. Surgieron traidores que intentaron alzar su pequeño changarro, pero en menos de lo que pretendían vender un gramo de cocaína, llegaba a ellos la fuerza implacable de la Güija.

—La misma que viste y calza —le dijo a Saddam en

aquella tertulia—. Yo, Carolina «la Güija» Gaitán, fui quien
vendió las cabezas de Eulalio Valladares Lasso, ¿qué no?

Los Tigres del Norte cantaban: *Allá en la mesa del rincón,*
les pido por favor que lleven la botella... Quiero estar solo, ahí
con mi dolor...

—Yo fui quien hizo público que era miembro del cár-
tel del Greñudo Suárez. Yo le cerré el paso a la presidencia,
¿qué no? Yo misma logré que lo metieran a la cárcel. Y si no
mataron al Greñudo Suárez en medio de la balacera el día en
que los arrestaron, fue porque así lo ordené. Y ese mismo día
hice que le dieran un número a Gregorio Urquidi para que
se comunicara conmigo. ¿Y qué creen? Que el muy cabrón
todavía me dijo por teléfono: «Habla el papá de los polli-
tos». ¡Pendejo! Claro que le eché el rollo de los códigos y
todas esas falsedades. Bien clarito tengo aquí en la cabeza
—se golpeó la sien con el dedo índice— lo que le dije: «Se los
advertimos, tenemos un código: no vender droga en el país,
no cometer crímenes que incluyan secuestros, violaciones,
pederastia ni pornografía infantil. Ustedes no lo cumplieron.
Y todavía se hizo el desentendido». Pero seguí hablando: «El
Greñudo Suárez estaba obligando a los vendedores de piratería a vender droga en el país. Están llenando las escuelas
de droga. Así es nuestro código: crimen sin víctimas. Toda la
droga que quieras cultivar para exportar la tenemos permi-
tida, pero el mercado nacional no está autorizado».

—¿Y es cierto lo del código? —preguntó Saddam.

—Ah qué chamaco tan preguntón —sonrió la Güija con
el caballito de tequila cerca de los labios—. Si no tuviéramos
un mismo objetivo en mente, créeme que ya te habría mandado a chingar a tu madre. Pero para que te nutras te seguiré
contando: Norberto sí creía en los códigos, ¿qué no? Era de

doble moral. Lo hizo cumplir por muchos años. Hasta que el Curandero y el Greñudo Suárez comenzaron a vender droga en el país. Yo seguí con sus códigos, no tanto por creer en ellos sino por mantener el mismo orden, ¿qué no? Si cambiaba me iban a perder el respeto. En lo que sí no estaba de acuerdo, era en eso de la pornografía infantil y sus violaciones a mujeres. Mira que yo fui su víctima mucho tiempo.

Ahí mismo comprendió Azucena, muda en el sillón, el motivo por el cual la Güija había invertido tanto esfuerzo en salvarla sin siquiera conocerla.

—¿Y por qué dejó libre a Gregorio Urquidi?

—Porque a él no lo puedo meter a la cárcel. Estás muy verde, chamaco. No tienes idea de cómo se mueve el mundo. Es más, ni te vayas tan lejos: este país. Te puedo dar cien nombres y con eso basta para mover los hilos de una nación. Aquí se trata de ver quién tiene más canicas. No importa a lo que te dediques. Puedes ser un empresario honorable, un político, un religioso o un narco. Aquí no hay democracia. Al poderoso no lo eligen, él solito llega, le rompe la madre a quien tenga que quitar y se sienta en el trono. Ya se verá luego quién lo baja de las greñas, ¿qué no? No me digas que tú eres de esos que se tragan los cuentos, o mejor dicho, las *verdades históricas*.

»Esto está hecho un infierno... Un verdadero desmadre... No justifico a nadie. Tamaulipas está lleno de secuestros, invasiones de predios, renta de taxis, cobro de cuotas a comerciantes. Así como lo oyes, chamaco, obligan a los vendedores a comprar su mercancía: pollo, carne de res, verduras. Al Capone era un santo comparado con estos cabrones. En Monterrey la cosa no cambia: han caído jueces, políticos, periodistas, policías, militares. Chihuahua... pobre ciudad, ¿qué no?, hundida en la mierda. Coahuila y Durango, víctimas de los cárteles. Ahí donde vivían los meros cabrones, ahora es campo de batalla entre ellos y los de la letra. Ni se diga de Zacatecas, donde oficialmente no pasa nada.

»¿Qué te puedo decir de Michoacán, donde se llevaron a cabo las primeras decapitaciones? A Guadalajara se la disputan los seis cárteles más violentos. El Estado de México es el dominio de los Primos. Qué más quieres que te diga: Xalapa, Tabasco, Campeche, todo México. ¿Y qué tal Acapulco? Ahí están las casas de descanso, ¿qué no? Y en Yucatán, los Intocables. ¿Cuál es la diferencia entre un narcotraficante y un político? Un político mata con el fuero que le da la ley.

»Como ejemplo el genocidio de 1968. Un caso más cercano, el 22 de diciembre de 1997 a las once y media de la mañana cuarenta y cinco tzotziles fueron masacrados en Acteal, municipio de San Pedro Chenalhó, como resultado de la incursión militar en la zona zapatista de los Altos de Chiapas. Los atacantes, miembros del grupo paramilitar priista Máscara Roja, utilizaron fusiles AK-47 y M-16 y balas expansivas. Cuentan que hacían bulla, se reían, hablaban entre ellos, "hay que acabar con la semilla", decían. Desvistieron a las mujeres muertas y les cortaron los pechos, a una le metieron un palo entre las piernas y a las embarazadas les abrieron y sacaron a sus hijitos y jugueteaban con ellos, los aventaban de machete en machete. Después se fueron, según el relato de una sobreviviente llamada Micaela, que tenía once años en el momento de la masacre, en el libro *La otra palabra. Mujeres y violencia en Chiapas: antes y después de Acteal.*

»No olvides el caso de San Salvador Atenco, en 2006, donde la presidencia pretendía construir el aeropuerto de la ciudad de México, para lo cual intentó robarles sus tierras pagándoles siete pesos por metro cuadrado. La gente reaccionó marchando a la ciudad de México con machetes, donde se armaron los chingadazos, ¿qué no? Y luego tomaron las instalaciones para exigir hablar con alguien de mayor rango, ¡ajá! Toma, los acusaron de secuestrar a cinco funcionarios de la Secretaría de Educación del gobierno mexiquense. Ya te imaginarás el enfrentamiento entre la población y los policías. Hubo tortura y violaciones a hombres y mujeres por parte de las autoridades. Hubo presos político condenados hasta ciento doce años de prisión.

»¿Y qué tal el caso de las indígenas queretanas Alberta Alcántara Juan, Teresa González Cornelio y Jacinta Francisco Marcial, que fueron acusadas de secuestrar a seis agentes federales en marzo de 2006? Una vez más queda evidente que los berrinches de quienes tienen fuero rebasan a los de nosotros, los criminales con credenciales. Cuídate de esos cínicos que te prometen la gloria en campaña y te entregan el infierno mientras tienen vida política. Ahí te va lo de las indígenas. Resulta que ellas vendían piratería en un tianguis, entonces llegaron los policías sin uniformes ni identificaciones, según ellos en un operativo, el cual generó protestas de los comerciantes. El resto ya lo sabes: no pudieron con ellos, y como revancha, arrestaron a quien menos se pudieron defender y las acusaron de secuestrar federales.

»Y no sólo el narco y las autoridades acribillan. También hay empresarios que matan al pueblo de hambre. Ésos no se ensucian las manos. Ellos invierten su dinerito en el narco o en las mafias. Pagan a los políticos para que envíen granaderos, para que agilicen trámites o vacíen un predio. Viven en Interlomas, en Estados Unidos o en Europa, mientras sus empleados reciben miserias. Y les dan dinero porque ya no existen las tiendas de raya. Muchos de los empresarios de hoy son los hijos y nietos de los millonarios exiliados de los países encerrados en la Segunda Guerra Mundial, gente que mendigaba por asilo político y ahora se toma fotos en los foros mundiales; también son los bisnietos de los hacendados del Porfiriato.

»Y de los religiosos, ya debes saberlo: acribillan las mentes populares. Les llenan las cabezas con mierda. Antes de la Conquista los mantuvieron idiotizados para que no leyeran, luego los envenenaron para que ellos mismos se levantaran en armas en contra del virrey. La Iglesia católica hizo la independencia para que no cayera el país en manos de Napoleón. Y ellos mismos financiaron guerras para acabar con los liberales, para evitar la reforma, para quitar a Porfirio Díaz, para acabar con Obregón y Calles con esa estúpida guerra cristera. Y actualmente lo siguen haciendo por medio de sus programas de televisión llenos de imágenes cristianas. En todas las telenovelas encuentras una virgen de Guadalupe, un crucifijo, un sacerdote salvamundos, salvapueblitos, salvalmashuecas.

»Tengo palancas en todas partes, ¿qué no?, pero ninguno se atrevió a ponerle un dedo encima a Gregorio Urquidi, el mero mero de la Iglesia católica mexicana. Bueno, hasta entonces, porque ahora ya tiene a más de uno hasta el copete. No te espantes de que pronto el mismo arzobispo le dé la puñalada. Así como hicieron con Marcial Maciel. Claro, ya después de muerto admitieron que era un hijo de la chingada, pederasta hipócrita y quién sabe qué tanto. Y como Urquidi, según la versión oficial, ya está tres metros bajo tierra, a Néstor Lavat le será más fácil quitarse aquella espinita. Pero yo

no estoy dispuesta a esperar a que ese maldito se muera lite-
ralmente. Yo misma quiero cobrarme todas las que me hizo.
Y por el momento ya evité que su candidato, el pendejo de
Eulalio, llegara a la presidencia. Imagínate qué hubiera
pasado si Urquidi estuviera detrás de la silla presidencial.

—¿Entonces Gregorio Urquidi ni siquiera se imagina
quién es usted?

—Ni él ni Suárez.

—¿Sabe quién quiso matar al Greñudo en el penal? —preguntó Saddam.

—Urquidi —respondió la Güija y le dio un trago a su
tequila—. Y Suárez lo sabía. Por eso mismo ordenó que lo
sacaran esa misma noche. Pero no se preocupen. Ya no nos
falta mucho para agarrarlos del pescuezo, ¿qué no?

XXII

Tetzahuitl Huitzilopochtli, señor de los aztecas, dios de la Guerra, señor del Sol, ¿dónde estás? Mira que en los tiempos y años que tu gente estuvo caminando en búsqueda de la tierra prometida fue de mucho penar. Esto debes saber: ellos vinieron de Aztlan, el Asiento de la Garza, pues era ahí donde abundaban dichas aves tan hermosas y elegantes. De ellos eres dios, de ellos eres adoración, para ellos naciste, por ellos viviste, y con ellos debes volver, Huitzilopochtli. Has de saber que su tierra ahora ha perdido la esencia. Ya no son ni el rescoldo de lo que dejaste hace tantos años. Fueron carne de carroña, víctimas de sus vasallos, traicionados, olvidados, asesinados por extranjeros, mutilados, engañados y violadas sus mujeres. ¡Oh, gran dios de la Guerra, ¿qué ha sido de tu pueblo mexica?!

De aquel Mexico-Tenochtitlan nada queda. Ahora sólo unos cuantos buscan en sus escombros el recuerdo de lo que fue, una evidencia de su grandeza, las piedras que labraron en memoria de los dioses. Oh, Huitzilopochtli, a donde llegaron los de Aztlan, aquellas siete tribus nahuatlacas: mexicas, tlatelolcas, tlahuicas, xochimilcas, chalcas, tepanecas, y tlaxcaltecas, ya de ellos nada queda.

Poco saben tus descendientes de aquellos que llegaron huyendo desbaratados. Tú, Huitzilopochtli, les convenciste, les diste la orientación, les guiaste para que buscaran la señal, la revelación del águila, el lugar indicado donde fundar tu ciudad. Tú les hablaste y les indicaste que buscaran el águila devorando la serpiente sobre un tunal. Y así, Huitzilopochtli, gran dios de la Guerra, tus hombres fieles anduvieron por muchas tierras, montes, lagunas y ríos hasta llegar al islote. El día que llegaron a la laguna, esa que hoy ha desaparecido, había un sitio de tierra, y en él una peña y encima de ella un gran tunal. Fue por ti, gran dios de la Guerra, que cuando llegaron en sus balsas de caña encontraron en el sitio la piedra y el tunal enterrado en un hormiguero. Grande fue su alegría al encontrar eso que tanto les habías prometido, Huitzilopochtli: el águila comiendo y despedazando la culebra.

Para ti, dios de la Guerra. Obedeciéndote, dios Portentoso. Para complacerte, dios del Sol. En tu honor, dios de los aztecas, adoptaron el apellido, las armas y divisas de Tenochtitlan.

¿Y ahora qué queda de aquel lugar? No supieron defender la tierra. Se hicieron de enemigos entre ellos mismos. Llegaron los extranjeros y se acabó el imperio. Pero no fueron los extranjeros, sino los mismos que habían habitado en los pueblos vecinos. Los mexicas no supieron hacerse querer, por el contrario, se ganaron el rencor de todos. ¿Y ahora? Parece que la historia no ha cambiado. A los chilangos, que son los que viven en este islote seco, son odiados en otras partes de lo que hoy llaman México.

La ciudad que era Tenochtitlan es hoy un cochinero. La gente que vive aquí está llena de corrupción. El valor de la palabra parece ser igual al del excremento. Todo se maneja por medio de engaños y fraudes. ¿Esto es lo que querías para tu pueblo, Huitzilopochtli?

México tiene muchas heridas que no se pueden borrar, ni se deben borrar ni mucho menos ignorar. Ayúdanos, Huitzilopochtli, a aprender de ellas, corregir, manifestar, dialogar, pensar en soluciones y tomar acciones. Hoy los tlatoque dicen ser elegidos por el pueblo, pero lo olvidan en cuanto llegan al trono. Urge hacer un proyecto de país, no un plan de sexenio. Debemos reconstruir nuestro sistema educativo, nuestro sistema político y jurídico, modificar nuestras creencias culturales, sociológicas y religiosas. Mexico-Tenochtitlan ya no existe, y lo que ahí se encuentra está al borde del barranco. Salvémoslo. Haz algo por él, Huitzilopochtli. Agoniza. Ya es tiempo de que dejemos de oír al patético grito de que todo está bien, de que todo está en orden.

¡Mentira!

¿Esto es lo que querías para tu pueblo, Huitzilopochtli?

XXIII

CUÁN PROFUNDO SERÍA EL DESCONCIERTO DE DIEGO Augusto Daza Ruiz, que al abrir los ojos se encontró patitieso cual efigie de barro frente a una ventana, y se preguntó dónde demonios estaba. Percibió un punzante olor a amonio. Recorrió la habitación con la mirada y encontró una cama individual.

—¿Qué hora es? —se cuestionó y buscó un reloj.

Notó la presencia de un desconocido en una de las camas. Pretendió identificarlo, estirando el cuello para lograr verle el rostro. Sin alcanzar su objetivo, volvió la mirada a la ventana, e inquirió por qué ésta tenía una protección metálica en el interior. Pese a que el desbarajuste de emociones menguaba lo evidente, comenzó a comprender dónde se encontraba.

—¿No vas a dormir, Kukulcán? —dijo el hombre acostado en la cama derecha.

«¿Kukulcán?». Daza frunció el ceño y buscó una razón para que aquel extraño le llamara de esa manera.

—¿Dónde estoy?

—En el loquero, cabrón, ya te lo dije.

De no haber registrado la voz de aquel hombre, a quien no necesitaba ver para reconocerlo, Diego Daza habría pensado que era una pesadilla. Quiso creer que aquello era una broma de muy mal gusto. No. No podría serlo, ¿o sí?

—¿En el...? —dijo, sin poder terminar lo que intentaba cuestionar.

—Sí, güey —el paciente asomó la mitad del rostro por un instante—. Tú eres Kukulcán y yo soy Huitzilopochtli —y se volvió a tapar.

Diego Daza se encontró con el rostro de su amigo, su gran compañero, Israel Ramos, y le respondió como tantas veces lo había hecho en aquellos años entrañables:

—No mames, pendejo.

Ramos se quitó las cobijas de la cara y se incorporó con asombro.

—¿Cómo me llamaste? —se puso de pie.

Daza se sorprendió aún más al corroborar que aquello no era una pesadilla. Ambos estaban internados en un hospital psiquiátrico.

—Disculpa —respondió abriendo los ojos y dando un par de pasos hacia atrás, creyendo por un santiamén que Israel era quien había perdido la cordura.

—¡No, repítelo! —Ramos lo siguió hasta acorralarlo en una esquina de la habitación.

—¿Qué? —arqueó las cejas.

—Eso que acabas de decir —Israel acercó su rostro a dos centímetros del de Daza.

—¿Qué?

—Me dijiste «no mames, pendejo» —sonrió.

—Ya te ofrecí disculpas, Israel, ahora explícame qué estamos haciendo aquí.

Ramos le dio la espalda, caminó hasta la puerta y comenzó a aporrearla con el puño.

—¡Doctora! —gritó sin dejar de golpear—. ¡Doctora! ¡Doctora!

—Lo siento, Israel —dijo Diego Daza, aterrorizado por la reacción.

Pronto llegó un par de enfermeros.

—¡Llamen a la doctora! —dijo Israel—. ¡Ya reaccionó! ¡Ya reaccionó! ¡Ya reaccionó!

—Tranquilo, tranquilo, ya pasó —dijo Melesio Méndez, uno de los enfermeros.

—¿Qué está pasando? —preguntó Daza.

—Nada, ve a tu cama —respondió Omar Frías.

—¡No, díganme qué está pasando, quiero una explicación!

Melesio Méndez sacó una jeringa y caminó hacia Israel Ramos, que seguía exclamando: «¡Ya reaccionó, llamen a la doctora Baamonde!».

—¿Qué ocurre, por qué nos tienen aquí? —preguntaba Daza mientras tanto.

—No hagas esto difícil —forcejeaban con Israel, que no se dejaba inyectar.

—¡No, quiero hablar con la doctora! —exigía.

Diego Daza corrió a la salida.

—¡Ya se salió el otro! —exclamó Omar Frías y Ramos perdió el conocimiento.

Era la primera vez que sedaban a Israel Ramos. Tenía seis meses fingiendo ser un paciente más, seis meses asegurándose que Diego Daza no fuese envenenado, seis meses en coalición con la doctora Baamonde, esperando que un día su amigo recuperara la razón, sin imaginar que justo esa mañana en que Diego había tocado fondo, la doctora no llegaría en su auxilio.

Al recuperarse de los efectos de los barbitúricos, encontró a Diego acostado en la cama. Ya se había acostumbrado a verlo dormido, o despierto, cual si se hallara en estado catatónico, y en el mejor de los casos, en comparación con los dos anteriores, divagando en su adoptada personalidad, porfiado en convencerlo con tintes de aventura jamás esperada, de que ambos eran dioses reencarnados. Si acaso Ramos llegaba a reír al escuchar los desatinos, también se llenaba de admiración al corroborar la exactitud con que su amigo narraba la historia. Incluso llegó a apuntar algunos datos, los cuales en ocasiones le daba secretamente a la doctora Baamonde, para que se las entregara a Delfino, quien a su vez cuestionaba a Gastón Peralta Moya la veracidad del dato. «Nada más cercano a los códices antiguos», llegó a responder el historiador. Pero aunque su amigo fuese un prodigio de memoria, o un merecedor al mérito de la arqueología mexicana, Ramos tenía por objetivo sacar a su amigo de la caverna de locura en que había decidido anidar. Pasaba horas escuchándolo sin expresar o preguntar más cuando decía ser Kukulcán, mencionándole acontecimientos de su vida cuando decía ser Diego Daza, y sin lograr nada aún, había persistido día y noche. Nunca en los tantos días que compartieron la celda en el psiquiátrico lo había visto tan lúcido como esa mañana en que lo escuchó decirle: «No mames, pendejo», y tuvo la certeza de que su amigo por fin se había resbalado de la tarima de desvaríos para caer en las gradas de la cordura. Al verlo perdido entre las ilaciones de los barbitúricos sufrió horas de tormento al pensar en la incertidumbre de su destino. Sólo deseaba dos cosas en ese momento: que al despertar siguiera conectado al enchufe de la cordura, y que la doctora Clementina Baamonde llegara lo más rápido posible. Lo segundo no ocurrió, pero lo primero se le cumplió justo al ver que Diego Daza se levantó estremecido.

—¡Un Mercedes Benz azul! —dijo.

—¿Qué?

—¡El hombre manejaba un Mercedes Benz azul!

—¿Quién? —preguntó Ramos, consciente de la respuesta, pero deseoso de corroborar que Daza por fin demostraba estar en su juicio.

—¡El hombre que Gregorio Urquidi mandó a Francia para que me asesinara manejaba un Mercedes Benz azul!

—Ya lo sabemos —cerró los párpados.

—¿Qué? —preguntó Diego.

—Sí —explicó Israel—, Delfino Endoque viajó a Francia y contactó a un detective, el cual nos ayudó a descubrir lo que me acabas de decir: Gregorio Urquidi mandó a ese hombre para que nos matara.

Daza resucitó una de las angustias más hondas de su estancia en Francia. Logró mantenerse lúcido mientras su amigo le contaba todo lo ocurrido en los últimos meses.

—Delfino contrató a una psiquiatra para que entrara a trabajar en este hospital, pues Urquidi también tiene un infiltrado. Por ella supimos que en ocasiones sólo te estaban inyectando medicamentos incorrectos. Entonces ella se ocupó de intercambiar los medicamentos y de darte el tratamiento personalmente. Los últimos días comenzaste a tener episodios de lucidez: me hablabas como si yo fuese

Huitzilopochtli, pero mencionabas cosas actuales, mostrabas mucha preocupación por la vida nacional.

—No lo recuerdo.

—¿Y a la doctora la recuerdas?

—Creo que sí —Daza se puso de pie—. No sé. Todo es tan confuso —se llevó las manos a la cabeza—. Recuerdo momentos en los que te veía a ti y a ella, pero algo me impedía hablar —se dirigió a la ventana—. Como si me encontrara en una burbuja en cuyo interior yo gritaba pero no me lograban escuchar. ¿Y dónde está?

—No lo sé. En la mañana, cuando reaccionaste, pedí que la llamaran pero no ha venido.

Lo que Ramos y Daza ignoraban era que desde la mañana anterior se le había negado la entrada a la doctora Baamonde. Y aunque Delfino había calculado volver ese mismo día, la Güija los mantuvo en su rancho hasta la madrugada.

—Ya debemos marcharnos —dijo Delfino Endoque en tres ocasiones.

Y tres veces la Güija le cuestionó cuál era su prisa.

—Urquidi descubrió que la doctora Clementina Baamonde es la infiltrada en el hospital psiquiátrico —explicó Delfino.

—Y también ya se ha de haber enterado de la fuga de Azucena y Sonia, ¿qué no? —respondió la Güija— Y seguro que va a pensar que fueron ustedes, porque de mí ni siquiera se las huele el cabrón. Pero no se preocupen, ya lo tenemos del pescuezo. Mañana te presentas en el loquero, como lo teníamos planeado. Y seguro que ahí va a estar esperándote, ¿qué no? ¿Cuál es tu prisa? Y si de prisas se trataba, la Güija era una experta en demorar aún más lo que tuviera pendiente. Si había esperado tantos años para vengarse de Gregorio

Urquidi, unos cuantos meses, semanas, días, horas, minutos, era lo de menos. Lo que le interesaba en esos momentos era disfrutar de la compañía de los invitados. Entonces continuó narrando todo lo que tuvo que soportar para llegar hasta donde estaba.

—¿Y por qué le llaman la Güija? —preguntó Saddam.

—Porque predice cuando alguien va a morir —respondió Flor—. Nunca le ha fallado.

—¿Usted da la orden? —preguntó Saddam.

—Muchas veces han pensado eso de mí, ¿qué no? —respondió Carolina Gaitán y le dio un trago a su tequila—. Pero así ya no tiene chiste que me llame la Güija. No, muchachito, simplemente se trata de ver lo que acontece a tu alrededor. La verdad es que abro la boca y digo: a ese *pelao* se lo van a echar esta semana, y mira que así ocurre, ¿qué no? Hay muchos pendejos que creen que pueden entrar al negocio y juntan su gente y tratan de agandallar el changarro. Antes esto era mucho más fácil, porque sólo exportábamos a los gringos, los meros meros consumidores, y sólo se trataba de llevarles la mercancía. Ahí 'ta, sírvete tú mismo, güerito. Pero desde que Suárez ingresó al *bisnes* le dio en la madre. Todos los demás quisieron entrarle. La producción rebasó la demanda y tuvieron que buscar dónde vender la mercancía para que no se les quedara, ¿qué no? ¿Y qué fue lo que tuvieron que hacer? Venderla en casa, donde es todavía más fácil. Le das dinero a éste y a aquél. Compras policías, soldados, diputados, senadores, gobernadores y todos contentos. El pedo está que unos quieren aquí y otros allá. Entonces ahora ahí los tienes dándose en la madre entre ellos mismos. Claro que conmigo ni se meten. Una, porque ni me conocen, y otra, porque me tienen miedo. Saben que me los chingo bien y bonito, ¿qué no?

Mientras aquella perorata tenía entretenido a Saddam, a Delfino Endoque comenzaba a fastidiarlo. Si bien estaba consciente de la podredumbre en la que se había inmiscuido, era con el único propósito de aliarse para ganarle la batalla a Gregorio Urquidi. Delfino había debatido toda su vida con la firme intención de encontrar al asesino de su familia. Cuando finalmente lo descubrió, abortó su sed de venganza y optó por alejarse; pero Urquidi parecía no estar satisfecho. Ahora, aunque ya no tenía deseos de revancha, sabía que debía entrar al ruedo y utilizar cualquier utensilio para dar la estocada final antes de que el toro lo embistiera. Al verse sentado ahí, escuchando a Carolina Gaitán presumir su grandeza como perica, empezaba a dudar de las decisiones que había tomado. ¿A dónde lo llevaría todo eso? ¿Qué ocurriría si lo que tenían planeado no funcionaba? Pese a que Delfino no admitía la duda en su razón, por primera vez aceptaba que tenía miedo. Le preocupó la insistencia con la que Saddam cuestionaba y la confianza con que aquella mujer respondía. ¿Qué pretendía al contarle tantas cosas? ¿Acaso esperaba que después de alcanzar su objetivo siguieran aliados? ¿Pensaba utilizarlos? ¿Cómo librarse de ella?

—Ya nos tenemos que ir —interrumpió y se puso de pie. El Diablo, que se encontraba acostado a sus pies, le siguió los pasos.

La Güija se cruzó de piernas, puso su caballito de tequila sobre la mesa y miró a Soraya y a Flor. El joven aprendiz permaneció en silencio. Delfino supo que aquella interrupción había incomodado a la Güija e intentó esquivar su mirada, tratando de ver lejos, lo más lejos posible para evitar el fogonazo de sus ojos, pues nadie osaba interrumpir a la mandamás así como así.

«¡Qué güevos, cabrón!», pensó uno de los guardias de botas vaqueras y gafas oscuras.

«¡Qué pendejo!», pensó el otro con la metralleta colgada del hombro.

—Qué pena —dijo la Güija—, pero si ya te quieres ir —se encogió de hombros—, ¿qué le puedo hacer?

¿Cómo se le responde a quien no sabe escuchar? ¿Qué excusa se le da a quien nadie le niega un saludo o le rechaza un tequila? Y si hubiese sido otra la situación, otra la persona, la Güija habría respondido con un hasta pronto, pero con la firme resolución de jamás recibirlos en su narcocasa, para ella la más hermosa, aunque fuese la más horrenda. Pero eran los señuelos y no se podía dar el lujo de despreciar aquella alianza.

—Mija, acompáñalos —le dijo a Soraya.

Soraya se puso de pie y los encaminó a la puerta.

—Por cierto —los detuvo la Güija—, ¿cuánto quieres por el perro?

—No está en venta —respondió Delfino.

—Todo está en venta —insistió la Güija.

—El Diablo no.

—¿Así se llama?

—Sí.

—Con más razón. Te ofrezco cinco mil dólares.

—Le ofrezco el doble por una de sus amigas —respondió Delfino.

—Pues si se quiere ir contigo, llévatela. ¿Cuál te gusta?

Delfino sonrió.

—Te propongo algo más —insistió la Güija—. Te ofrezco diez mil dólares, bajo mis condiciones: le pongo un plato de comida y tú sales sin llamarlo ni mirarlo. Si el perro se va contigo, es tuyo, y aun así te doy el dinero. Si se queda, me dejas el perro y no te pago ni un peso.

—Trato.

La Güija ordenó que le llevaran dicha cantidad y un plato de comida caliente para el canino, que pusieron en el piso. El Diablo olfateó el alimento, estuvo a punto de comer, pero de pronto notó que el detective caminó a la puerta sin decir una palabra. Sin moverse esperó un par de segundos, volvió la mirada a la comida, luego la dirigió a Delfino que ya se hallaba cerca de la puerta y lo siguió con apuro.

—Pinche perro —dijo la Güija, y sonriendo dio la orden para que le entregaran el dinero a Delfino, quien con una sonrisa se despidió—. Delfino —lo detuvo Carolina—, por lo menos deja que coma, tienes que premiar su lealtad, ¿qué no?

Luego de que el Diablo devoró una pechuga de pollo rostizado y un cuarto de kilo de arroz, el detective y su aprendiz salieron sonrientes y cargados de dólares camino a la Suburban. Si a la luz del día la narcomansión tenía tintes escabrosos, en medio de aquella oscura madrugada resultaba aún más cercano el camino a la salida del infierno. En cuanto abordaron la camioneta, Saddam le preguntó al detective por qué había aceptado el trato.

—Estaba seguro de que el Diablo no se iba a quedar con ella.

—¿Cómo lo sabías?

—Es mi perro —sonrió Delfino.

XXIV

EXISTEN PROFESIONES TAN POCO COMUNES COMO LA odontología marina y tan mal pagadas como la ingeniería textil. Coexisten oficios tan honorables como la carpintería, la tapicería y la plomería, que merecen mayor reconocimiento. Hay carreras que no merecen siquiera el mote, como la de modelo o deportista. ¿Puede acaso alguien que se pone un par de guantes o que corre detrás de una pelota o que sonríe en calzones (o sin calzones) frente a una cámara presumir que tiene una carrera? Hay empleos que casi nadie quiere, pero que resultan indispensables como recolectar basura, limpiar coladeras, levantar muertos de las calles, o dar servicio al cliente en una línea telefónica. Otros tienen la suerte de decir que tienen un trabajo, aunque no les cueste nada de trabajo, como ser diputado, y aun así ganar cantidades estratosféricas. Quedan las ocupaciones en las que el interfecto jamás está ocupado, como ser policía de banco o vigilante de alguna caseta. «Tú párate ahí y cuida». Y vigila, o dice que vigila, o cree que vigila, y si de vez en cuando cuida justo cuando llega el criminal y con él el momento de defender el lugar, resulta que el vigilante se ha descuidado y entonces no sabe qué hacer. Ni modo que grite «¡Auxilio! ¡Un ladrón!». Claro que no puede, o mejor dicho, no debe, así que mejor pretende hacerse el valiente, pero con la firme intención de salvar el pellejo, cueste lo que cueste. A fin de cuentas, por los dos mil pesos que recibe al mes no sacrificaría ni la uña del dedo gordo del pie. «Carajo. Faltaba más. A mí me contrataron para que cuidara, no para que me dejara matar. Para eso mejor le llamo a la policía».

Es por ello que no se meten en ocupaciones que demanden el uso de media neurona. Y si alguien pregunta algo, él responde: «No sé, usted es el vigilante». «Ah, eso yo no sé, a mí me contrataron para que vigilara». Uno puede darse de coscorrones tratando de hacerle entender a un vigilante la urgencia del momento, y éste al final responderá siempre con un «no sé». ¿Será cierto? ¿No estará exagerando quien cuenta esta historia? Quizá sí, y sólo esté generalizando para aliviarse de la rabieta que algunos de estos desocupados le han hecho pasar.

Podría ser, pero lo cierto es que quien estuvo al borde de romperle la cara a uno de estos dizque vigilantes fue Delfino Endoque. Apenas si había amanecido cuando se dirigió al departamento de la doctora Baamonde, quien lo recibió en bata de noche, con la melena desbarajustada y la cara que nadie conocía: la de Clementina sin maquillaje. De haber sido otra persona la que hubiese tocado a su timbre a las seis de la mañana, le habría hecho esperar por lo menos quince fríos minutos antes de abrir, pero tenía tres justas razones para dejarlo entrar sin antes pasarse la brocha del rímel: una, Delfino ya la había visto despeinada, desmaquillada y desnuda; dos, porque le urgía volver a la cama para aprovechar lo que le quedaba de sueño, y tres, porque aunque se apuraran, sabía que el vigilante de la entrada del hospital no los dejaría siquiera estacionar el auto antes de las nueve, con la única e inapelable respuesta de que el cambio de turno y la hora de visitas es hasta las nueve. Y si se ha llegado a pensar que éste fue el vigilante a quien Delfino estuvo a punto de golpear, se está en un error. En cuanto Clementina abrió la puerta, jaló de la mano al detective hasta la recámara y lo invitó a acurrucarse a su lado.

—Pero tenemos que ir al hospital.

—No nos van a dejar entrar hasta las nueve —respondió—, yo sé lo que te digo —y segundos más tarde volvió a su sueño.

La envidia tiene pies para patear y manos para sofocar a quien posee de lo que uno carece, pero de no ser porque disfrutó como un loco verla dormir, Delfino, quien sufría de insomnio, hubiese deseado zarandear a la doctora para que no lograra conciliar el sueño con tanta facilidad. También aprovechó esas dos horas para indagar visualmente en la intimidad de Clementina. La puerta abierta del armario le reveló que había docenas de vestidos mal colgados y cantidades de zapatos y botas de tacón revueltos. En el tocador abundaban cosméticos, perfumes, aretes, cadenas, brazaletes y todo tipo de ornamentos para el cabello. No había un solo retrato, lo cual llamó la atención del detective. Infirió que si no guardaba recuerdos familiares, era por un odio mutuo o un abandono imperdonable. Tampoco descartó la posibilidad de un difunto que al saludarla cada mañana a través del retrato, le reclamaría una y otra vez algún daño irreparable.

Aún no tenía una deducción completa del posible pasado

de aquella mujer, cuando de pronto el radio despertador se encendió automáticamente. Clementina Baamonde Rovira despertó y sin endosar un saludo se dirigió al baño. Delfino Endoque se puso de pie y caminó a la cocina, desde donde se escuchaba el agua que encharcaba la regadera. Husmeó con tranquilidad en la alacena, encontró unas piezas de pan dulce, y en el refrigerador halló huevos, queso, salsa, leche. Sonrió. Suficiente para el desayuno. Preparó café, mientras seguía observando el interior del departamento.

—Anoche te estuve esperando hasta las tres de la madrugada —dijo Clementina al llegar a la cocina en bata de baño y una toalla enrollada en la cabeza—. Caray, no imaginaba que supieras cocinar —se acercó a la sartén y olfateó los huevos revueltos con trozos de queso panela y bañados en salsa ranchera.

Una hora más tarde salieron del departamento con la tranquilidad que puede tener cualquiera que cree que su auto sigue donde lo dejó. Si Delfino tenía esa confianza, o creyó que debía tenerla, era porque supuestamente había vigilancia en aquellos departamentos. Generalmente la gente a la que le han robado un auto suele buscarlo en varias direcciones, con la esperanza de que exista la remota posibilidad de haberse equivocado al dejarlo más allá o más acá. Pero el detective no tenía duda de que había estacionado su camioneta justo frente al edificio donde se hallaba el departamento de la doctora. Absurdo creer que la estacionó en el edificio D si ella vivía en el F.

—¿Seguro que la dejó en el F? —cuestionó el vigilante.

—Sí.

—Pos yo no vi a nadie que saliera con su camioneta.

—¿Qué no se supone que usted está para vigilar?

—Pos sí, pero también tengo necesidades.

—¿Qué necesidades?

—No *mihaga* que le cuente lo *quihago* en el baño, señor.

—¿Entonces para qué sirve el pinche pase que me dio al entrar?

—Pos pa' tener un registro de la gente que entra, no pa' cuidar su carro. No es pa' que se ofenda, pero si se fija allá, en esa pared, tenemos un anuncio que dice: «No nos hacemos responsables por robo de autos». Entiéndame, yo sólo soy el vigilante, no soy aseguradora de autos. Imagínese si yo tuviera que hacerme responsable de todo lo que le pasa a los carros. ¡Son muchos, señor! Y yo qué se supone que debo hacer. Ni modo que les pague a todos los que les roban los tapones de las llantas o los faros. Ahora menos si les roban los carros. Entiéndame, gano dos mil pesos al mes.

—Maldito pendejo —avisó Delfino y se dispuso a dar un golpe certero en el rostro del vigilante que sin poder defenderse habría caído de nalgas, de no ser porque Clementina Baamonde se apresuró a detenerlo.

—No vale la pena —dijo tocándole el rostro—, tú mismo lo dijiste, es un pendejo.

Cualquier ciudadano común y corriente, o mejor dicho, sin las palancas correspondientes al flujo de la burocracia nacional, a la cantidad económica necesaria para agilizar el trámite de dar un simple aviso a las patrullas que circulan por la ciudad, habría tenido que establecer contacto con la aseguradora, si es que su auto estaba asegurado; luego de comprender y descubrir los inconvenientes de haber contratado ésa y no la otra, habría tenido que acudir al Ministerio Público para levantar un acta; y si hubiese corrido con suerte, habría concluido la maratónica travesía después de un par de horas, claro está, con las adecuadas propinas de por medio. Aunque finalmente nada de lo ya mencionado hubiese garantizado la recuperación del auto en cuestión. Sólo quienes tienen por conocido a un comandante Martínez, o la chequera apropiada para complacer a cada uno de los implicados en la averiguación logran, desafortunadamente para el resto, la recuperación inmediata.

—Comandante Martínez —dijo Delfino por el teléfono—. Habla el detective Delfino Endoque.

El vigilante palideció al escuchar que el dueño de la camioneta era nada más y nada menos que un detective de quién sabe dónde, pero que sonaba importante. Y todo parecía indicar que sí tenía las palancas, pues en cuestión de minutos llegó una patrulla de protección ciudadana, luego otra de tránsito y finalmente una de la PGR.

—De veras, yo no sé nada —aseguraba el vigilante en turno de los departamentos ubicados en avenida Universidad.

—Ya mejor dinos dónde está la camioneta —dijo uno de los oficiales frente al vigilante—, y sanseacabó, no la hagas de pedo.

—En serio, yo estaba en el baño.

—Mira, el señor es detective, y uno de los más chingones, además tiene influencias por todas partes. Te aseguro que hoy mismo encuentra la camioneta y tú no sales del tambo por lo menos en unos diez años. Mejor suelta la sopa. Sabemos que aquí se roban carros y casualmente siempre es cuando estás en turno.

—Creo que vi a un chavo...

—¡Creo mis güevos! Nos dices dónde está, o... ¡súbete! —lo subieron a la patrulla rumbo a los separos.

—¿Si les digo quién se roba los carros me dejan libre?

Y claro que salió libre esa misma noche, luego de la rigurosa calentada en los separos, veinte mil pesos para el *chesco* y un trato con los protectores de la ciudadanía a partir de entonces: cinco mil pesos por cada carro de más de diez años de antigüedad que se perdiera, diez mil por modelos recientes, y treinta mil por camionetas de lujo. «Y no intentes pasarte de lanza, porque aunque no te guste, uno en el sector todo lo ve, todo lo oye y de todo se entera».

De eso Delfino no se enteró, pues ni siquiera esperó a recuperar su camioneta. Se retiró con un confianzudo «ahí te encargo, luego voy por ella al Ministerio Público». Y para su suerte, al llegar al hospital psiquiátrico los recibió otro vigilante con la misma letanía de «yo no sé, sólo soy el vigilante».

—Quiero ver al doctor Humberto Rubén Fortanel —exigió Delfino parado en la banqueta.

—No se encuentra —respondió indiferente el vigilante desde el otro lado de la reja.

—Sí está, no te hagas pendejo —respondió el detective—. Avísale que Delfino Endoque lo está buscando.

Si bien las pulgas de Endoque no estaban para brincar en el petate, el vigilante tampoco estaba dispuesto a permitirle desplantes al individuo que exigía entrar a ver al doctor Humberto Rubén Fortanel. Quizá se habría mofado tras la reja luego de haberle impedido el ingreso, de no haber sido porque al escuchar el nombre y recordar las órdenes de Fortanel, se atragantó con su coraje y dejó pasar al furioso detective Delfino Endoque, no sin antes negarle rotundamente la entrada a la doctora Clementina Baamonde Rovira.

—Viene conmigo —insistió el detective.

—Lo siento, tengo órdenes de no permitirle pasar.

—¿Por qué?

—No sé, yo sólo soy el vigilante.

—Permítale entrar con el auto al estacionamiento.

—No puedo, tiene que esperar afuera.

Por lo menos de los insultos que Clementina le había escupido el día anterior, sí pudo vengarse. Delfino entró con la 45 bajo la axila. Para su sorpresa había dos hombres custodiando la entrada con detectores de metales, algo que no tenía el hospital hasta entonces.

—No puede pasar con el arma —dijo el guardia luego de revisarlo con el artefacto.

Delfino concluyó entonces que Gregorio Urquidi le tenía preparada una ratonera. Acomodó mentalmente la baraja de posibilidades. Todo llegaba a un mismo fin: Urquidi lo encerraría. ¿Y luego? ¿Pretendía dejarlo ahí por el resto de sus días como lo había hecho con Salomón Urquidi? Ya no importaba nada, estaba cansado, ambicioso de llegar al final, y se dirigió sin espera a la oficina del director del hospital, encontrándolo tranquilo con un cenicero de papel. Sin alzar la mirada, Fortanel sacó su cigarrillo arrugado, fingió encenderlo, inhaló el humo inexistente, y exhaló abultando los cachetes.

—¿En qué le puedo servir? —jugó con el cigarrillo entre los dedos.

—Vengo por Diego Daza e Israel Ramos —Delfino observó los documentos apilados en el lado derecho del escritorio, un monitor arcaico en el izquierdo, el librero lleno de adornos inútiles, los cajones de los archiveros entreabiertos y un montón de ropa en el sillón, que denunciaba la fatal soledad en que vivía el psiquiatra.

—¿Israel Ramos? No tenemos ningún paciente con ese nombre.

—Está en la habitación de Diego.

—Lamento decirle que está en un error. Yo tengo a un Armando Herrera en esa habitación, y está aquí por psicosis. No puedo dejar que usted se lo lleve. Y con respecto a Diego Daza, creo que eso tampoco sería posible.

—Tengo una orden del juez —dijo Delfino y puso las hojas en el escritorio.

El psiquiatra tomó su cigarrillo y observó los documentos, dudando de su legalidad.

—Pues tendré que enviárselo a nuestros representantes legales para poder entregarle al paciente. Por el momento lo único que le puedo ofrecer es permitirle ver a Diego Daza.

—Me parece bien.

—Adelante —Fortanel presumió una sonrisa sarcástica, se puso de pie y se dirigió a la puerta.

Cual si le hiciera los honores a un rey, Fortanel barrió el aire con la mano izquierda al cederle el paso a Delfino. Caminaron sin pronunciar una sola palabra hasta el piso donde se hallaban Diego e Israel. Justo al salir del elevador, se toparon con Omar Frías y Melesio Méndez, sentados aburridamente en unas bancas, como pasajeros en espera de su autobús. Con la mirada y un ligero cabeceo, el psiquiatra les ordenó que los escoltaran. Las luces de los pasillos se encontraban como siempre apagadas, pues según órdenes de Fortanel ahí no estaban en un supermercado, y por ello no era necesario tenerlas encendidas día y noche. «Con la luz que entra por la ventana basta». En el fondo del pasillo se escuchó el llanto de un paciente, mientras que por el otro extremo se oían los pasos de los cuatro individuos que no intercambiaban palabras. De pronto Fortanel se detuvo y Endoque no se dio el tiempo de imaginar que se habían detenido frente al cuarto de almohadas, justo el lugar menos indicado.

—Abre —le ordenó Fortanel a Omar Frías.

En cuanto obedecieron sus órdenes, se evidenció, pese a la oscuridad del interior, que el cuarto estaba vacío.

—Pase —le dijo el doctor.

—Aquí no hay nadie —respondió Endoque.

—Ahí está lo que busca —respondió Fortanel y disparó con los ojos una orden al par de enfermeros.

Como en un partido de futbol americano, los dos mastodontes taclearon al detective hacia el interior del cuarto. Delfino respondió con golpes, patadas, codazos, pero nada sirvió, ya que los enfermeros respondieron con la misma violencia. Fortanel dio un par de pasos hacia atrás sin decir palabra alguna. «¡Hijos de puta!», gritó Delfino. Lo derribaron. Mientras la enorme panza de Melesio Méndez le aplastaba las piernas a Delfino, Omar Frías le puso entre forcejeos una camisa de fuerza. Tras apretar el último de los broches, lo acostaron bocarriba. El detective se retorcía cual serpiente recién decapitada. Humberto Rubén Fortanel caminó pausadamente al interior del cuarto de almohadas y se agachó para hablar con Delfino.

—Comúnmente les damos barbitúricos a los pacientes que se resisten —Omar Frías seguía enganchado a las piernas de Delfino, mientras Melesio Méndez le prensaba del cuello—. Pero tengo órdenes de dejarlo despierto. «Hágalo que sufra», dijo este señor, cuyo nombre desconozco, pero que imagino que los odia a todos ustedes y bastante, porque bien pudo haber dado la orden de que matara a su amigo Daza desde hace mucho tiempo y no lo ha hecho. Creo que le gustan las venganzas lentas.

—No sabes la que te espera, pendejo —espetó Delfino henchido de rabia.

—Sí, un cheque con muchos ceros —sonrió Fortanel—. Ahí se los dejo para que se diviertan un rato —les dijo a los dos enfermeros y se dio media vuelta.

Apenas salió Humberto Rubén Fortanel del cuarto de almohadas, se encaminó a su oficina donde sin preámbulo abrió un cajón de su archivero, sacó una botella de vodka, se sirvió en un vaso desechable, le dio cuatro tragos seguidos, y comprobó que sus nervios no estaban para ajetreos como ésos. Le dio dos tragos más y apuntó la mirada al cajón de su escritorio, cual suicida que espera el instante preciso para sacar el arma y darse un tiro. Al abrirlo encontró una cajetilla de Delicados. Observó sus manos temblorosas. No pudo más: encendió un cigarrillo. Recargó la nuca en el respaldo de la silla ejecutiva y liberó el humo muy lentamente. Una vez más había fracasado en su intento por dejar de fumar. Sabía perfectamente que en cuanto encendiera el primero no habría manera de detenerse. Llevaba diez meses de martirio, fabricando ceniceros de papel, babeando el mismo cigarrillo arrugado, añorando el sabor en su boca, el aroma en su ropa y su cabello, la lujuria que sólo los adictos al tabaco conocen.

Tan demencial era aquel placer que se fumó en cadena tres cigarrillos. Cuando la última bocanada de humo se desintegró en el aire, Humberto Rubén Fortanel levantó el teléfono y marcó a Gregorio Urquidi, a quien justo en ese momento le brotó una sonrisa al escuchar que Delfino Endoque se encontraba en el cuarto de almohadas. Si bien las últimas horas habían cabrioleado en un remolino de ataques beligerantes por la huida de Azucena y la emboscada que le habían puesto al sacerdote Pedro Luis de la Concordia y

Lama, la noticia recibida en ese instante le compensaba con altos rendimientos el desvelo y el enfado.

Se detuvo por un instante a pensar en lo que haría a continuación. Ardía de ganas por acudir al hospital para patear a Delfino Endoque, escupirle en la cara, espetarle que finalmente les había ganado la partida. Pero también deseaba cobrarse lentamente aquella traición.

Abrió una botella de vino Donato D'Angelo, se sirvió una copa, encendió un Cohiba y brindó a solas. En ese momento uno de sus sirvientes tocó a la puerta.

—El arzobispo Néstor Lavat quiere hablar con usted.

—No escuché el teléfono.

—No. Llegó en este momento y lo espera en la sala.

Puso los codos sobre el escritorio, arrugó los labios y le dio un trago a su copa de vino. No lo esperaba y lo que menos deseaba en ese instante era darle cuentas de lo ocurrido con el sacerdote De la Concordia y Lama.

—Dile que en un momento estoy con él —respondió, puso el puro en el cenicero y se dirigió a la caja fuerte para sacar el dinero que, según sus conclusiones, deseaba recuperar Néstor Lavat.

Para su sorpresa la caja fuerte estaba casi vacía. Los ojos se le inflaron, las venas de la frente se le abultaron, los labios se le arrugaron. Empuñó las manos y dio un par de golpes en la pared. Caviló en la gente que entraba en la cava: la sirvienta y los encargados de surtir las botellas de vino. «No, ellos sólo dejan las botellas en la entrada. La sirvienta es quien las acomoda. ¿Cómo se llama esa cabrona?», se preguntó. Tomó un teléfono que tenía instalado en el interior de la bóveda y mandó llamar a la sirvienta.

—Hoy no vino a trabajar —le respondió otro de los sirvientes.

—¿Qué?

—Ayer salió en la tarde y no ha vuelto.

—¿Y por qué no me avisaron, idiotas?

—Lo intentamos, pero usted nos dijo que no tenía tiempo para eso.

Se había idiotizado con su berrinche al saber que Azucena había escapado, luego se distrajo con la noticia del secuestro del sacerdote Pedro Luis de la Concordia y Lama y el robo del pago a Néstor Lavat. Sólo hasta ese momento en que se preguntó por la sirvienta, comprendió la coartada: era un teatrillo para distraerlo. Le habían robado todos sus documentos más importantes, estados de cuentas bancarias, las letras de todas sus propiedades, cheques al portador que tenía para emergencias, identificaciones, pasaportes y visas extranjeras falsas, además de una fuerte cantidad en efectivo. No fue necesario que buscara en otro lugar. Sabía perfectamente que todo estaba en la caja fuerte. Mandó llamar a la gente encargada de la seguridad, les mentó la madre, los pendejeó, les escupió.

—¡Busquen a esa ladrona! ¡Revisen los videos!

—Señor —interrumpió el sirviente—, el arzobispo sigue esperándolo en la sala.

—Me cago en la puta que lo parió —tomó la botella de vino y la azotó contra el piso.

Marchó enardecido por el pasillo de su mansión, entró al elevador y se miró en el espejo mientras bajaba. Ni él mismo reconoció su rostro. Al abrirse las puertas del elevador se encontró con media docena de guardias parados alrededor del arzobispo. Sus pasos hicieron eco en el inmenso hueco central de la sala de la casa. Urquidi iba dispuesto a cortar de tajo aquella conversación sin imaginar el helado balde de agua que estaba por empaparle hasta el tuétano.

—Néstor —saludó sin ofrecer una copa de vino o un café como solía hacerlo—, disculpa que no te pueda atender, tengo un problema que debo resolver en este momento.

—Lo que vengo a decirte es breve —dijo Néstor Lavat y se acomodó la solapa del saco—. Esto de llevar y traer dinero a escondidas ya me cansó. He hablado con nuestro Santo Papa y le he comentado que tienes un número mayor de santuarios protestantes del que le has estado reportando.

—¿Qué? —Urquidi disimuló pésimamente sus ganas de estrangular a Néstor Lavat.

—Así como lo oyes —Lavat infló el pecho y recorrió con la mirada la inmensidad de la mansión de Urquidi—. Y bien sabes que eso a él no le agrada mucho, así que me dio la orden de destituirte. Además, se enteró de que estabas aliado con el candidato Eulalio Valladares Lasso, lo cual le sorprendió aún más. ¿Cómo es eso que estás apoyando a la izquierda?

—Maldito cabrón.

—Así funciona esto, mi querido amigo, ya tuviste el poder muchos años —señaló las paredes de la mansión—. Vives mejor que yo, que soy el arzobispo primado de México. Ahora me toca a mí. Tienes una semana para entregarme cuentas.

Néstor Lavat se dio media vuelta, sus guardias lo escoltaron disparando las miradas en todas las direcciones hasta llegar a la salida, donde los esperaban cuatro automóviles blindados.

«¿Ahora qué haremos, Urquidi?». «No lo sé, Su Alteza». «Las cuentas de banco, Urquidi». «Tenemos que ir al banco para transferir el dinero a cuentas extranjeras, Su Alteza». «Necesitaremos identificaciones, Urquidi, algún pasaporte, una visa y esa cabrona se llevó todo». «Su Alteza, podemos llamar a ya sabe quién para que le consiga otro pasaporte». «Sí, pero eso por lo menos nos llevará un día, Urquidi».

Pero no fue necesario acudir a un banco ni llamar a sus contactos para conseguir documentos falsos. En ese momento sonó el teléfono. Urquidi se rehusó a contestar. El aparato seguía timbrando.

—¡Carajo! —gritó—. ¡¿Qué no tengo sirvientas que respondan el teléfono?!

Pronto llegó una de las mucamas con el inalámbrico en la mano.

—Patrón, es una señora que dice que es la Güija, o algo así.

Urquidi frunció el ceño y tomó el teléfono.

—Diga.

—Estoy totalmente segura de que en este momento ya te diste cuenta de que te faltan todos tus documentos falsos y las escrituras de todas tus propiedades, además de unos cuántos billetes.

—¿Quién habla? —Urquidi dirigió la mirada en varias direcciones. Los guardias seguían, como siempre de pie, haciendo nada.

—Ahora sí ya te chingué, Urquidi, ¿qué no?

—Te voy a encontrar, puta desgraciada.

—Claro que nos vamos a encontrar. Y muy pronto. Por cierto, no es necesario que vayas al banco. Ya me encargué de hacer las transferencias pertinentes. Te dejé mil pesos. Tú sabes, para que descuenten los cargos por uso de cuenta. A ver si ahora sí aprendes a leer lo que firmas. Y ni intentes hacer alguna demanda. Llámalo como quieras: robo, estafa, fraude… o cobranza. Fue una operación perfecta. Yo misma me encargué de acomodar empleados en las sucursales que visitabas. Siempre te tuve en la mira. Todo lo fui apuntando. No hay errores. Incluso fue más fácil que entrar a tu caja fuerte. Te confiaste demasiado, Urquidi, ¿qué no? Y si tienes dudas, busca a tu alrededor —mintió la Güija—, pregúntate quiénes de tus empleados que están ahí son aliados míos. Tal vez tengas ganas de sacar un revólver y llenarlos de plomo, pero no creo que te convenga, te quedarías sólo. Y ahora sin dinero está bien cabrón, ¿qué no?

—¡Te vas a chingar, hija de puta!

En ese preciso momento la llamada se cortó. Urquidi dirigió la mirada en todas las direcciones. Cada rostro a su alrededor lo hacía dudar. Sabía que no podía despedirlos a todos ni mucho menos espetarles su furia. Ordenó que llamaran a todos los obispos del Santuario de los Hombres de Buena Fe. Mientras ellos llegaban, marcó al teléfono del Greñudo Suárez.

—Me urge saber dónde vive la Güija.

—¿Qué le pasa, padrecito? —respondió tras el teléfono.

—¡Necesito encontrar a esa cabrona!

—Pues eso sí está más cabrón que conseguirle las perlas de la virgen. Pero si usted me lo pide, moveré cielo y tierra hasta encontrarla y se la llevo viva, muerta o descuartizada. Pero tiene que ser en un lugar fuera de la ciudad.

—La semana entrante tengo un evento en el predio de San Mateo.

—Ah, sí, ya me enteré de que hacen acá sus ritos cristianos medio locos.

—No estoy para sarcasmos, cabrón. Llévala ahí. Y también voy a requerir mucha gente tuya.

—Así será, padrecito. Ya sabe usted que siempre estamos para servirle.

«¿Ahora qué vamos a hacer, Su Alteza?». «No lo sé, Urquidi, no lo sé». «¿Le vamos a dejar el negocio a Lavat?». «Claro que no, Urquidi». «Ya sé lo que podemos hacer, Su Alteza». «¿Qué, Urquidi?». «¡Un suicidio colectivo, Su Alteza!». «¿Un suicidio colectivo, Urquidi?». «Así es. Si Lavat quiere quedarse con el negocio, que se chingue. Hacemos que todos nuestros fieles se suiciden. Se hace un desorden nacional, y Néstor Lavat no podrá quedarse con esos ingresos ni tampoco continuar con el Santuario de los Hombres de Buena Fe». «Lo podemos hacer, sólo recuerde lo que le pasó a Jim Jones, fundador de la secta Templo del Pueblo, que en 1978 logró que sus novecientos seguidores reunidos en Jonestown, Guyana, llegaran a un suicidio colectivo en protesta por la visita del congresista Leo Ryan. Otros ejemplos: la Puerta del Cielo, en Estados Unidos; la Orden del Templo Solar, en Europa; Verdad Suprema, en Japón, y los davidianos, encabezados por David Koresh en Waco, Texas». «Qué gran idea, Urquidi. Mientras tanto vamos a acabar de una vez por todas con Delfino Endoque». «¿Tan pronto, Su Alteza? ¿No se suponía que lo haríamos sufrir?». «Ya no hay tiempo, Urquidi».

En ese momento marcó a uno de los obispos del Santuario de los Hombres de Buena Fe.

—Osuna, quiero que a partir de este momento todos ustedes se ocupen de llevar toda la gente posible para el evento del domingo que viene. De igual manera necesito que consigas veneno.

—¿Veneno?

—Sí, cabrón, ¿que no entiendes? Luego te explico. Suficiente para cada una de las personas que asistan.

En cuanto colgó el teléfono, Urquidi le ordenó a su

chofer que lo llevara al psiquiátrico. Le acompañaba toda su escolta. Había decidido darle un tiro en la frente a aquel que tanto quiso en su juventud, aquel que por sangre era su hijo, Delfino Endoque. Pero hacía tanto tiempo que no lo podía imaginar como tal. Se había convertido en la piedra en el zapato. Era ahora el tiempo de aniquilarlo, acabar con el linaje Urquidi Montero, dar muerte a ese hijo que formalmente debió llamarse Delfino Urquidi. En el camino se encargó de hacer llamadas a todos los diputados, senadores, abogados, sacerdotes y empresarios con quienes tenía tratos y casi todos le dieron la espalda o se negaron a responder el teléfono. Si acaso lo hacían, decían seguir estando de su lado, pero con el firme propósito de aguardar la señal. Ya todos sabían que muy pronto se acabaría el reinado de Su Alteza Serenísima. Sólo era cosa de esperar.

Al llegar al hospital psiquiátrico recibió otra bofetada. La reja del estacionamiento estaba abierta. Dos pacientes del hospital caminaban como sonámbulos en el estacionamiento. Uno de los guardias bajó a revisar y encontró al vigilante maniatado en la caseta con la boca sellada con cinta canela. Volvió al auto:

—El vigilante está atado.

Sin esperar más, Urquidi bajó del coche y caminó enfurecido a la caseta, augurando lo peor. Ya frente al vigilante el guardaespaldas se apresuró a arrancarle la cinta.

—¿Qué pasó aquí?

—Pues de pronto llegó una ambulancia —contó aún con las manos atadas— y los paramédicos dijeron que traían un paciente, y en cuanto abrí la reja, bajaron de la puerta trasera como veinte personas armadas —exageró, pues sólo eran ocho—, me golpearon, me amarraron y corrieron a la entrada del hospital.

No le dieron tiempo al vigilante de seguir narrando lo ocurrido y se dirigieron a la recepción. En el camino uno de los pacientes se acercó a ellos:

—¿Vienen por los ladrones? Ya se llevaron todo el dinero.

—¡Quítate! —lo empujó el guardaespaldas.

Entraron al hospital y encontraron a todos los enfermeros atados de manos y pies. Sólo había un paciente en estado catatónico, sentado en una silla de ruedas: todos los demás habían salido aterrados.

—¡Busquen al director! —ordenó a gritos Gregorio Urquidi, mirando el desorden—. Se llama Rubén Humberto Fontanela o algo así.

Los guardaespaldas de Urquidi les fueron arrancando las cintas de la boca a todos los empleados y cuestionándoles dónde se hallaba el director del hospital.

—Arriba, en el segundo o tercer piso —dijo una de las pocas enfermeras.

Urquidi y sus esbirros caminaron hasta llegar al cuarto de almohadas, donde encontraron a Humberto Rubén Fortanel, a Melesio Méndez y a Omar Frías bañados en sangre, atados y amontonados en el piso como costales.

—¿Qué chingada madres pasó aquí, pendejo? —preguntó Urquidi a Fortanel, luego que los guardaespaldas le quitaron a los pesados enfermeros de encima.

El director del psiquiátrico apenas si podía abrir los ojos. No tuvo siquiera la fuerza para explicarle a Urquidi que justo cuando había terminado de hablar con él, escuchó un grito en la recepción: «¡Aquí nadie se mueve, porque nos los quebramos!». Y en ese instante entraron a su oficina cuatro hombres armados.

—¿Dónde está Delfino Endoque? —exigió uno de ellos mientras los otros, con metralletas en mano, le obligaron a que se levantara de su silla.

Al salir de su oficina encontró otros cuatro hombres armados apuntando al personal y a los pacientes, que se encontraban en el piso de la sala, bocabajo, con brazos y pies extendidos. Uno de los pacientes, Andrés, el guerrillero invencible, creyéndose el héroe de la película se aventuró a atacar a uno con su rifle imaginario, pero recibió una ráfaga de tiros en las piernas. Celia lloró: «Nos van a violar». Baldomero señaló a uno de los sicarios: «Ése es el hombre que dio la orden para que aquí se llevaran a cabo experimentos científicos». Quirino calculó que la guerra entre la Tierra y la Galaxia E-758 había comenzado. José Arcadio Buendía tuvo la certeza de que el fin de Macondo había llegado. Hubo gritos demenciales, llantos estridentes, ruegos cuerdos. Se escucharon más balazos.

—¡Cállense, cabrones!

—No me hagan daño —rogó Fortanel—, es por allá —y caminó con las manos en la nuca.

En cuanto las puertas del elevador se abrieron, Melesio Méndez y Omar Frías, que ya habían escuchado los disparos, pero que por cobardía decidieron no bajar, se asomaron detrás del cristal de una de las puertas de las habitaciones y se escondieron al notar que los cuatro hombres que caminaban detrás del director del hospital iban cargados con metralletas. Los sicarios comenzaron a derribar puertas a patadas. Omar y Melesio aparecieron en el centro de una de las habitaciones y alzaron los brazos.

—¡Salgan de ahí! —ordenó uno de ellos.

Los enfermeros caminaron con las manos en la nuca.

—¿Dónde está el detective?

—Allá —señaló Fortanel temblando.

Al abrir la puerta del cuarto de almohadas, encontraron a Delfino Endoque en el piso. Tenía la boca sangrada y los ojos morados.

—¿Quién le hizo esto?

Omar y Melesio se señalaron entre sí. El que iba a cargo del operativo asintió con la mirada y uno de los hombres le reventó la dentadura a Melesio con la metralleta. A Omar Frías y a Humberto Fortanel no les fue mejor. Les destartalaron las rodillas, les magullaron el abdomen a patadas, les reventaron las cervicales, les desfiguraron los rostros hasta dejarlos inconscientes. Mientras tanto, uno de ellos se encargó de quitarle la camisa de fuerza a Delfino Endoque, que no estaba tan maltratado en comparación con el trío que lo había encerrado. Luego de una breve búsqueda por todas las habitaciones del piso, encontraron a Diego Daza e Israel Ramos.

No se dieron tiempo para saludos. Caminaron prontamente por el pasillo hasta llegar al elevador. Antes de que las puertas se cerraran, Ramos salió apuradamente y cargó al gato gris.

XXV

L A LOCURA ANDABA POR LAS CALLES. QUIRINO corrió en busca de la Galaxia E-758; Baldomero dejó de darse golpes con el índice en la herida que tenía en la palma izquierda y fue en busca de su amor imposible; Celia concluyó que nunca nadie más la volvería a violar y se dejó arrollar por un carro; Andrés se arrastró hasta la calle dejando una alfombra roja a su paso; Servanda sintió hambre y resolvió ir a casa a comer unas ricas quesadillas; José Arcadio Buendía lamentó la catástrofe en Macondo y decidió ir en busca de otro lugar para fundar una nueva ciudad; Lucila dejó de bailar y se perdió entre la gente que iba y venía en las calles; Juanito salió a campaña; Lorenza se dio a la tarea de preguntarle a todos qué era lo que había ocurrido; de los otros setenta y tres pacientes, nada se supo.

Clementina Baamonde se enteró por la televisión, ya que antes de entrar al hospital Delfino Endoque le había pedido que se fuese a su casa y que esperara. De igual manera le había anticipado que algún desastre podría ocurrir en cuanto llegara la gente de la Güija, pero no imaginó que la fuga en la mansión de la demencia sería de tales magnitudes. Algunos noticieros afirmaban que había sido un robo a mano armada, mientras que otros se ocupaban en hablar de los pacientes que se habían dado al exilio. Clementina Baamonde recibió llamadas toda la tarde. Se trituró las uñas pensando qué tanto la culparían a ella por los acontecimientos. Finalmente le llamó a un abogado, quien la asesoró con un rotundo: «Ya no conteste el teléfono, yo me encargo». Y tanto estuvo sonando el aparato que decidió desconectarlo y apagar su celular.

Apenas si había oscurecido cuando alguien llamó al timbre de su departamento. Llena de temores, respondió por el altavoz.

—Venimos de parte de Delfino Endoque —dijo un hombre.

—¿Y dónde está él? —respondió sin abrir la puerta—. ¿Por qué no vino?

—Porque fue a ver a unos amigos.

Según el acuerdo entre Delfino y la doctora, ésa era la respuesta que debía escuchar. Entonces salió de su departamento sin llevar a cabo el diario ritual: selección de zapatos, una exhaustiva búsqueda de combinaciones de vestuario, y un enfrentamiento a duelo con el espejo. Al salir se encontró con un dueto de hombres vestidos de vaqueros, con gafas oscuras y bigotes tupidos que la llevaron a un hotel donde la esperaban Delfino, Diego e Israel.

—Diego, ¿cómo estás? —dijo la psiquiatra.

—Ella es la doctora Baamonde —dijo Israel—. ¿La recuerdas?

—¿Cómo? —preguntó la psiquiatra y sonrió.

—Así es —presumió Ramos—, ya reaccionó.

—Te dije que la hipnosis funcionaría —Clementina miró a Ramos.

—¿Cómo? —preguntó Diego—. ¿Me hipnotizaron?

—Sufres de algo que se llama trastorno disociativo de la personalidad. Quiere decir que tienes alteraciones en las funciones de identidad, memoria y conciencia. También llamado personalidad múltiple, uno de los trastornos disociativos más —la psiquiatra hizo una pausa, tragó saliva, cerró los ojos y continuó—... dramáticos. En esta reacción asumiste personalidades opuestas: cada una con su propio grupo de recuerdos y conductas típicas, ninguna consciente de la otra, en un grado de pérdida de memoria más allá de lo normal, conocida como tiempo perdido o amnésico. Es por eso que no recuerdas nada. Te estuve suministrando medicamento y dando tratamiento psicológico. Israel estuvo todo el tiempo contigo para cuidar que ningún otro enfermero te cambiara los medicamentos. La hipnosis la utilizamos para que lograras salir de tus personalidades múltiples. Pero eso no quiere decir que ya estés completamente recuperado. Tendremos que trabajar mucho. Por el momento es importante que no te estreses ni pienses en el pasado.

—Pues lo del estrés no se lo podemos garantizar —dijo uno de los sicarios de la Güija—. Ya nos tenemos que ir.

—¿A dónde? —preguntó la doctora.

—A un lugar más seguro.

En el centro de aquella licuadora de confusiones en la que Diego Daza se encontraba, todo era posible e imaginable. Pero si había algo que nunca pasó por la mente del arqueólogo era que al entrar a la casa de la Güija, para él una desconocida, alguien lo recibiría a golpes. No pudo siquiera defenderse. Cayó de espaldas y recibió golpe tras golpe hasta que los guardaespaldas de Carolina Gaitán entraron en su defensa.

—Nos salió cabrón tu chamaco, Delfino —dijo la Güija con una sonrisa.

Saddam seguía forcejeando con los guardaespaldas. Gastón Peralta Moya observaba desde el otro extremo de la sala, con el gato gris que, al verlo, brincó de los brazos de Ramos para encontrarse con su dueño.

—Ya, tranquilo —le exigió Delfino.

—No entiendo qué pasa —dijo Daza al incorporarse.

—¡No te hagas pendejo! —gritó Saddam—. ¡Por tu culpa Wendolyne está muerta! —lo cual no era cierto, pues ella había tenido un aborto años atrás, lo que provocó que su segundo embarazo fuera de alto riesgo.

—No, no es cierto —respondió Diego y miró a Ramos, quien sólo cerró los párpados—. No, yo no pude hacer eso. No, esto no es posible. ¿Qué hice? —y se llevó las manos a la cara.

La doctora Baamonde se apresuró a auxiliar a Diego Daza.

—¡No pueden hacerle esto! ¡No está preparado para tanto!

—Llévenlo a una de las habitaciones —dijo la Güija.

Aquella fue una de las noches más largas en la vida del arqueólogo forense. Clementina y Delfino pasaron toda la noche cuidando de él sentados en un sofá. Al amanecer, Diego Daza despertó lúcido.

—¿Cómo te sientes? —preguntó la doctora Clementina.

—Confundido —respondió.

—¿Quieres ver a tus amigos?

Daza asintió con tristeza.

En cuanto entraron a la habitación Ramos, Saddam y Gastón, Diego se puso de pie y caminó hacia el aprendiz.

—Disculpa —bajó la cabeza en sumisión—. No sé cómo pagar mis errores. El primero fue liberar a Gregorio Urquidi.

Delfino, Israel y Saddam abrieron los ojos con un asombro indefinible.

—Se los ruego, perdónenme. Fui yo quien volvió al tercer día a la mazmorra para sacarlo. No sabía qué hacer con la culpa. Y tuve mucho miedo de que se me acusara de la muerte o desaparición del arzobispo. No quería volver a la cárcel. Yo lo liberé. Soy culpable de todo lo que ocurrió después. Urquidi me ofreció una alianza, pero lo rechacé y me fui a Francia donde creía haberme librado de él, pero luego volvió a perseguirnos. Y saben lo que ocurrió: intentó matarme, pero asesinó a Maëly. Regresé a México con un solo objetivo: vengarme de él, y fingí ser su aliado, pero luego, como ustedes saben, comencé a perder la cordura y la memoria: hice muchas cosas que aún no logro recordar. Me llené de odio, y sin darme cuenta llevé mi venganza en contra de todos. Lo siento mucho. Les ruego me perdonen. Fui un imbécil.

Saddam lo miró conteniendo su pena. Pero de igual manera lamentaba el estado de aquel hombre que años atrás le había ayudado. Israel Ramos había pasado varias horas de la noche anterior platicándole lo ocurrido en el hospital y en los años anteriores. Supo que Diego, igual que él, sufría la misma pena de haber perdido a la mujer que amaba y se sintió por primera vez identificado con el arqueólogo. Llegada la madrugada, Saddam abortó su deseo de venganza. La vida le había negado muchas cosas al joven aprendiz y le había arrebatado otras, pero también comprendió que, sin buscarlo, había recibido muchas otras. Llegó a la lúcida conclusión de que sacarle los ojos a Daza no resucitaría a Wendolyne.

Volvió a su mente la tarde en que comprendió la diferencia entre traición y venganza. Era apenas un niño, tenía poco tiempo de conocer a Delfino y mientras comían el detective le preguntó por su madre. «La vieja era una borracha —dijo el niño—. Nunca me cuidó, siempre me obligó a trabajar en las calles para comprar su aguardiente. Me enseñó a robar, a mentir, a pelear y a traicionar. Un día me enojé y no volví con ella». «¿Traicionar?», Endoque puso los codos sobre la mesa y miró fijamente al niño. «Sí». «¿Piensas traicionarme?». «No sé —respondió el niño—. Todavía no comprendo bien eso de traicionar. La vieja decía que era darle de cachetadas al que le daba de comer a uno. Yo creo que uno debe traicionar cuando las cachetadas se las dan a uno». «Entonces ya no sería traición; sino venganza». «Pues —Saddam se tocó la barbilla con el índice y el pulgar e hizo un gesto de aprobación— siendo de esa manera, no veo por qué deba traicionarte». Saddam pasó los siguientes años platicando con su mentor, escuchando la historia que unía a Delfino y Urquidi, la etapa en que se había disecado su corazón por buscar una venganza. Y no le quedaba duda de que Delfino se había convertido en una mejor persona justo el día en que escupió aquel sentimiento.

—Olvídalo —le dijo a Diego Daza.

—Necesito que nos dejen solos —pidió la psiquiatra—. Debemos continuar con su terapia.

Peralta Moya intervino:

—Lo que debemos hacer es desempolvarle la memoria.

—Esto no funciona así —respondió la doctora.

—Déjelo —intervino Daza—. Quiero que estén aquí.

No tengo nada que ocultar. Y si algo hice, deberé asumir mi responsabilidad. De hecho, me gustaría que me contaran qué tipo de cosas decía cuando estaba en el hospital.

Todos volvieron a la sala.

—Perdonen que me ría, pero su amigo Diego me genera mucha gracia —preguntó la Güija—. ¿Cómo está esa historia del dios Huitzilopochtli?

—Creía que yo era el dios Huitzilopochtli —respondió Ramos.

—No —respondió Carolina—. Me refiero a la historia del dios. Yo no sé nada sobre esas leyendas.

—Los dioses no existen —dijo Gastón Peralta Moya y se sentó en el sofá—. Huitzilopochtli no fue un dios. Jamás lo fue. Sí, ya sé lo que me vas a decir: que el águila es el símbolo de Huitzilopochtli y que tiene una connotación solar y que está relacionado con la fundación de México-Tenochtitlan.

»La historia dice que los iba guiando el tlacatecolotl, que se transformaba en águila y volaba frente a ellos, guiándolos. Presumen que les dijo: "Yo los iré guiando a donde vayan, iré mostrándome como águila, les iré llamando hacia donde irán, sólo vayan viéndome, y cuando hayan llegado a donde me parezca bueno, donde se asentarán, allá me postraré, allá verán que ya no volaré. De modo que enseguida harán mi templo, mi casa, mi cama de paja donde estuve levantando el vuelo".

»La imagen de Huitzilopochtli fue una herramienta que utilizaron los líderes de las tribus nahuatlacas para lograr que los plebeyos los siguieran y los obedecieran. Por eso se separaron, porque unos no querían obedecer, y por lo mismo cuando llegaron al valle del Anáhuac tuvieron que inventarles a los reyes de Texcoco y Azcapotzalco que su dios les había ordenado asentarse en el islote. Ya habían intentado hacerlo en muchos otros lugares, pero los corrían y les hacían la guerra. Sólo hasta que inventaron la farsa, el rey de Azca-potzalco les permitió vivir en aquel lugar abandonado. Y de esa manera se hicieron del poder. Engañando al pueblo, diciéndoles que Huitzilopochtli era el dios de la Guerra, ¿si no cómo los iban a obligar a ir a tantas batallas? Lo mismo ha ocurrido en otras religiones: dios dijo, dios nos envía, él ordena. ¡Patrañas!

»Incluso los conquistadores comprendieron la necesi-dad de utilizar el símbolo de Huitzilopochtli para atraer a las masas que seguían sin convertirse al cristianismo. Aunque su intención era destruir todo lo que representaba las cultu-ras del Nuevo Mundo, el símbolo del águila sobre el tunal fue utilizado por ellos, pese a que Carlos V había instituido un escudo para la Nueva España. Las evidencias hablan por sí mismas: pueden ver el águila en los conventos franciscanos y agustinos del siglo XVI, en Tecamachalco y Calpan, en Pue-bla; Tultitlán, Estado de México; San Francisco, en la ciudad de México; Yuriria, Guanajuato, e Ixmiquilpan, Hidalgo. No es coincidencia que también lo utilizara en su escudo pas-toral el segundo arzobispo de México, Alonso de Montúfar, el mismo que inició las veneraciones a la virgen de Guada-lupe. Era la misma estrategia: mandó construir la iglesia de la virgen en el Tepeyac, donde se adoraba a Tonantzin, para que ahí fueran las masas. Y se apoderó del símbolo del águila para que los indígenas creyeran que él también adoraba a Huitzilopochtli.

»La cultura azteca nos dejó como herencia una idolatría insaciable y la Iglesia católica bien supo aprovecharla. Como evidencia está la gran cantidad de santos que aparecen en nuestro calendario y la infinidad de milagros que se les adjudican. Y lamentablemente no hay diferencia entre estas dos épocas. Los aztecas tenían infinidad de dioses y fiestas, igual que hoy que para todo hay rezo, para todo hay remedio, para todo hay milagrito, para todo hay excusa, para todo hay respuesta, y si no, es por dos reglas principales de la Iglesia, que son: una, Dios sabe lo que hace; y dos, si Él se equivoca, favor de leer la regla número uno. Es decir: prohibido pensar, prohibido juzgar, prohibido preguntar.

»Pero como nosotros sí pensamos, preguntamos y juzgamos, ignoraremos esas reglas. Si algo describe a nuestra nación es la obstinación. Justifica la desgracia, la virtud, o la buenaventura con una decisión divina. O mejor dicho, un milagro guadalupano. Siempre habrá una razón para no cambiar de opinión, para permanecer estancado, para evitar el progreso, para cerrar los ojos. La Iglesia católica nos debe tantas explicaciones que tomaría una enciclopedia entera para poder enlistarlas.

»El asunto es que la iglesia es herrero con martillo de palo; candil de la calle y oscuridad de su casa. Pederastas y protectores de pederastas a más no poder. Mujeriegos y homosexuales en exceso. Ladrones, latifundistas, mercenarios, asesinos, vendepatrias, traicioneros, promotores del fraude e hipócritas por excelencia. La Iglesia católica es la destructora de nuestro país. La que ha saqueado vilmente. La que ha matado por poder. Desde antes de llegar a nuestro territorio, ya se lo había adjudicado. La Iglesia envió frailes en compañía de Hernán Cortés para que hicieran por su parte la conquista espiritual, pues alegaban que los indígenas no tenían criterio propio. En sus humildes palabras, que eran infieles. También mandó pintar la imagen de la virgen de Guadalupe, que pisoteaba y humillaba la media luna de los musulmanes que los había sacado de España por años. Luego inventó una obra de teatro en la que representaba a un indígena caminando por el cerro del Tepeyac y donde se le aparecía una virgen. Porque ahí llegaban miles de peregrinos a venerar a la diosa azteca, Tonantzin. Ni modo que los obligaran a no ir, si era una minita de oro. O como se dice hoy en día: un mercado potencial. Claro que al principio nadie se tragó el cuento, y mucho menos se imaginaron que cuatrocientos años más tarde iba a existir una forma de comprobar la antigüedad de un documento u objeto, en este caso, la tilma de Juan Diego, ni que iban a aparecer historiadores que investigarían qué escribió el supuesto testigo más importante del evento: fray Juan de Zumárraga, que a fin de cuentas ni escribió nada sobre la famosa aparición.

»Para poder engañar debe haber un secreto. Para poder guardar un secreto no debe haber divulgadores. Y los pregoneros para la Iglesia eran los libros. Así que la saqueadora rechazó rotundamente la educación laica, que no precisamente quiere decir atea, sino simplemente imparcial. De la misma forma en que lo hiciera en 1759, al incluir en el índice de los libros prohibidos la primera edición de la gran *Enciclopedia* de Diderot y amenazar a los que la compraran con una excomunión. Para beneficio de la humanidad, hubo gente pensante que hizo caso omiso de las órdenes del papa Clemente XII y adquirieron veinticuatro mil copias de veintiocho tomos hechos a mano en un lapso de cuarenta años.

»Bien sabía la Iglesia que los libros dejan evidencias, pero no pudo detener el huracán que se les venía con tantos manuscritos, cartas, relaciones, códices. Como en el Códice Osuna, donde se puede apreciar que, para conquistar La

Florida, los españoles les permitieron a los mexicas marchar en las batallas con su estandarte del águila sobre el nopal. Seguían siendo engañados, aún después de haber sido conquistados, con la farsa de que iban a conquistar tierras en nombre de Huitzilopochtli.

»No fue casualidad que en 1578 los alumnos jesuitas salieran a las calles con la imagen del águila en carteles para celebrar la llegada de reliquias enviadas por el papa Gregorio XIII. Ni tampoco hay que asombrarnos que el Ayuntamiento de la Ciudad de México estampara en sus sellos la imagen del águila y el nopal. El objetivo era que siguieran el símbolo del dios caído, para que con el tiempo se fuera perdiendo hasta quedar en el olvido. Cien años después de la Conquista, muy pocos recordaban su significado: guerra, sacrificio, corazones y Huitzilopochtli.

»Solange Alberro escribió: "El nopal y el águila de Tenochtitlan se habían finalmente fusionado con lo esencial y más dinámico del cristianismo: la cruz y la sangre de Cristo en su pasión por lo que se refiere al tunal idolátrico, mientras que la virgen de Guadalupe había reunido en sí el águila mexica, la de los Austria y la que viera San Juan en la isla de Patmos. En adelante el viejo portento prehispánico quedaba total y definitivamente rehabilitado y, por tanto, listo para futuras necesidades simbólicas".

»Está claro que la conquista la hicieron los enemigos de los mexicas, los tlaxcaltecas, los totonacos, entre otros. Y la independencia la hicieron los españoles, los criollos y los mestizos. Pero sabían que para convencer a los que iban a marchar al frente, los que iban a dar sus vidas, eran las masas, los pobres, la plebe. ¿Y cómo iban a convencerlos? Hidalgo intentó hacerlo con la imagen de la virgen de Guadalupe, mientras que por otras partes enarbolaban a la virgen de los Remedios. Comenzó entonces la batalla de las vírgenes, una guerra interna antes de ganar la independencia. El botín era enorme y no importaba cómo, pero debían llevar a sus campañas la mayor cantidad de soldados ciegos y sordos, dispuestos a dar su vida por motivos que apenas si comprenden, como ocurre hoy en día, que asisten las multitudes a las reuniones de los candidatos o los excandidatos frustrados. Pero entonces, eso se hacía desde los púlpitos.

»Ernesto de la Torre Villar escribió: "Los sermones que los curas criollos y mestizos pronunciaron a favor de la guadalupana, desdeñando a la de los Remedios, son numerosos, como son también los sermones de frailes y curas peninsulares en los que el nivel de reflexiones descendió, llegando al insulto. La de Guadalupe recibió epítetos como el de prieta misérrima. A la de los Remedios le llamaron gachupina, cacariza, advenediza y otras lindezas, las cuales muestran la animadversión existente entre los diferentes grupos de la sociedad novohispana".

»Y como dicen algunos: en la guerra todo se vale, también encontraron en las culturas prehispánicas armas para hechizar a las masas. Como ejemplo está la bandera del ejército de José María Morelos, establecida el 19 de agosto de 1812, que tenía un rectángulo azul con el águila sobre el nopal. Pero claro que no iban a desdeñar a la representante de la Iglesia, así que le pintaron un puente con tres letras por debajo: V V M: ¡Viva la virgen María! ¿Parece simple? Todo estaba fríamente calculado. José María Morelos dio un discurso en la apertura del Congreso de Chilpancingo, en 1813: "¡Genios de Moctezuma, de Cacamatzin, de Cuauhtimontzin, de Xicoténcatl y de Catzonzi, celebrad, como celebrasteis el mitote en que fuisteis acometidos por la pérfida espada de Alvarado, este dichoso instante en que vuestros hijos se han reunido para vengar vuestros desafueros y ultrajes, y librarse de las garras de la tiranía y fanatismo que los iba a sorber para siempre! Al 12 de agosto de 1521, sucedió el 14 de septiembre de 1813. En aquél se aprestaron las cadenas de nuestra servidumbre en México-Tenochtitlan, en éste se rompen para siempre en el venturoso pueblo de Chilpancingo".

»O a José María Morelos le importó un cacahuate que Xicoténcatl, Caltzonzin y Moctezuma fueran enemigos, o simplemente no lo sabía. Lo que sí es cierto es que utiliza estos nombres para hipnotizar a su audiencia. Matos Moctezuma dice: "Comienza a manifestarse una imagen ideal del mundo prehispánico, que centrará en los mexicas la grandeza de aquellos pueblos, puesto que a estos les había tocado la misión de enfrentar en primer lugar a los españoles. Empieza a consolidarse la imagen del Edén perdido, un mundo del que se quiere dar la idea de que todo era paz, armonía y sinónimo de grandeza".

»Y eso fue lo que ocurrió, se nos vendió ese Edén perdido, ese paraíso que jamás existió, esas fábulas de un México-Tenochtitlan fantástico, lleno de grandeza y cultura genial. Sí, claro que tenían mucho conocimiento, pero eso no está en discusión en este momento, sino lo que ocurrió en cuanto se consolidó la independencia de un nuevo país llamado México. Se instauraron los símbolos patrios: una bandera tricolor con un águila devorando una serpiente sobre un nopal. Pero... ¿por qué tenía que tener los mismos colores que la bandera italiana?

»Sencillo, en 1805 Napoleón Bonaparte creó el Reino de Italia, cuya bandera tenía un águila; sin relación con el águila azteca. Luego de ser coronado emperador, Napoleón decretó dependientes del Imperio francés a los Estados pontificios. Aún después de la muerte de Napoleón en 1821, el Reino de Italia decidió conservar las banderas instauradas por Bonaparte.

»Finalizada la guerra de independencia tras los Tratados de Córdoba con Juan O'Donojú, en 1821, las banderas de Iturbide llevaban inscrita la leyenda: *Religión Yndepend Unión Ynfantería*. La guerra de independencia fue iniciada por la Iglesia católica tras el inicio de la Revolución francesa para evitar que Napoleón se apoderara de América como lo había hecho con gran parte de Europa. Iturbide fue instaurado como emperador por el mismo papa que proclamó emperador a Napoleón, el mismo papa que dio refugio a la familia Bonaparte tras su muerte.

»A los mexicanos les vendieron la idea de que finalmente había triunfado Huitzilopochtli. Que la guerra entre los pueblos antiguos, chichimecas, tepanecas, tlaxcaltecas, michoacanos, la ganaron los mexicas. Tanto así que el nombre del país no es Estado Unidos Texcocanos, ni Tepanecas. Por ello no instauraron la imagen de la virgen de Guadalupe en la bandera. Para darle al pueblo atole con el dedo. ¡Sí, miren, ganaron la independencia, bravo! Aquí está su escudo bien mexicano. Una copia de la bandera del Reino de Italia, que entonces era lo mismo que el Vaticano. ¿Y quién ganó la independencia? La Iglesia católica. Ellos estuvieron detrás de Agustín de Iturbide. Y así fue que se logró mantener hasta el día de hoy el símbolo de Huitzilopochtli en nuestra nación y nuestra bandera.

XXVI

LA MUERTE NO LE LLEGÓ DE SORPRESA, PUES BIEN sabía que no era más que un trago que tarde o temprano debería llevarse a los labios. Jamás la toreó ni la invocó. No le tuvo miedo, pero tampoco se burló de ella. Dijo siempre que era una puta y la respetó como a una dama. Pensó en ella, aunque no la apeteció; soñó con ella, mas no la cargó a su lecho; escribió de ella, consciente de que jamás podría narrar sobre su encuentro con dicha puta vestida de dama; la esperó, no obstante nunca la buscó. Se imaginó frente a ella, sin embargo no le pintó rostro ni cuerpo como aquellos que la creen esquelética y enrollada en túnicas virginales. Siempre dijo que el culto a la Santa Muerte —creer que una calaca entra a la recámara del moribundo o le extiende la mano al cadáver luego del accidente automovilístico— era entre todas las idolatrías la más pueril y estúpida. Estuvo en contra de los mitos que redundaban entre el más allá y el más acá. «Total —decía— las flores mueren y uno no piensa en el alma del girasol flotando por el aire, ni le reza al espíritu del pollo que se cocinó en el horno esa tarde.

La muerte no llega como un crucero, ni tiene un agente de inmigración revisando la documentación para entrar a la gloria o al infierno».

Pidió, mucho antes de morir, que no se llevaran a cabo ritos religiosos ni rosarios. «Si acaso es cierto que los muertos escuchan lo que dicen los vivos, lo que menos quiero oír es una letanía como: Torre de David, ruega por él; Torre de marfil, ruega por él; Torres de Satélite, rueguen por él». Asimismo prohibió el tan acostumbrado velorio donde llegarían conocidos y desconocidos dispuestos a llorar un par de horas, o parientes lejanos arrepentidos por no haberle visitado en los últimos quince años, pero preparados para compartir con los otros lo poco que recordaban al estar con él. Dijo no al tequilazo o al café de media noche en la funeraria. Se negó a que le llevaran flores y mariachis, y peor aún que le cantaran *Las golondrinas*. Y no porque la melodía le provocara repulsión, al contrario, le gustaba escucharla —no por el uso popular sino por su valor armónico— como la *Marcha nupcial* de Mendelssohn. Muchas veces se le descubrió a solas escuchando *Las golondrinas*: *A dónde irá, veloz y fatigada, la golondrina que de aquí se va...*, con el mismo placer con que escuchaba *¿Qué te ha dado esa mujer?* con Pedro Infante o *La malagueña* con Miguel Aceves Mejía.

Se enteró dos meses antes de que la muerte andaba en camino y en ese momento decidió que no la anunciaría ni la aprovecharía para publicidad, como muchos que ambicionan la llegada de seguidores o el mejor negocio de su vida: su muerte. El diagnóstico médico auguraba meses de martirio entre tratamientos y delirios. El futuro le ofreció dos salidas, a corto y a largo plazo. Ni siquiera lo pensó. Rechazó cualquier tratamiento.

—Pero… —intentó convencerle el médico.

—¿Cuánto quiere por hacerlo lo más simple y rápido posible? —preguntó sin titubeos.

Para cuando los malestares comenzaron a atormentarlo, ya todos sus libros, sus obras de arte, sus propiedades habían sido vendidos y repartidos entre la gente que quiso y lo quiso. Tenía planeado un último viaje en el cual pretendía recorrer, aunque fuese en silla de ruedas, la Muralla china, pero no lo logró. Dos días antes tuvo que ser internado de emergencia en un hospital privado del cual no salió jamás. Saddam y Sigrid permanecían de día junto a él mientras, Delfino y Diego se turnaban en las noches. Le leían la mayor parte del tiempo. En ocasiones le incitaban a platicar, pero para entonces el historiador Gastón Peralta Moya ya no tenía fuerzas para pronunciar una sola palabra. Se estaba consumiendo a pasos agigantados. Por más que intentaron persuadirlo de aceptar el tratamiento, él se negó. Las últimas dos semanas las pasó en silencio, durmiendo a ratos, quejándose de los dolores y comiendo cucharadas de gelatina.

—Ya… —dijo con dificultad.

—¿Qué necesita? —preguntó Saddam parado junto a él.

—Ya… me… voy —dirigió su cansada mirada a su aprendiz—… a… morir.

—Ya váyase —respondió Saddam sin lograr detener una lágrima—. Ya vivió todo lo que quiso, ¿qué más le puede pedir a la vida?

—Gracias —añadió Gastón, y levantó el brazo con gran esfuerzo para dar un abrazo al joven escriba, quien se inclinó para corresponder a aquel gesto que jamás había ocurrido entre ellos.

Esa tarde llegó Delfino para relevar a Saddam, pero éste

se negó y decidió permanecer toda la noche. Igual que todas las anteriores le estuvieron dando sorbos de agua, le cambiaron el pañal, le acomodaron las sábanas y le masajearon los brazos y piernas para menguar sus dolores. El historiador jamás volvió a pronunciar una palabra, pues al dar las cuatro y cuarto de la madrugada, sin quejarse ni exhalar con alteración, dejó de respirar. Murió el historiador Gastón Peralta Moya y Saddam sintió el mismo dolor que experimentó cuando murió Wendolyne. Delfino, que jamás había imaginado que llegaría a sentir tanto afecto y gratitud por aquel hombre, liberó unas lágrimas.

Apenas cumplieron con todos los trámites burocráticos fueron con Sigrid y le dieron la noticia, quien se llevó las manos al rostro y dijo: «Mi gordito, ya se fue mi gordito». Al día siguiente, hicieron exactamente lo que el historiador les había pedido: sin anunciar públicamente su muerte y sin llevar a cabo el tan acostumbrado velorio, llevaron su cuerpo directamente al crematorio. Esa misma tarde Diego, Saddam, Delfino y Sigrid esparcieron sus cenizas en los jardines o macetas de las bibliotecas más importantes de la ciudad de México. Al terminar los cuatro se miraron entre sí. Sigrid eludió hablar con ellos. Se fue con los secretos más íntimos de Gastón, su gordito. Cumplió con el pacto de jamás revelar cómo y dónde se habían conocido. Nadie logró saber la vida personal del historiador. Delfino y Saddam, respetando su deseo, no intentaron indagar y se marcharon para luego aterrizar en una cafetería.

—¿Vienes con nosotros? —le preguntaron a Diego Daza.

—No —respondió el arqueólogo forense—, tengo que ir a terapia.

Resucitar recuerdos ya no era tan doloroso ni tan

complicado como había sido al principio. Tantas veces había repetido lo acontecido años atrás, que le perdió el miedo a las ánimas en pena que, para muchos, eran sólo mitos vivientes, leyendas de cantina, crónicas mal contadas en los noticieros, murmuraciones, porque según la versión oficial no pasó nada. Y si al decir esto se cree que para Diego Daza era pan comido consentir que otra persona conociera lo que se añejaba en su memoria, se está en un error, pues hacerlo podía no sólo enviarlo de vuelta al trampolín de la locura, sino causar un deterioro irremediable. Por lo mismo, la doctora Clementina Baamonde Rovira optó por transferir a la psiquiatra Natalia Donis Carrasco el caso del arqueólogo forense Diego Augusto Daza Ruiz.

Se requirieron de muchas tazas de café e incontables horas de angustia frente a la psiquiatra para acomodar el rompecabezas de la vida del arqueólogo forense. Fue necesario abordar una nave imaginaria que los llevaría al más recóndito de sus recuerdos. Entre los escondrijos apareció el más arcaico: Dieguito, el pequeño de apenas seis años que jugaba en el piso, acostado bocabajo, con un cráneo que su padre, el arqueólogo Diego Alberto Daza Hinojosa, tenía en su estudio. Pero para el niño el cráneo era la cueva donde preparaba sus estrategias Santo, el Enmascarado de Plata, un muñeco de plástico de diez centímetros con los brazos inflexibles, en posición de lucha. Con un par de nalgadas, Diego Alberto Daza le indicó que con las cosas de papá no se jugaba. Luego le explicaría el valor de cada una de las piezas que guardaba celosamente en el estudio. La doctora Donis Carrasco indagó aún más.

Hay quienes aseguran que recordar es vivir, pero Diego Daza estaba cansado de revivir el instante en que el matrimonio de sus padres se hundió. La imagen del padre se evaporó y el pequeño sufrió toda una vida recordándolo.

—¿Por qué querías ser arqueólogo? —preguntó la psiquiatra.

Alegó que había llegado a la adolescencia con el fin de seguir los pasos de su padre fantasma, y la secreta intención de algún día encontrarse con él, cosa que jamás ocurrió. Pero de pronto se tropezó con sus propias palabras y espetó algo que llamó la atención de la psiquiatra.

—¿Dijiste... de lo contrario? ¿Qué habrías hecho si tu padre no hubiese sido arqueólogo?

Nadie había logrado hacer que confesara el más celoso de sus secretos. Si algo hacía sentir vivo a Diego Augusto Daza Ruiz en aquellos años de adolescencia, era una fantasía oculta, la más melódica, la más viva, la más harmónica: tocar el piano, un piano, sí, tener un piano de cola, ser aplaudido. ¡Bravo! ¿Pianista Diego? Su madre nunca supo que escondía debajo de su cama docenas de discos: Tchaikovsky, Vassilievitch, Bethoveen, Mozart, Bach, Verdi, Smetana, Berlioz, Massenet, Wagner, Offenbach, Mendelssohn, *Sueño de una noche de verano*, basado en la obra del mismo nombre de Shakespeare; *El barbero de Sevilla* de Rossini, y Aria para la cuerda de sol de la Suite núm. 3 para orquesta en re mayor, con la que se hundía en el profundo abismo de su soledad, y por supuesto, el más grande: Antonio Vivaldi, apodado *Il Prete Rosso*, «el Cura rojo».

Qué delicia. Qué banquete. Había cavilado largamente en confesarse con la familia como un ávido aprendiz de violinista y pianista. Pensaba ofrendarle su vida a la música, recorrer el mundo junto a una orquesta, hasta que por fin tomó al toro por los cuernos y entonó sus agallas al son del primer movimiento del "Invierno" de *Las cuatro estaciones* de Vivaldi. En el altar de su locura puso aquella melodía a todo volumen para que desde su recámara escucharan hasta la cocina el propedéutico de su confesión: el pausado acenso del violín, un torbellino de emociones, el tormento, la condena, el abandono, el miedo, y la nota amenazadora de un desplome al precipicio. De pronto, el rescate anunciado, un prodigioso sube y baja en las notas, el himno al valor, al coraje, a la confrontación. La vida y la muerte en un hilo. La libertad en las alas de un violín. El erotismo en todo su esplendor. Una explosión de notas eyaculando de un violín. La locura en su máxima expresión. Para Daza, la gran creación melódica de toda la historia. La Gloria evangelizada en una obra musical.

Decidió que ese momento era un buen instante para soñar despierto. ¿Por qué no? Soñar es bueno, saludable, nutre el alma, limpia el corazón. Cerró las persianas de sus ojos y se imaginó ofreciendo conciertos a lo largo de la República, en el Teatro de la Ciudad de Monterrey, en Guadalajara, Tijuana, Chihuahua, Aguascalientes, León, Villahermosa, el Teatro Peón Contreras de Mérida, el Teatro de los Insurgentes, el Palacio de Minería, el Exconvento de San Hipólito, el Auditorio Nacional, Bellas Artes... tocando Aria de *Sansón y Dalila* a la par de una diva golosa de sus melodías. ¿Y por qué no un homenaje a su patria? *La norteña*, *Las bicicletas* (la audiencia le acompañaba con sus aplausos, bailoteaban sentados en sus butacas), *La bamba*, *Cielito lindo*, *México lindo y querido* y, para finalizar: *México en la piel*.

Se desplomó a ciegas sobre la nube de su cama, e imaginó su rostro reflejado en el fondo negro de su piano enorme, y los detectores de sus dedos acariciando las teclas; vio a las

divas cantando a su lado y sintió a su México en la piel: sus
ríos, sus playas, sus montes, su fauna, tortugas, tucanes, serpientes, lagartos, mariposas, gaviotas, delfines, cangrejos; su
flora, los bosques de encinos, ahuehuetes, guayacanes, pal-
meras, sauces, eucaliptos; se bañó en el mar de Cozumel, de
Cancún, de Cabo San Lucas, Caleta, Zihuatanejo, Vallarta,
Campeche; en las cascadas, en los lagos, en las lagunas, en
los cenotes; se endulzó los labios con la miel de Yucatán,
caminó por la Sierra de Chihuahua, se enrolló en un buen
sarape de Saltillo, bebió tequila de Jalisco, olió vainilla de
Papantla y terminó acurrucado en los brazos de una vera-
cruzana. Después, al final de su glorioso concierto, la gente
de pie, todos entusiasmados halagaban al pianista, armo-
nizando el ambiente con una cadena de aplausos casi interminable, casi... de no haber sido por un vendaval de golpes
agresivos en la puerta de su recámara que enmudeció al
público: ¡tas, tas, tas!

Su madre, como siempre con sus tubos en el cabello, le
exigió a gritos desde la puerta que le bajara el volumen a su
escándalo. Diego Daza abrió la puerta y se paró frente a ella.
Estaba dispuesto a confrontarla, a confesarse como un ávido
amante de la música clásica, el jazz y la ópera. Pero, ¿qué sabía
esa mujer de lo que significaba una obertura, un allegro, un
adagio, una sinfonía? Para ella lo único clásico en la vida eran
la telenovelas, los programas de chismes y comedia, la cum-
bia y la salsa, las fiestas patrias y religiosas. Aborrecía la música
clásica porque según ella, por aburrida, no se podía bailar.

—Ya bájale a esa porquería —espetó y movió la cabeza
de izquierda a derecha, le dio la espalda y desde el pasillo
agregó—: No es posible contigo. Y ya apúrate con tu tarea.

Seis meses en terapia le tomó a Diego poder desmenuzar

los enredos de su niñez y adolescencia. Los siguientes seis, los ocupó en narrarle a la doctora Donis Carrasco sobre su paso por la universidad. El inicio de su amistad con Israel Ramos, quien pronto abrió las alas rumbo a Perú. La vida del arqueólogo forense apenas si comenzaba a tomar sentido. Aún no se había enamorado, ni había logrado conseguir un empleo fijo, cuando apareció un desconocido llamado Delfino Endoque.

Los siguientes seis meses de la terapia habló sobre las osamentas en Atotonilco, la persecución que tuvo que sufrir. Nuevamente expresó su enfado hacia sus paisanos, aquellos que ciegamente lo habían intentado linchar. Hablar de su viaje a Francia fue tortuoso al principio, agradable al mencionar a Maëly, y confuso al intentar reconstruir los acontecimientos antes y después del accidente. Narrar lo sucedido a su regreso a México requirió del auxilio de una catarata de cafeína y docenas de cigarrillos: la muerte de sus padres, sus intentos fallidos de suicidio, el colapso de su estado mental, su deseo de venganza, sus lapsos de personalidad múltiple.

Luego de dos años, ciento cuatro sesiones de una hora e interminables discusiones entre Diego y la psiquiatra, llegó el momento de hablar del instante en que salió del hospital psiquiátrico.

—Diego, ¿quieres contarme lo que ocurrió después?

Se podría creer que una lágrima humedeció uno de los párpados cerrados del arqueólogo forense, que se sintió expuesto al escuchar la pregunta de la psiquiatra que lo observaba acostado en el diván, pero no fue así. Ya nada lograba exprimirle una gota de llanto.

—No pasa nada, Diego. Estamos solos tú y yo. Respira profundo. Estamos solos. Nadie nos escucha.

—Delfino Endoque nos llevó a Israel y a mí con una mujer.

—¿Sabes quién era esa mujer? ¿La conocías?

—No. Jamás la había visto.

Hubo una pausa. La psiquiatra Natalia Donis Carrasco permaneció en silencio. Levantó la mirada y la dirigió al enorme librero de su oficina. Luego se inclinó y volvió a preguntar:

—¿Qué hacía ella?

—En ese momento me enteré que era una narcotraficante llamada la Güija.

—¿Y qué ocurrió? ¿Cómo te sentiste?

—Permanecimos una semana en su casa, una casa muy grande, pero de muy mal gusto.

—¿Qué pasó en esa semana?

—Pues ellos planeaban la venganza en contra de Gregorio Urquidi.

—¿Y tú? ¿Querías vengarte también?

—No. Yo estaba muy confundido.

—¿Y cuál era la venganza?

Diego Daza volvió a callar. Natalia Donis Carrasco respiró profundo y esperó unos minutos.

—Urquidi tenía planeado llevar a cabo un suicidio colectivo. Así que llamó a Gastón Peralta Moya y le dijo que si no íbamos, miles de personas morirían ese mismo día.

—¿Cuál fue tu reacción?

—Acompañarlos. Ellos habían hecho mucho por mí, y no podía abandonarlos.

Diego Daza abrió los ojos y le contó a la doctora Natalia Donis Carrasco que, llegado el día, la Güija tenía más de cincuenta personas armadas listas para acudir al encuentro con

Gregorio Urquidi. Lo que Daza no vio fue la llegada multitudinaria al predio de San Mateo. Ochenta autobuses, para ser exactos. Cuatro mil setecientas personas: mujeres, hombres, jóvenes, todos cegados por sus creencias, jalando a sus familiares para convencerles de que la vida eterna estaba a la vuelta de la esquina. ¡La salvación! El día había llegado. Por fin. Ya no habría más pecado. Así lo había prometido Su Alteza Serenísima.

Sin alimento ni teléfonos celulares, ni una sola botella de agua, fueron bajando de los autobuses, que en cuanto se vaciaban, se retiraban con la orden de no volver jamás. Para la mayoría el lugar no era desconocido, pues ahí había resucitado ante sus ojos el pastor Benjamín, Su Alteza Serenísima, el verdadero elegido de Dios, el redentor. Y si allí había resucitado, qué importaba que se encontraran en medio de la nada, que no pudieran volver esa noche a casa, que no comieran un pedazo de pan, que no bebieran un trago de agua, si al día siguiente alcanzarían la vida eterna. Con gran obediencia se fueron acomodando frente a la tarima, el escenario que Urquidi les había preparado, desde donde les exhortaría a arrancarse la vida con la sangre de Cristo.

—¡Hay que morir para vivir! —dijo uno de los pastores en la tarima frente a la multitud—. ¡Para alcanzar la gloria eterna hay que morir! ¡Ya lo vieron ustedes! ¡Nuestro pastor Benjamín resucitó y volvió! ¿Quieren vivir eternamente?

—¡Sí! —respondía la multitud.

—¡Alabado sea el Señor!

—¡Gloria a Dios!

—¡Hay que morir para vivir! —aseguraba la gente con cánticos y alabanzas.

Pero Urquidi sabía perfectamente que convencerlos de

un suicidio colectivo requería más que eso. Y caviló que podrían volverse en su contra. No pretendía perder esa última batalla. Sabía que todo estaba perdido. Había pasado los últimos días tratando de recuperar su fortuna. La Güija logró el fraude perfecto. Todos los documentos que había firmado, creyendo que eran sólo trámites burocráticos, eran en realidad transferencias a otras cuentas que sólo se llevaron a cabo en el momento preciso. Todas las escrituras de sus propiedades las habían truqueado sus mismos abogados y contadores. La Güija los había comprado a todos. No se estaba quedando con un solo peso, no era ésa su intención, sino pegarle donde más le dolía. Había pasado toda una vida esperando ese momento. Y el día había llegado. Urquidi sufrió de insomnio, perdió el apetito y el piso. Lo único que se llevaba a la boca eran copas de vino y bocanadas de humo. Se trituró por dentro buscando una manera de vengarse de todos sus enemigos. Nada de lo que planeaba le funcionaba. Creyó que su única salida era llevar a cabo el suicidio colectivo para vengarse de Néstor Lavat. Para Delfino Endoque, Diego Daza, Israel Ramos y Gastón Peralta Moya tenía, según él, otra trampa. Le llamó al historiador y lo amenazó con llevar a cabo un suicidio colectivo si no llegaban al predio de San Mateo. Tenía la esperanza de que, al tenerlos ahí, lograría que el Greñudo Suárez acabara con sus enemigos.

Se encontraba en su carromato cuando llegó el Greñudo Suárez acompañado de sus guardias con botas vaqueras y sombreros tejanos.

—Qué bueno que llegaste —dijo Urquidi—. Esto es lo que vamos a hacer...

El Greñudo Suárez sonrió a carcajadas y Urquidi lo miró con irritación.

—No vamos a hacer nada, Urquidi —respondió Suárez.

—¿Qué? ¿De qué estás hablando?

Suárez movía la cabeza de izquierda a derecha.

—Me enteré que tú diste la orden para que me mataran en la cárcel.

Bañuelos y Osuna se encontraban junto a Urquidi.

—Estás en un error —Urquidi fingió una sonrisa.

—No —Suárez alzó las cejas y negó con la cabeza.

Bañuelos y Osuna se colocaron a un lado del Greñudo Suárez. Urquidi los miró con ira.

—¿Piensan traicionarme?

—Tú nos traicionaste primero —respondió Osuna inflando el pecho, resucitando aquella ira que se tuvo que tragar desde el primer día en que Urquidi lo humilló en el Centro de Adicciones—. Después de salir de la cárcel volvimos contigo y te ofrecimos seguir siendo tus aliados, con un solo objetivo: informar a Suárez de todos tus pasos.

—¿Y nuestro plan de eliminar a la Güija? —Urquidi fingió una tregua—. Si acabamos con ella, tendrás el control total.

—Ella y yo ya nos aliamos.

—¡¿Qué?!

Tras enterarse de que Urquidi había sido el que había ordenado su asesinato en la cárcel, el Greñudo Suárez se dio a la tarea de negociar directamente con Néstor Lavat para sacar a Urquidi de la Iglesia católica, de las iglesias protestantes y del narcotráfico. Total, la muerte de Gregorio Urquidi no sería noticia, para el mundo había muerto acribillado en 1993. Ya tenía su altar ante los ojos católicos. Incluso se había solicitado su canonización. De igual manera, los políticos involucrados aceptaron darle la espalda a Gregorio Urquidi.

Suárez creía tener todas las cartas ganadoras en las manos. Tenía la certeza de que al aliarse con la Güija (a quien creía conocer, pues había tratado con Soraya), mataba dos pájaros de un tiro, sin imaginar que sólo era un instrumento más y que también estaba cavando su propia tumba.

—No me puedes pagar de esta manera —dijo Urquidi e intentó salir del carromato—. Yo te ayudé cuando más lo necesitaste. Yo te presté dinero en aquellos años en los que apenas iniciabas.

—Pero te pagué siempre. Te ayudé a matar a la familia de tu padre, cabrón. Ya no te debo nada.

Engañado por las ofertas de Soraya, el Greñudo Suárez había aceptado ir al predio acompañado de tan sólo cinco de sus más cercanos aliados, sin imaginar que ya se habían vendido al mejor postor: Carolina «la Güija» Gaitán.

—Vamos pa' afuera —ordenó el Greñudo Suárez.

Al salir se encontraron con Soraya, escoltada por más de cincuenta hombres armados. Los guardaespaldas de Urquidi se hallaban en el piso, pues obedeciendo las órdenes de su jefe, creyendo que eran aliados, no se habían preparado para aquella traición. Incluso saludaron amistosamente. Desarmarlos fue un acto silencioso e instantáneo. Al ver docenas de metralletas apuntando hacia ellos, sintieron que se les evaporaban las más recónditas intenciones de defensa. El carromato se hallaba tras las tarimas, por lo cual la multitud que cantaba las alabanzas no podía ver ni escuchar lo que estaba ocurriendo.

—Te presento a la Güija —sonrió Suárez.

—¡Dios es mi salvador, alabado sea el Señor! —se escuchaba del otro lado la multitud como una sola voz.

—Un aplauso para nuestro Dios redentor —decía uno de los pastores con micrófono.

—¿Tú eres la Güija? —Urquidi observó a Soraya y no pudo creer que él o ella era la persona con quien había tenido conversaciones por teléfono.

—¡Hay que morir para vivir, hermanos! —se escuchaba fuertemente.

—Te equivocas —dijo una mujer que se había escondido entre los sicarios.

Vestía pantalones de mezclilla, botas vaqueras, camisa de manga larga, chaleco, sombrero tejano y lentes oscuros. El Greñudo Suárez abrió la boca con asombro y sintió que su nube se desvanecía. Se llevó la mano a la cintura cual vaquero de película, pero esperó, no podía hacer más que esperar. No lograba reconocer a la mujer. Urquidi también observó detenidamente.

—¿No me reconocen? Soy Carolina Gaitán.

—¿Carolina Gaitán? —preguntó Suárez.

—¿Qué Carolina? —preguntó Urquidi.

La Güija caminó hacia ellos.

—¿No me recuerdas, cabrón? —se quitó el sombrero tejano y las gafas oscuras—. Soy aquella joven a la que violaste un chingo de veces, ¿qué no?

Urquidi sonrió.

—Ya te recordé.

—Pues qué bueno, hijo de puta. Yo soy la Güija. Yo me encargué de joderte.

En ese momento aparecieron Delfino Endoque, Clementina Baamonde, Diego Daza, Israel Ramos, Saddam y Gastón Peralta Moya.

—¡Alabemos al Señor! ¡Hoy es el día! ¡Hoy entraremos a la vida eterna!

—Mira nada más —dijo Urquidi sonriendo—. Toda la familia reunida.

—¿Recuerdas a Mauro? —preguntó Gastón Peralta Moya.

—Sí.

—Pues él me contó de Carolina. Y yo le ayudé un poco al saber lo que le hacías. Yo le fabriqué el plan. Yo le dije quién eras y a quién debía buscar para vengarse. Sólo eso. Lo demás lo hizo ella solita. Es una mujer muy inteligente. Logró más de lo que imaginé.

—Jamás me cobró el favor —continuó la Güija—, y cuando supe que los estabas persiguiendo, les ayudé un poquito, ¿qué no?

—¿Qué piensan hacer? ¿Matarme? ¡Adelante! Pero te recuerdo que allá hay una multitud que me ama y que están dispuestos a dar sus vidas por mí. No lograrán salir vivos.

—Ya lo veremos, ¿qué no? Pero primero, te vamos a dar un poco de tu medicina.

—Nosotros ya nos vamos —dijo Endoque.

—¡Porque Dios es mi pastor, hoy caminaré con él! —comenzó a cantar la multitud.

El Greñudo Suárez sacó su arma e intentó dispararle a la Güija.

—Eres un imbécil —dijo la Güija—. Tus hombres se encargaron de cambiarte la pistola, pendejo.

Suárez dirigió la mirada a su gente, pero ellos caminaron en dirección contraria. Urquidi, Suárez, Bañuelos y Osuna se hallaban solos, observando cómo Delfino, Saddam, Diego, Israel, Clementina y Gastón se retiraban.

—¿Qué esperas? ¿Quieres matarnos? —insistió Urquidi—. ¿Qué vas a hacer?

—Yo nada, ellos lo van a hacer por mí, ¿qué no? —respondió la Güija y señaló a cinco hombres que había sacado de la cárcel y que habían sido condenados por violación.

Y tal cual lo prometió Carolina Gaitán, su gente se encargó, tras una brutal golpiza, de desnudar a Gregorio Urquidi y al Greñudo Suárez, para que aquellos hombres cobraran cada una de las lágrimas derramadas por Carolina Gaitán, quien no se movió un solo centímetro mientras observaba el sufrimiento de aquellos hombres que le habían destruido la vida. Mientras tanto se escuchaba un multitudinario coro: *Alabaré, alabaré, alabaré a mi señor...*

Luego de un par de horas, cuando Urquidi, Suárez, Bañuelos y Osuna ya no tenían más fuerzas para soportar un asalto más, cuando lo único que deseaban era un tiro en la sien, una puñalada en el pecho, una soga que les estrangulara, se acabaron los cánticos. Del otro lado la multitud observaba aterrorizada en las pantallas gigantes, un video de su pastor, Su Alteza Serenísima, el resucitado, el elegido de su dios, abusando sexualmente de Azucena.

La gente de la Güija se encargó de ponerles frente a ellos a los hombres que se habían encargado de engañarlos. Urquidi, Suárez, Osuna, Bañuelos y el resto de sus pastores fueron expuestos ante la multitud que, enfurecida por el engaño, se olvidó de las alabanzas, del amor que pregonaban, de la fe en un dios y del perdón al prójimo. Sacaron las fieras que llevaban dentro y se encargaron de lincharlos. Los quemaron vivos.

—¿Cómo te sientes al saber que ese hombre murió de esa manera? —preguntó la doctora Natalia Donis Carrasco dos años más tarde.

—Tranquilo —respondió Daza, acostado en el diván.

—¿Hay algo que te gustaría agregar?

—Sí.

—¿Qué?

—Que me siento muy bien.

—¿Por qué?

—Israel volvió a Francia. Delfino sigue en amores con Clementina. La niña de Saddam ya va a cumplir tres años. Y yo... ¿qué le puedo contar de mí? Ya lo sabe, estoy en lo mío, en lo que me apasiona, en la arqueología.

—Ahora —dijo la psiquiatra, tras una pausa— voy a preguntarte algo, y quiero que lo pienses muy bien. ¿Cómo sabes que todo esto, incluyéndome a mí, no es otra alucinación tuya?

En ese momento Diego escuchó el Concierto para violín en la menor de Johann Sebastian Bach. ⓣ

La revelación del águila

de ANTONIO GUADARRAMA COLLADO
se terminó de imprimir y encuadernar en junio de 2016
en Programas Educativos, S. A. de C.V.,
calz. Chabacano 65 A Asturias CX-06850 MÉXICO